아프리카의 별

아프리카의 별

정미경 장편소설

문학동네

*

정오의 사막은 붉은 분홍이다.

이 시간엔 부러 그러지 않아도 눈을 가늘게 뜨게 된다.

천지는 고요하고도 소란하다.

와랑와랑.

햇빛은 희게 빛나는 동시에 속삭이며 부서진다.

모래가 잔뜩 삼킨 열기운을 붉게 토해내면 대기는 부옇게 산란하며 뒤챈다. 더는 못 견디겠다는 듯.

끝이 부러져나간 붉은 사암기둥, 무너진 벽과 돌더미 들. 폐허는 장엄해서, 은성했던 시절을 상상하는 게 어렵지 않다. 시간의 지층을 고스란히 드러내고 있는 원형경기장의 돌기둥 사이로 검투사든 굶주린 사자든 거친 무언가가 금세라도 달려나올 것 같다.

유적지의 그늘은 검은 종이를 잘라붙인 듯 선명하다. 폐허의 돌틈에 노란 민들레꽃이 군데군데 피어 있다. 백 미터는 좋이 될까. 건너편 거대한 사암기둥의 그늘에서 흰 젤라바를 입은 남자 하나가 나타난다. 기둥을 벗어나자 흰 번개처럼 내리꽂히는 햇빛이 남자의 그림자를 삼켜버린다. 앞으로 치켜든 손에 무언가를 든 채로 남자는 땅바닥을 어루만지듯 천천히 걷는다. 손끝에 대롱대롱 걸려 있는 건 복고풍의 둥근 새장이다. 새장 안에 민들레꽃이라도 꺾어 담은 것일까. 집중을 요하는 노란색이 튀어나올 듯 선명하다. 마당을 가로질러 걸어온 남자가 승의 옆으로 와서 걸음을 멈춘다. 새장 안에 들어 있는 건 민들레꽃이 아니라 카나리아 한 마리다. 왜 새장 안에 새가 있으리라는 당연한 생각을 하지 못했을까. 플라스틱 모형인가 생각하는 순간, 모형도 박제도 아니라는 걸 보여주겠다는 듯 카나리아는 입을 크게 좌악 벌렸다가 다문다. 털의 빛깔이 아크릴 염료처럼 선명하다.

"내 새가 너무 예쁘지 않나요?"

남자가 승의 눈을 빤히 쳐다보며 묻는다. 단지 그걸 묻기 위해 뙤약볕을 쐬며 여기까지 걸어왔다는 듯. 모든 질문은 얼마나 폭력적인가. 준비된 자가 무방비한 자에게 느닷없이 휘두르는 주먹처럼. 승이 머뭇거리는 사이, 옆에 서 있던 탕헤르 여자가 선선히 대답해주었다.

"예쁘네요, 무척."

"사랑한다면, 놓아주어야 하는 걸까요?"

이번엔 새를 들여다보며 혼잣말처럼 중얼거리고는 뒤돌아선다.

그건 순전히 제 맘이라는 듯. 순간, 남자의 어깨를 홱 잡아채 돌려세우고 싶어진다. 이 새끼, 대답을 듣고 가야지. 남자는 다가온 속도로 다시 걸어가고 있다. 이윽고 맞은편 사암기둥이 새장과 남자의 모습을 삼켜버리는 순간, 승은 입술을 앙다물었다.

그의 마지막 질문은 카나리아에 관한 것이 아니다. 부재하면서 온통 저 남자를 사로잡고 있는 건 누구일까.

*

둥둥. 두둥둥.

북소리.

고막이 아니라 살갗과 핏줄 속으로 스며들어와 곧바로 심장을 두들기고 마는 소리. 이윽고 몸의 모든 구멍으로 밀려들어와 그 몸을 허공으로 살짝 떠오르게 하는 북소리. 저 소리에 이끌려 사람들은 여기로 몰려드는 것일까.

자마 알프나.

북소리와 함께 이곳의 하루는 비로소 시작된다. 영원히 불타오를 듯 둥둥하던 해가 사막의 지평선으로 향하는 이 시간이면 광장 여기저기서 북소리가 울려퍼지기 시작한다. 펜션이나 찻집 같은, 그늘집 속에서 시간을 보내던 사람들이 홀린 듯 하나둘 광장으로 모여든다. 끈으로 묶어두었던 노점들이 하나둘 우산처럼 펼쳐진다. 갖가지 마른 과일을 산더미처럼 쌓아놓거나, 생오렌지즙을 짜서 팔거나 싸구려 장신구를 파는 좌판들도 재빨리 자리를 차지하고 장사를 시작한다. 피리 소리에 맞춰 춤을 추는 코브라들이 눈을 두릿거리며 바닥을 기어다니고, 몸에 낙서 같은 페인트칠을 하고 퍼포먼스를 하는 사람들은 돈통부터 먼저 늘어놓는다. 빤한 눈속임 마술도 있지만 한순간도 눈을 뗄 수 없는 환상적인 공연도 가끔 펼쳐졌다. 그 복잡한 틈 사이로 카드나 새로 점을 봐주거나 부적을 그려주는 여인들도 잽싸게 자리를 잡는다. 보라처럼 여행자들을 상대로 헤나 타투를 해주는 여자아이들은 그날그날 적당한 곳에 눈치껏 끼어 앉았다.

그러나 이곳에 가장 많은 건 하릴없이 어슬렁거리는 사람들이다. 광장은 금세 발 디딜 틈이 없어지고, 와중에도 사람들은 꾸역꾸역 밀려든다. 광장은 끝없이 넓어지는 요술의 공간처럼 그 많은 사람들을 모두 품어안고 기이한 흥분의 도가니 속으로 이끌어간다. 요란한 원색의 모자를 쓴 물장수들이 물통을 지고 돌아다니며 열에 들뜬 사람들에게 달콤한 물을 파는 곳, 생의 열기로 가득한 이 장소에 왜 그런 이름을 붙여주었을까?

자마 알프나.

죽은 자들의 광장.

술탄이 이곳을 다스리던 시절엔, 사람들을 모아놓고 저 한가운데서 죄인들의 목을 잘랐다지. 피가 뚝뚝 흐르는 머리를 광장 가운데 높이 매달았다지. 어디쯤이었을까? 바바 녀석은 제가 본 것처럼 떠들어댔지만 아주 먼 옛날의 일이겠지. 그때도 사람들을 모으기 위해 북을 쳤을까. 지금은 북소리가 울리기 시작하면, 산 자들이 모여든다. 여기저기서 숯불을 피우는 연기가 솟아오른다. 고기 굽는 연기와 노릇하고도 고소한 냄새가 뒤섞인다. 가장 환하게 불을 밝혀 놓은 곳은 먹을 걸 파는 좌판이지만, 거기 보라가 먹고 싶은 건 하나도 없다. 강황에 끓여낸 샛노란 양머리가 줄지어 놓여 있다. 눈을 감고 있는 양의 얼굴은 무언가를 생각하는 것처럼 보인다. 산더미처럼 쌓인 양꼬치는 밤이 오기도 전 거의 바닥이 나곤 했다. 긴 쇠젓가락으로 숯불에 양뇌를 굽고 있던 남자가 자리에 앉으라고 손짓을 해댄다. 기름에 튀겨 설탕물에 버무려놓은 도넛은 한번 사먹었다가 기절할 뻔했다. 어떻게 하면 그렇게 달게 만들 수 있을까? 가짓수만 많았지 음식들은 하나같이 입맛에 맞지 않았다. 그렇지만.

이곳엔 뭔가가 있어.

그 뭔가가 무엇인지는 보라도 알 수 없다.

저녁 무렵의 자마 알프나에 나오는 사람들은 이 붉은 도시에 처음 들른 뜨내기들인 것 같지만, 지내면서 보니 그렇지만도 않았다. 여기서 태어나고 오랫동안 살아온 사람들마저 저녁이 오면 이곳이 처음인 양 들뜬 표정으로 쏟아져나왔다. 광장의 북쪽 끝은 메디나의 입구로 연결되었다. 구천 개의 골목이 있다는 메디나가 창자라면 광장은 입과 같은 곳이었다. 메디나가 문을 닫을 시간이 가까워오면 창자 같은 골목에서 꾸역꾸역 나오는 사람들로 그 근처는 발디딜 틈도 없었다. 이곳 사람들은 자마 알프나를 사랑했고 여행자들은 도착하면 즉시 사랑에 빠졌다.

보라 역시 이 시간의 광장이 좋았다. 석양 무렵이면 우주만한 해시계가 척, 척 소리를 내며 카운트다운을 하는 느낌이었다. 해가 한층 지평선과 가까워지면 사막 쪽 하늘은 눈을 한 번 깜박일 때마다 다른 색깔로 변한다. 두꺼운 외투처럼 덮어누르던 열기가 한 겹 벗겨지면서 더위도 한결 견딜 만해진다. 타투 재료—라고 해봤자 헤나 튜브와 도안책, 지우개로 쓰는 헝겊조각 몇 개가 전부였지만—가 들어 있는 나무박스에 걸터앉아 손님을 기다리고 있노라면 뜨거운 생기 같은 것이 몸을 팽팽하게 채워왔다. 무엇보다 북소리. 지금 내 심장이 뛰고 있잖아, 지금 내가 숨쉬고 있잖아, 그것 외엔 상관없어, 그런 기분이 들게 하는 저 북소리. 그건, 지금 제가 처한 형편을 생각하면 터무니없는 낙천이었고 그래서 더 놓치기 싫은 감각이기도 했다.

보라는 북소리의 리듬을 따라 손바닥으로 제 허벅지에 박자를 맞추며 지나치는 사람들의 얼굴을 유심히 살핀다. 아주 가끔 남자 고객들도 있지만 대체로 여자들을 공략하는 게 성공할 확률이 높다. 십대 여자아이들은 어머 재밌겠다 떠들어대며 저희들이 먼저 다가와 도안책을 뒤적이는 편이고, 그보다 나이가 들면 졸졸 따라다니며 꼬드겨야 못이긴 척 엉덩이를 박스에 내려놓는다. 광장에 널린 게 여행자들이지만 그중 하나를 붙들어 흥정을 하고 타투를 해주고 돈을 받기까지의 과정이 쉬운 일은 아니다. 이것도 경력이라고, 요즘은 첫눈에 대개 느낌이 오는 편이다. 어떤 느낌? 글쎄, 모르겠다. 아무 생각이 없는 얼굴이거나 지나치게 생각이 많은 얼굴? 그러니까 마음이 허공에 슬쩍 떠 있는 사람은 손목을 잡히면 별 저항 없이 스르르 주저앉는 편이다.

사막으로 들어간 아빠는 저녁이라도 먹었을까. 언젠가 아빠가 들고 온, 먹다 남은 차파티 봉지가 있어 열어본 적이 있다. 원래 곡물가루에 소금만 넣어 구운 빵이니 꾸들꾸들 마른 거야 그렇다 치더라도 봉지 바닥엔 모래가 한줌이나 들어 있었다. 한소리 하려다 말았다. 아빠에게 차파티는, 그저 빵이 아닌 것 같다. 아빠 생각을 하면 이래저래 한숨부터 나온다. 자마 알프나 쪽엔 얼씬도 하지 말라고 엄포를 놓는 아빠가, 딸이 이렇게 광장 최고(!)의 타투이스트 반열에 오른 걸 알면 어떤 표정을 지을지는 생각도 하기 싫다. 그럼 날더러 어쩌라구? 아빠 돌아올 때까지 몇날 며칠 동안, 말 한마디 나눌 사람 없이 집구석에 처박혀 있으란 말씀?

윤기나는 갈색 머리를 말끔하게 묶은 여자아이 둘이 수다를 떨며 걸어온다. 흰 탱크톱과 핫팬츠 밖으로 뻗어나온 팔다리가 어찌나 희고 가녀린지 살짝 배가 아프지만 헤나 자국이 있나 손과 발을 재빨리 훑어보았다. 말끔하다. 바람처럼 달려나가 손목을 살짝 쥐었다. 동그랗게 뜬 눈을 향해 활짝 웃어주며 다정하게 말을 붙인다.

"너, 정말 기절하게 예쁘다."

그쯤에서 헤나 튜브를 꾹 눌러 손등에 대고 그리기 시작한다. 그 다음엔, 놀라 빼내려는 손을 꼭 붙든 채 끊임없이 속삭여야 한다.

"너, 오늘 도착했구나? 어디서 왔니? 정말 운이 좋네. 이걸 하고 있으면 여행 내내 행운이 따라다니거든. 잠깐, 아주 잠깐이면 돼."

사실 예쁘기보단 착하게 생겼다. 여자아이는 손목을 잡힌 채 허둥지둥 말을 쏟아낸다.

"미안한데, 우린 지금 막 왔어. 얜 내 동생이야. 엄마랑 나중에 다시 올게. 지금은, 그냥 구경하러 나온 거야."

평소 같으면 결코 물러서지 않는다. 시작이 반이라고, 손등엔 벌써 넝쿨 두 개가 꼬불꼬불 뻗어나가고 있다. 이 정도의 거절은 전의를 불태워줄 뿐이다. 그런데, 보라의 마음이 그랬다. 엄마랑 다시 나올게, 그 소리에 팔의 힘이 쏙 빠진다. 그래 그럼. 저기 가서 손 씻어, 하며 깨끗이 손목을 뇌주고는 나무박스에 다시 올라앉았다. 타투는 영업시간이 짧다. 아주 어두워지면 못 하는데다, 해가 있는 동안엔 또 손님이 드물다. 벌써 고기 타는 냄새가 퍼져나오는데 개시도 못했으니.

오가는 사람들을 살피고 있는데, 저 멀리서 이상한 물체 하나가 달려오고 있다. 에휴, 취향하고는. 저렇게 요란한 바지를 입는 건 이 동네에서 바바밖에 없지. 도대체 저런 바지를 어디서 구하는지 모르겠다. 색깔이 튀면 무늬가 없든지, 무늬가 요란하면 색깔이나 얌전하든지. 바람처럼 달려온 녀석이 숨을 헐떡이며 비명처럼 반복한다. 뭔가 담긴 봉지를 코앞으로 쑥 내밀며.

"무똥레바, 무똥레바!"

뜬금없긴. 하는 짓이나 옷꼬라지나. 우스꽝스러운 바지와는 딴판으로, 보라의 심드렁한 반응이 꽤나 안타까운 표정이다. 무똥레바라니. 오글조글 주름 제대로 잡힌 양뇌에다 낙타육포까지 들이대 사람 기절하게 만들더니, 이제 드디어 똥을 가져왔단 말인가? 확 짜증을 내고 싶지만 그동안 얘한테 신세진 걸 꼽아보면 화를 내긴 좀 양심에 걸리는 부분이 있다. 보라가 받아들질 않자 제가 얼른 봉지를 열어 안에 든 걸 하나 집어 쥐여준다. 받아들고보니 검붉은 덩어리에 구멍조차 숭숭 뚫려 있다.

"먹어봐. 엄청 맛있어. 무똥레바."

일단 주름이 죽여주는 양녀는 아니다. 얘가 그걸 코앞에 내밀었을 땐 기절할 뻔했는데. 조금 잘라 입에 넣고 꼭꼭 씹어보니 보기보단 보드랍고 아주 고소하다, 고 생각하는 순간, 머릿속에 불이 반짝 들어왔다. 무똥레바라면, 머튼 리버. 양의 간. 으윽. 일단 구역질 액션을 한번 하고 등을 퍽퍽 때렸다.

"내가 너 때문에 미쳐. 미친다구."

시추에이션에 맞지 않게 얘는 왜 또 이렇게 슬픈 눈으로 쳐다보는지 모르겠다.

"바바, 제발 이러지 마. 맛있으면 너나 먹어. 난 정말 토할 거 같아."

"네가 좋아하는 게 뭔데? 말해봐."

"내가 좋아하는 건, 구운 삼겹살이야."

"그게 뭔데?"

"돼지의 껍데기 쪽 살을 얇게 잘라 구운 거지. 얼마나 고소하고 맛있는데. 너희는 그거 만지지도 않잖아? 쳐다만 보아도 죄를 짓는 거야, 그렇지? 나 그게 너무 먹고 싶어."

바바는 울 듯한 얼굴이 된다. 놀리려고 해본 소린데, 말을 하고 보니 정말 구운 김치와 삼겹살이 미치도록 먹고 싶어진다. 내가 정말 애 때문에 미친다니까.

해가 막 지평선 아래로 내려간다. 도화선의 마지막까지 타들어간 유황덩어리가 한순간 폭발하듯, 석양은 크고 아름다운 불꽃으로 흩어지며 하늘을 가득 채운다. 보고 있는 동안, 불꽃은 격렬하게 경련을 일으키며 수천 조각의 빛을 뿌리고는 흩어진다. 그 빛 속에 사람들을 미치게 만드는 가루라도 들어 있는 걸까. 광장 여기저기서 불은 더욱 세차게 피어오른다. 징그러워라. 사람들은 해가 지자마자 막 사라진 태양을 미친 듯이 그리워하기 시작한다.

그나저나 아빠는 마른 차파티 한쪽이라도 먹었나 몰라. 세상에 이렇게 자식 속 썩이는 부모도 드물 거라.

*

아름다움이란, 치명적인 극단이다. 삶의 균형을 잃게 하고 때로는 사람을 미치게 만드는.

그러니 새장을 던져버리라는 말을 해주었어야 하는데. 새장을 패대기치고 꼼지락거리는 놈을 밟아버리라고 했어야 하는데. 뜨거운 바람에 갈라터진 입술이 쓰라리다. 여자는 눈을 가늘게 뜨고 남자가 사라진 기둥 사이 검은 구멍을 바라보았다.

"누구예요, 저 남자?"

"저도 모르죠. 살짝 미친 놈 같기도 하고."

여자는 푹 웃는다. 농담 아닌데. 이곳엔 여러 번 왔었지만 승 역시 저 남자를 본 건 처음이다.

"꼭 그런 것 같지는 않은데요."

"아니면 새장을 들고 저 뙤약볕을 이고 걸어오겠습니까?"

수긍할 수 없다는 듯 여자는 고개를 갸웃거린다.

"콜로세움의 카나리아라. 퍼포먼스라도 하는 건가. BC에서 21세기를 가로지르는? 그나저나 이천 년의 시간은 어디 고여 있을까. 저

돌무더기 사이? 뚜껑도 유골도 사라져버린 석관의 구멍 속?"

승은 혼잣말하듯 중얼거리는 여자를 흘깃 돌아보았다. 그렇게 궁금하면 커플로 공연이라도 하시지. 옆에서 보니, 선글라스 렌즈에 무수한 스크래치가 겹쳐져 있다. 사막은 처음이라는 여자의 말은 거짓일 것이다. 걷다보면 샌들 바닥이 피자 위의 치즈처럼 녹아내리는 모래 위에 몇 번 떨어뜨리다보면 선글라스는 저렇게 살짝 데쳐놓은 듯 광택이 사라지고 테두리와 렌즈엔 미세하게 긁힌 자국이 무늬처럼 새겨지곤 했다. 선글라스만 그런 게 아니라, 여자의 광대뼈 역시 과도한 햇살의 흔적을 드러내고 있다. 화장기 없는 뺨에 크고 작은 반점들이 빼곡하다.

사막이 처음이든 열번째든 상관할 바 아니지. 한 사람 몫의 비용만 받으면 그만이다. 거짓말을 하는 게 맞다면, 여자 역시 사막 중독자일지도 모른다. 사람들은 자신이 무언가에 꼼짝없이 붙들려 있다는 사실을 수치스럽게 생각했다. 까닭을 설명할 수 없는 것들에 붙들렸을 땐 더욱. 이성의 배설물이나 닳아빠진 담요의 털만큼이나, 사막 역시 기이한 애착의 대상이 아닐까.

작살 같은 햇빛과 온몸의 구멍마다 파고드는 모래. 천지간에 펼쳐진 하나의 색채와 완전한 적막. 사막에 발을 디디게 되면, 누구라도 처음엔 진저리를 친다. 살갗을 비늘로 만들어버릴 듯한 햇살로부터 황황히 달아나 제자리로 돌아간 사람은 안도감마저 느끼게 된다. 평화로운 일상을 보내던 어느 날 그는 문득 이상한 그리움에 빠져든다. 자신이 그리워하는 곳이 과도한 햇빛과 숨막히는 열기로 가득한 모래의 바다란 데 생각이 미치면 설마 그럴 리가, 싶다. 그러던 어느 날 그는 다시 사막 여행자가 되어 있는 자신을 발견하게 된다.

어떤 사람은 사막에 도착한 즉시, 늦어도 그 이튿날이면 사막과 사랑에 빠져버리기도 한다. 자기 안에 사막을 갖고 있는 자들이다. 삶에서 독한 황폐를 겪어본 자라면 단 한 번의 만남으로도 중독에 이르게 된다. 승이 사막 중독자들을 싫어하는 까닭이다.

대륙을 오가는 항구가 있는 곳이면 어디에나 그런 중독자들이 득실거린다. 여유가 있는 사람은 개인 가이드를 고용하기도 하지만, 대개의 중독자들이 그렇듯 돈이 없는 이들은 사막에 들어가는 팀에 약간의 비용을 내고 얹혀서 들어가곤 한다. 그들이 원하는 것은 오직 하나다. 그저 사막의 심장 깊숙이 들어가 머무는 것. 온갖 고통과 불편을 달게 받아들이며.

대부분의 중독엔 남자들이 약하지만, 사막은 그렇지도 않다. 남자보단 여자, 그중에서도 젊은 여자가 흔하다. 승의 팀엔 아무래도 일본 여자들이 대부분이었다. 한국 여자가 합류한 건 처음이다. 여자는 탕헤르 부두에서 환영 팻말을 들고 배를 기다리고 있던 승에게 다가와, 사막에 들어간다면 동행하고 싶다고 했다. 여자가 제시한 비용은 흥정할 것도 없는 공정가격이었다. 차량과 숙식만 같이 해결할 뿐, 그들은 여행 내내 겉도는 편이다. 한국에서 온 여행자들은 저희들끼리, 혹은 승에게 얘기할 때 탕헤르 여자라고 불렀다. 거친 음식과 초라한 숙박시설에도 까다롭지 않은 그들은 과외의 수입이 되는 셈이니 승으로선 마다할 이유가 없다. 그러나 승은 어떤 이유로든 떠도는 여자들이 싫다.

다시 버스 한 대가 도착한다. 스티커를 가슴에 부착한 한 무리의 여행자들이 쏟아져나온다. 뜨거운 공기가 한바탕 출렁인다. 오십쯤 돼 보이는 여자 가이드가 손을 휘저으며 스페인어를 쏟아내기 시작한다. 수다스럽고 목청이 커 다른 가이드들이 질색을 하는 여자다. 게다가 핸드마이크라니. 귀가 찢어질 것 같다. 먼저 도착한 게 다행이다, 생각하며 승은 흩어져 있는 유적 사이로 일행들을 찾아보았다. 이런 외딴 유적지는 혼잡한 카스바나 메디나에서처럼 신경을 곤두세우지 않아도 되니 한결 편하다. 걸어서 저 사막으로 들어가버리는 인간은 없겠지.

기둥에 기대거나 앉아서 사진을 찍고 있는 사람들이 멀리 보인다. 빛은 허공에서 저희들끼리 부딪쳐 더욱 희게 부서져내린다. 마른 아지랑이가 어룽어룽 피어오른다. 여자는 그냥 여기 있겠다 했다. 유적이니 박물관이니 그런 건 딱 질색이라나. 승으로선 단체행동을 하지 않는 사람이 딱 질색이다.

윗부분이 부러져나간 사암기둥에 등을 기댄 채, 그늘을 드리운 나무를 올려다보던 여자가 무심한 목소리로 물었다.

"이 꽃 이름 아세요?"

꽃 핀 나무가 머리 위에 있는 줄도 몰랐다. 보라색 꽃들이 낮게 내려앉은 구름덩이같이 활짝 피어 있다.

별걸 다 묻고 지랄이야. 돌아서면 잊어버릴 거면서.

불쑥 솟구치는 화를 꾸욱 누른다. 화날 일이 아니지 않은가. 원래 여행자들이란 막 말배운 아이들처럼 끝없이 물어대는 법인데. 정말 아무것도 아닌 일에 화는 늘 순간적으로 폭발했다. 비위를 잘 맞추

다가도, 악의 없는 한마디에 순간 폭발하여 사태를 엉망으로 만들어버린 적이 한두 번이 아니다. 분개한 고객들의 항의를 접수한 연계 여행사의 전화를 받을 때쯤이면 후회의 바다에 푹 잠겨버리지만, 그쪽에선 두 번 다시 일을 주지 않았다. 몇몇이 늦게 나오는 바람에 호텔 앞에서 연거푸 두 번 주정차 위반 딱지를 떼게 되었을 땐 너무 격하게 화를 내서 마침 차에 오르던 여자가 울음을 터뜨리기도 했다. 메디나 안에서는 그만하라는데도 질기게 호객을 하는 상인에게 느닷없이 천둥같은 욕을 하는 바람에 모두 공포에 질려 여행이 끝날 때까지 서먹했던 적도 있었다. 그저 꽃 이름을 묻는데 화산처럼 터져나오는 화라니.

지중해 언저리와 사하라 근처에 무수하게 흩어져 있는 모스크와 미나렛, 메디나와 카스바, 자생하는 나무와 풀 들, 조형적인 정원들. 낯선 풍광이겠지만, 떠나온 곳으로 돌아가고 시간이 흐르면 그것들은 그냥 기억의 선택에 따라 들쑥날쑥 남을 테지. 잊을 걸 알아서 뭐 해, 싶지만 그래도 여행자들은 굴러다니는 사막풀 하나조차 기어이 이름을 물어댄다. 헤어질 것들은 모두 간절해지는 것인지. 그 마음을 헤아리지 못하는 자신은 어느새 여기 머무는 자가 되었는가. 알고 있다. 질문이 문제가 아니라 자신은 분노를 통제하지 못했다. 이건 병이다. 승은 천천히 심호흡을 한번 하고는 공손하게 대답한다.

"모르겠습니다."

꽃 이름, 모르지 않는다. 왜 이 여자에게 자꾸 삐딱해지는지도 모르지 않는다.

"자카란다예요."

여자의 목소리는 추억 속의 이름을 부르듯 아련하다.

"포르투갈 사람들은 원정에서 승리를 거두면 기념으로 제 나라에서 가져온 이걸 심었어요. 로마 유적지에 스페인어 가이드, 정복자의 기념식수. 그러니까 이건 유럽 제국의 아프리카 수탈의 역사를 고스란히 보여주는 풍경인 거죠."

여자는, 아까 승이 후딱 읊었던 틀에 박힌 해설을 꼬집고 있는지도 모르겠다. 승은 그랬다. 특별히 관심을 갖고 질문하는 사람에겐 통사적인 설명과 함께 로마와 이슬람, 아프리카 문화의 유기적 관계와 미학적 특성에 관한 해설까지 들려주었다. 별 무관심인 여행자들은 간단한 연대기적 해설마저도 귓전으로 흘려들으며 뷰파인더에 눈을 대고 사진 찍을 장소나 물색하고 있기 일쑤였다. 아니면 기념품가게로 달려갔거나. 단체의 인원이 많을수록 승의 설명은 간단해졌다. 끊임없이 사라지거나 약속시간을 어기는 사람들을 챙기는 일만으로도 진이 빠졌다. 자기가 해보라지. 가이드 노릇 일 년에, 목구멍에 굳은살이 다 생겼구만. 기름값도 안 되는 비용으로 얹혀 다니면서 뭘 더 바래? 승은 밉살스럽게 눙쳐버린다.

"……그러니, 제국의 침략이 없었다면 이 사람들은 지금 도대체 뭘 먹고 살고 있겠어요?"

현실적으로 재면 틀린 말은 아니다. 그래도 생각이 있는 사람이라면 이 단세포적인 말에 어이가 없어할 테지. 제 옆얼굴에 꽂히는 경멸의 시선을 즐기게 되는 것도, 스스로에 대한 분노의 한 방식이겠다. 입을 조금만 움직여 말하는 승의 얼굴을 흘깃 쳐다본 여자는 더는 말을 않고 나무에 기댄 채 콜라를 홀짝홀짝 마시기 시작한다. 진즉 그럴 일이지.

승은 매표소 쪽으로 걸어가 안을 들여다보았다. 음료수를 마시고 있던 제복 차림의 남자가 반가운 체를 한다.

"별일 없었나, 그동안?"

"별일 없어. 늘 신경은 쓰고 있어. 내가 이렇게 사진을 붙여놨잖아. 틀림없다구."

고개까지 저으며, 손가락으로 오른쪽 벽을 가리킨다. 창구 속으로 고개를 디밀어 붙여놓았다는 사진을 확인하고 싶은 마음은 손톱만큼도 없다. 승은 목소리를 낮춘다.

"뒤에 서 있는 저 여자 또래야."

제복은 승의 어깨너머로 여자를 흘긋 바라보고는 어깨를 으쓱한다.

"걱정 마. 척 보면 알 수 있지. 이래 봬도 여자를 감별하는 능력이 탁월하거든. 당신이 찾는 여자는 저 여자보다 예뻐. 훨씬."

교활한 놈. 승이 접어서 밀어넣은 지폐를 자연스럽게 호주머니에 집어넣으며 주절거린다.

"인샬라."

너에겐 그렇겠지. 매번 공돈을 챙기면서도 신이 허락해야 비로소 찾을 수 있을 거라 핑계를 댈 수 있을 테니.

표를 사려고 기다리는 사람이 있어 옆으로 비켜섰다. 멀리 기둥 사이로 아까 그 남자가 다시 나타난다. 여전히 흰 젤라바와 둥근 새장. 노란 카나리아가 보이기엔 아직 멀다. 방금 전에 보았으되 남자는 기시감 속의 한 장면처럼 현실감이 없다. 사랑한다면 놓아주어야 하는 걸까요? 물었을 때 뺨을 때려주고 싶었다는 생각이 뒤늦게 든다. 살짝 미칠 수 있다면 이 열기를 견디기가 좀 수월할까. 사막은 은유를 헤아릴 수 있는 장소는 아니다. 사막엔 칼로 자른 듯 선명한 두 개의 세계 외엔 없다.

빛과 어두움.

그러니, 운명의 모호함에 질린 사람이라면 누구든 중독될 수밖에 없는 거지.

*

"오늘 살구는 어떠니?"

귓전에 날숨을 불어넣듯 부드러운 목소리다. 이 노래 같은 속삭임이라니. 바바는 벌떡 일어났다. 수레 뒤에 쪼그리고 앉아 점심으로 가져온 차파티를 막 뜯어먹던 참이었다. 수레 앞에 서 있는 이는 가늘고 긴 몸을 가진 백인 남자다. 언제나처럼 흰 옷을 입었다. 여기 남자들도 흰색의 젤라바를 즐겨 입지만 그가 입은 옷은 느낌이 다르다. 몸에 딱 들러붙지도, 그렇다고 젤라바처럼 헐렁하지도 않은 그 옷은 특별히 그의 몸에 맞추어 세심하게 바느질한 것 같았다. 직접 만든 옷일까?

이 붉은 도시에서 남자를 모르는 사람은 없다. 남자는 옷을 만드는 사람이라고 했다. 저이가 만든 옷은 어마어마한 가격에 팔려나간다고, 사하라 남쪽에 있는 왕국의 왕비들까지도 일 년에 두 차례는 비행기를 타고 날아가 옷을 주문한다고, 사람들은 본 것처럼 말하곤 했다. 바바 역시 그가 대단한 디자이너라는 걸 굳게 믿고 있었다. 언젠가 이 사람이 바바가 입고 있던 사방연속무늬의 레몬 빛깔 바지를 보며 심각한 표정으로 이렇게 말했으니까.

바지가 정말 멋있구나.

바바의 옷을 보고 욕을 하지 않은 최초의 어른인 셈이다. 남자는 이 도시에서 지낼 땐 늘 여기서 과일을 샀다. 가끔 건너뛸 때도 있지만 금요일이면 대개 그를 볼 수가 있었다. 그는 과일을 두고 한 번도 흥정을 한 적이 없다. 덤을 원하지도 않았다. 거스름돈을 받았다가는 세어보지도 않고 바바의 손에 다시 쥐여주었다. 바바는 남자를 좋아했지만 결코 잔돈 때문은 아니었다. 그렇다고 딱히 어떤 이유를 댈 수 있는 것도 아니다. 그냥 바라보는 것만으로도 기분이 좋아질 만큼 남자에겐 특별한 분위기가 있었다. 바바는 손바닥으로 멜론을 두드리며 신나게 떠들기 시작했다.

"선생님, 이 멜론은 오늘 새벽까지도 줄기에 달려 있던 거예요. 너무도 싱싱해서 지금은 아주 쪼오끔 단단해요. 내일까지만 두면 머릿속에서 천국의 종소리가 들려올 만큼 달콤해진답니다. 아름다운 여자분과 나누어 먹는다면 당장 사랑에 빠져버릴 거예요. 에…… 살구는, 그러니까 오늘 살구는 당신 피부를 사마르칸트 여자처럼 보드랍게 만들어줄 거예요."

살짝 미소를 짓는데도 남자의 눈가에 온통 자잘한 주름이 잡힌다. 백인들의 연약한 피부는 이곳의 태양을 견디지 못한다. 그러면서도 저들은 왜 이곳의 태양에 그토록 미쳐버리는 걸까.

"그러니까 오늘은 살구도 멜론도 그리 달진 않다는 말이구나. 그렇지, 바바? 너는 어디서 장사하는 법을 배웠니? 과일보다는 여자들에게 비단을 파는 게 너한테 어울리겠다. 멜론을 하나 다오. 내일은 천국의 종소리를 들어보겠구나."

남자의 몸 어디선가 타악기 소리가 들려왔다. 바짓주머니에서 휴대폰을 꺼내는 남자의 눈썹이 살짝 찌푸려진다. 왜 저 북소리를 벨소리로 했나 몰라. 여기 젊은이들은 모두 최신 유행의 유로팝에 광분하는데, 정작 그쪽에서 건너온 사람들은 베르베르 전통음악을 좋아했다. 어둠이 깃들 무렵이면 자마 알프나 여기저기서 물소가죽으로 만든 북을 미친 듯 두들겨대는 것도 저들을 흥분시키기 위해서인지 모르겠다. 바바 역시 대륙에서 건너온 달콤한 사랑노래가 훨씬 좋았다. 여름 내 유행했던 〈수잔나〉라는 달콤한 노래를 들을 때마다 보라를 생각했는데. 물론 그 노래를 듣지 않을 때도 보라를 생각하지만.

휴대폰을 귀에 대고 남자는 간혹, 그것도 아주 짧게 대답만 했다. 프랑스어를 배운 적은 없지만 저 정도는 훤히 알아듣는다. 남자의 얼굴이 살짝 굳어진다. 얘기가 길어지는지, 왼손으로 지폐를 꺼내건네준다. 잔돈을 거슬러주자 손을 저었다. 일단 받았다가 다시 건네주는 게 더 기분 좋은데.

"고맙습니다."

바바는 소리 높여 외쳤다. 가난한 자에게도 예의가 필요한 것이다. 바바는 이 구슬프고도 명랑한 인사가 나중에 다시 동전이 되어 돌아올 거라는 걸 알고 있다. 손바닥을 내려다보았다. 동전은, 그냥 받기엔 좀 많다. 작은 비닐봉지를 하나 집어 그나마 붉은 기가 도는 살구 몇 개를 골라 담아 내밀며 재빨리 속삭였다.

"받아주신다면 제 기쁨이에요."

남자는 입꼬리만 살짝 웃으며 비닐봉지를 받아들었다. 그러고는 여전히 휴대폰을 귀에 댄 채로 큰길 쪽으로 걸어갔다. 늘 더운 공기를 온몸으로 천천히 밀듯 걷던 남자의 걸음이 오늘은 좀 허둥댄다. 던져두었던 차파티를 집어 쭉 찢다보니, 수레 위에 멜론을 담은 봉지가 그대로 놓여 있다. 이런! 바바는 봉지를 들고 달려나갔다. 남자는 그사이 차도까지 나가 횡단보도 앞에 서 있었다. 숨을 할딱이며 옆에 서는 바바를 모르는 사람인 듯 멍하니 내려다보는 남자는 어딘가 평소와 다르다. 이걸 두고 가셨어요. 멜론을 내밀자 살구봉지를 든 손을 내려다보고는 그제야 코를 찡그리며 받아들었다. 이런 사소한 일에도 고맙다는 말을 잊지 않는 그가 참 좋다. 막 돌아서는데, 부르는 그의 목소리가 조심스럽다.

"바바."

과일수레를 사이에 두지 않아서일까. 그의 얼굴이 조금은 낯설다.

"너희 집이 어디지?"

"광장의 남쪽."

바바는 침을 꼴깍 삼켰다.

"카페 하파, 뒤편에 있어요."

거짓말이다. 카페 하파는 이층 베란다에서 사막이 보이고 그곳에서 바라보는 일몰의 풍경이 일품이라 음식 값이 무지 비싼 곳이다. 옆으로도 비슷한 카페들이 있지만 그 카페의 전망을 따라오지 못했다. 그 뒤편 길에는 이슬람 풍의 타일 장식이 멋진 고급주택들이 늘어서 있다. 바바의 집은 거기서 꼬박 삼십 분은 걸어가야 나오는, 허물어질 듯한 집들이 좁은 골목을 따라 다닥다닥 기대어 있는 카스바 거리에 있다.

"그렇구나. 집에 네 방이 있니?"

"그럼요."

바바는 과일 파는 일 외에, 거짓말에도 능숙하다. 그것도 이 거리에서 배웠다. 거짓말이 나쁜 짓이라는 생각은 해본 적이 없다. 뭐, 집에 제 방이 따로 없긴 하지만, 같이 쓴다 해도 내 방인 건 맞다. 가까이서 보는 남자의 눈동자는 푸른 유리조각을 모아놓은 것 같다. 반짝이지만 차갑고, 절반쯤은 투명하다. 남자는 눈을 두어 번 깜박이더니 어깨에 메고 있던 갈색 가죽가방을 열고는 비닐봉지를 하나 꺼내들었다.

"바바, 이걸 잠시 동안 맡아주겠니?"

이것, 이라면 비닐봉지가 아니라 그 안에 든 걸 말하겠지. 비닐봉지 안으로 신문지가 비쳐 보인다.

"그러니까 이걸 너만 아는 곳에 두었다가 내가 달라고 할 때 가져다줄 수 있을까?"

"그럼요. 깨지는 것만 아니라면요."

남자는 제 손에 든 것을 잠시 내려다보더니 혼잣말처럼 중얼거렸다.

"청동으로 만들었다 해서 깨지지 않는 건 아니겠지. 영원한 건 없으니까."

바바는 그의 마음이 변할까 무작정 고개를 끄덕이며 비닐봉지를 받아들었다. 전체적으로 둥근 느낌이었지만 단단하고 무거웠다. 팔목이 휘청할 만큼.

"이건, 아주 중요한 물건이란다."

"제 옷 중에서 가장 두꺼운 걸로 싸서 숨겨놓을게요. 아무 걱정 마세요."

그 순간 백인 남자의 표정이 환해졌다. 오늘 만난 후 처음으로. 신호등이 바뀌었다.

"바바, 우리 집 알지? 언제든 놀러 오너라. 네게 보여주고 싶은 게 있어."

바바의 가슴에서 북소리가 들려왔다. 백인 남자의 집. 그건 사하라 북쪽에서는 가장 아름다운 정원이라고 사람들이 말하는 곳이었다. 바깥에서는 담 위로 무성한 파피루스 숲의 끝부분만 겨우 볼 수 있는 비밀의 정원.

비닐봉지를 껴안고 서서 바바는 걸어가는 그의 뒷모습을 바라보았다. 역광에 드러나는 셔츠 속의 몸이 유난히 가늘어 보인다. 수레로 돌아와 빈 과일박스 안에 비닐봉지를 조심스럽게 내려놓았다. 심장이 툭툭 울리는 게, 가슴속에 북이 하나 들어앉은 것 같다. 그의 정원은 붉은 도시의 전설이었다. 사람들은 한 번도 본 적 없는 그의 정원에 대해 끊임없이 이야기를 만들어갔다. 그 정원의 무성한 나무들 아래서 하늘을 올려다보면 여기가 사막이라는 걸 까맣게 잊게 된다고 했다. 그의 옷들은 그 나뭇잎들 사이로 부서져내리는 햇살의 무늬에서 영감을 받아 만든 것이라고도 했다. 그곳엔 쉬임없이 물을 내뿜는 분수가 있어서 그 아래 서면 무지개를 볼 수 있다 했다. 무지개를 한 번도 본 적이 없는 사람들은 천공에 펼쳐진 일곱 색깔의 반원을 상상해보려 했으나 그것이 노을과 어떻게 다른지 알지 못했다. 정원의 가장 깊숙한 곳에는 푸르게 칠해진 집이 있고 그곳엔 고귀한 것들이 가득 모여 있다 했다. 그리고 그곳엔 오직 그 남자만이 들어갈 수 있다고, 사람들은 말하곤 했다. 누구도 본 적이 없기에 그 정원의 모습은 신화 속 풍경처럼 점점 완전해졌다.

이 도시의 누구라도 알고 있는, 그러나 아무도 들어가본 적 없는 그의 정원에 초대를 받은 것이다. 너무 흥분해서 그가 준 거스름돈을 깜박 잊고 있었다. 찐 달팽이를 다섯 번은 사먹을 수 있는 돈이다. 어디에 숨겨야 아빠한테 들키지 않을 수 있을까.

오늘도 번 돈을 꺼내놓자마자 아빠는 낙타 발바닥 같은 손으로 일단 내 온몸을 더듬을 테지. 들키는 날엔 동전 한 닢 남김없이 빼앗기는 건 물론이고 눈에 실핏줄이 터지도록 맞은 후에 저녁도 굶은 채 바깥으로 쫓겨날 것이다. 그렇다면 어디에. 무려 삼십 분 동안 머리를 굴렸지만 옷이나 과일수레 어디에도 안전하게 돈을 숨길 곳은 없다는 절망적인 사실을 깨달았다. 아빠는 돈냄새를 맡았다. 물론 제 잘못도 아주 없다고 할 수는 없다. 돈 계산에 서툰 여행자들의 거스름돈에서 동전 하나쯤 슬쩍해서 숨겨둔 걸 들킨 게 이미 열 번, 아니 스무 번도 넘었다. 아빠는 과일박스의 바닥 틈새까지 다 뒤져보고서야 조사를 끝냈다. 들키는 날엔 과일 판 돈이 아니라고 해봤자 아무 소용이 없었다.

나귀새끼보다 못한 놈.

아빠 입에서 일단 그 말이 떨어지는 걸 신호로 아빠의 분이 다 풀릴 때까지 꼼짝없이 매를 견뎌야 했다. 자존심을 가진 사내라면 나귀새끼보다 못한 놈이란 욕먹을 일은 하지 말아야 한단다. 엄마는 멍에 올리브기름을 문질러주며 타이르곤 했지만, 그 소리를 하도 듣다보니 욕이라기보단 일종의 이름처럼 들리는 것도 사실이다. 매를 맞는 동안은 그야말로 매란 걸 난생처음 맞는 나귀새끼처럼 울고불고 뒹굴며 엄살을 떨었지만, 사실 매는 견딜 만했다. 몸을 요란하게 버둥거리며 등뼈를 아빠 발 쪽으로 들이대는 요령을 터득하고 있기 때문이다. 등뼈에 부딪쳐 발가락이 몹시 아프면 아빠는 그때부터 귀청이 찢어지도록 욕설을 쏟아내곤 했다. 참고 견디면 매도 욕설도 끝이 있지만, 돈을 빼앗기고 나면 보라에게 아무것도 사줄 수 없다는 게 가장 속상하다.

빠져나갈 길은 하나뿐이다. 아빠보다 먼저 집으로 돌아가는 것이다. 과일을 다 썩힐 셈이냐고 뼈마디가 무르도록 맞긴 하겠지. 돈도 돈이지만 오늘은 그가 맡긴 걸 잘 감추어야 했다. 조금만 늦으면 엄마가 들어올 텐데. 바바는 과일을 수레에 차곡차곡 실었다. 맨 위에 몇 개 팔지도 못한 살구바구니를 올려놓고 수레를 밀기 시작했다. 다른 날보다 수레는 훨씬 무거웠지만 달리다시피 돌아왔다.

문을 닫고 집의 구석구석까지 새삼스럽게 둘러보았다. 태어나 여태 살아오면서 집이 이렇게 손바닥처럼 빤한 줄은 미처 몰랐다. 부엌은 두 사람이 들어서면 꽉 찰 지경이었다. 잡동사니를 넣어놓는 다락의 문을 열었다. 어느 구석에 감출까 뒤적이고 있는데 누군가 문을 열고 들어오는 기척이 났다. 낡아빠진 카펫 뭉치 뒤로 얼른 동전과 비닐봉지를 밀어넣고 다락 문을 닫고는 잽싸게 드러누웠다. 앓는 소리를 막 내기 시작했을 때 아빠가 들어왔다. 아빠는 기가 막히다는 표정으로 물어보았다.

"이제 사람들이 돌아다닐 시간인데 벌써 들어와버린 거냐?"

"갑자기 배가 너무 아파서 서 있을 수가 없었어요. 정말이에요. 온몸이 뒤틀리면서 토할 것같이 울렁거리는 게……"

바바는 더 크게 앓는 소리를 냈다. 눈앞에 최초의 불꽃이 번쩍 일었다. 이 정도는 각오한 바다.

"네놈이 정말이라고 하는 것 치고 거짓말 아닌 게 하나도 없지. 하루 지난 과일을 팔 생각이냐? 물러터진 과일을 누가 사가겠어? 일하기 싫으면 먹지도 말아야지."

아빠는 소리를 지르면서 계속 옆구리를 찼다. 바바는 더 크게 비명을 질러대며 몸을 앞뒤로 요란하게 뒤틀었다. 파피루스 마디처럼 밤낮으로 쑥쑥 자라는 바바의 뼈는 이제 돌도 튕겨낼 듯 억세게 여물었다. 아빠는 발가락이 아픈지 차는 걸 그만두고 욕을 퍼붓기 시작했다. 이 나귀새끼보다 못한 놈. 폭풍은 거의 지나간 것이다. 욕설쯤이야, 일도 아니지. 한결 여유가 생긴다. 쏟아지는 욕설 틈틈이 늦은 밤 카스바를 배회하는 고양이처럼 가늘고 길게 신음소리를 흘리기 시작했다.

아으흐, 아흐으……

*

"라시드, 제발."

도시의 경계를 벗어나자마자 라시드는 또 밟아대기 시작한다. 속도계는 150 근처를 오르내린다. 지평선 쪽에서 막 모습을 나타낸 차들이 눈 한번 깜박이는 사이 마른번개처럼 날카롭게 옆을 스친다.

"이건 빛의 속도야, 라시드. 천천히, 천천히."

멀리 보이던 도요타 밴의 꽁무니가 어느새 코앞으로 다가온다. 부딪히나 싶을 만큼 가까이 붙었을 때야 옆으로 휙 빠져나가 내처 달리더니 맞은편에서 오는 차가 상향등을 번쩍이고 거의 충돌할 것 같은 순간에야 제 차선으로 다시 들어온다. 숨이 헉 막힌다. 하루에도 몇 번씩 당하는 일이지만 좀체 익숙해지지 않는다.

"네 추월하는 솜씨는 환상적이야. 칭찬해주고 싶은데. 내가 타지만 않았다면."

이리저리 말해봤자 들은 척도 않는다. 껌을 꺼내 녀석의 입에 하나 넣어주었다.

"내가 살던 나라에선 이렇게 달리는 차를, 총알이라고 부르지."

"총알?"

라시드는 오른손을 핸들에서 떼더니 검지를 오므렸다 펼쳐 승을 쏘는 시늉을 하며 팡 소리를 낸다. 배시시 웃는 볼에 보조개가 쏙 들어간다. 저 천진난만한 표정으로 이렇게 밟아대다니.

"마음에 드는 이름이군."

"타이어 타는 냄새가 나야, 총알의 반열에 들 수 있어. 그 차를 타면 내릴 때 다리가 펴지질 않아."

라시드가 눈을 동그랗게 뜨며 휘이, 휘파람 소리를 낸다.

"너도 만만찮아. 아까부터 고무 타는 냄새가 나. 그리고 뒤에 탄 사람들이 어깨가 아프대."

"왜?"

"네가 추월할 때마다 앞시트를 틀어줘야 하니까."

"인샬라! 죽고 사는 건 신의 뜻이야."

"나는 오늘 가도 괜찮은데 저 사람들은 너의 종교적 과속을 두려워해. 다들 잃을 게 많은 사람들이거든."

"우린 모두 빈손으로 왔지. 갈 때도 마찬가지고. 공평한 거라고 봐."

"도대체 왜 이렇게 달리는 거니?"

라시드는 통통한 검지손가락을 세워 하늘을 가리킨다.

"태양 때문에."

이놈 봐라. 푸, 웃음이 나온다.

"너, 카뮈를 알아?"

"그가 누군데? 이 동네 사람이야?"

"이 동네는 아냐. 알제에서 한동안 살았지. 오래전에 죽었지만."

"교통사고였어?"

"맞아, 그랬던 것 같아. 그런데, 내 말의 핵심은 그게 아냐."

"걔가 왜?"

"그가 말하길, 어떤 남자가 태양 때문에 살인을 했다고 했지. 사랑, 민족, 배신, 격정, 수치심, 돈…… 그가 진부한 살인의 역사에 아주 새로운 이유를 추가한 셈이지. 태양 때문이라고. 세상 사람들은 한동안 그의 선언에 열광했지."

"그래?"

라시드는 웃기지 말라는 듯 콧김을 훅 불더니 떠들어댄다.

"아프리카라면 그 말은 새롭다 할 수가 없어. 여긴 태양 때문에 어떤 일도 할 수 있는 곳이지. 그 어떤 일도. 누구도 저 태양을 죽여버릴 순 없으니까. 그러니까 그건 인살라와 다를 바 없는 말이라구."

떠드는 동안 살짝 떨어졌던 속도는 다시 가파르게 빨라진다.

이 땅은, 햇빛 때문에 누군가를 살해하는 일이 가능한 곳일까. 내 증오는 햇빛보다 미약해졌는가.

언제부턴가, 나는 웃기도 하고 농담도 한다. 그럴 때면 그런 자신을 또다른 자신이 물끄러미 바라본다. 속없는 놈. 승은 지평선을 바라본다. 지평선은 아주 가까운 곳에 있다. 사막에선 거리감이 없어진다. 빛에 산란된 대기는 착시를 일으키곤 한다. 실제 달리면 가까운 거리가 아니다. 태양은 거리감만이 아니라 마음의 감각마저 흐트러뜨리는 걸까. 나는 여기 왜 왔는가. 떠나올 때 꿈꾼 것은 무엇이었나.

어차피 서너 시간은 달려가야 도착할 텐데 이 녀석과 다투느니 차라리 눈이나 붙이고 있는 게 속 편할 것이다. 눈을 감자 잠 대신 생각들이 저녁의 양처럼 떼를 지어 몰려온다. 예상보다 일찍, 돌아갈 수 있을지 모르겠다. 이번에 떠나오기 전, 무스타파에게 맡겨놓은 '그것'이 제대로 임자만 만난다면. 그 생각을 하자 정수리가 뜨끈해진다. 끄흥, 저도 모르게 내쉬는 신음소리에 라시드가 브레이크를 살짝 밟는다.

어제 탕헤르에서 라시드를 부두에 대기시켜놓고, 근처의 인터넷 카페를 찾아갔다. 대륙간 카페리가 다니는 항구라, 카페 안은 다국적의 사람들로 붐볐다. 학생처럼 보이는 남자애 하나가 배낭을 들고 일어서는 걸 보고 재빨리 달려가 자리를 차지하고는 떠오르는 대로 몇 개의 단어를 검색을 해보았다. 인터넷 속도가 너무 느렸다. 갖고 있는 정보도 부족했다. 시간이 꽤 걸렸지만 실마리를 찾아낼 수 있었다. 확보한 자료들로 다시 검색을 해보았다.

마침내 눈에 익은 물건이 화면에 떠올랐을 때, 머릿속에 불이 환하게 켜지는 것 같았다. 게으른 장인이 마지못해 눈과 코를 새기고 맨 마지막에 귀찮아하며 귀를 하나 붙여놓은 듯한 기이한 얼굴. 아무리 봐도 즉각적인 미감은 없지만 설명할 수 없는 매혹을 품은 형상. 바로 승이 무스타파에게 맡겨두고 온 '그것'이었다. 실물보다 훨씬 작은 사진으로도 묵직한 무게감만은 고스란히 전해왔다. 자료 글들을 차근차근 읽어보았다. 짐작 이상으로 역사적 무게가 대단한 물건이었다. 모니터에 떠오른 '그것'을 한참 노려보았다. 가슴이 두근거렸다. 어느새 입술을 잘근잘근 씹고 있었다. 메디나의 뒷골목, 뜨내기 관광객들은 들르지도 않는 외진 곳에 자리잡은 골동품가게 알리바바에서 그것을 보았을 때 어쩐지 범상한 물건 같지 않다는 느낌은 들었지만 이 정도 물건일 줄은 몰랐다.

고대로부터의 교역지였던 붉은 도시엔 관광이 아니라 컬렉션을 목적으로 오는 사람들도 적지 않았다. 개인 소장가도 있고 직접 앤티크가게를 경영하면서 이곳에서 구입한 가격의 몇 배로 되파는 장사꾼도 있다. 그 사람들은 씀씀이가 컸다. 마음에 드는 물건을 구했을 땐 깜짝 놀랄 만한 액수의 팁을 주기도 했다. 무엇보다도 관광객처럼 여기저기 데리고 다닐 필요가 없어 수월했다. 당연히 승이 부담해야 하는 기본 비용도 훨씬 적게 들었다. 비밀스러운 부분이 많다보니 한번 연결된 사람은 다음에 와서도 다시 승을 찾았다. 거래에 만족한 가게 주인들이 따로 챙겨주는 리베이트 받는 재미도 짭짤했다.

그들을 지속적으로 붙들려면 고급한 안목과 수요를 충족시킬 가게 리스트를 가지고 있어야 했다. 처음엔 리스트는커녕 메디나 골목의 큰 줄기도 파악을 하지 못하고 있었다. 스케줄이 비는 날이면 집에서 쉬는 대신 메디나의 골목길을 헤매고 다녔다. 글쎄 메디나를 뭐라고 해야 할까. 사람이 살기 시작한 지 천 년이 넘었다는 메디나는 삶의 모든 국면이 뒤엉켜 있는 곳이다. 사람들이 모여 살면서 필요한 것들을 그때마다 하나씩 채워넣으며 만들어진 곳. 끊임없이 변화하는 자족의 공간. 부정형의 건축과 측량이 불가한 골목길과 파악이 불가능한 인구가 뒤엉켜 사는 곳. 그 안에 없는 건 없다. 시장과 은행이 있고, 모스크와 학교가 있다. 공방과 찻집이 있고 보석상과 골동품가게도 있다. 정체를 알 수 없는 거래가 이루어지는 장소들도 있다. 때밀이수건부터 고생대 화석까지 없는 물건이 없다. 은하수처럼 많은 상점들과 그 틈에 또 사람들이 깃들어 사는 집들이 오글오글 모여 있다. 여기 사람들과 여행자들과 또 그중 어디에도 속하지 않은 모호한 존재들로 골목은 늘 북적인다. 세상의 다른 어떤 지역과도 닮지 않은, 메디나는 그냥 메디나다.

광대한 북아프리카, 마그레브의 사람 사는 곳엔 어디나 메디나가 있지만 붉은 도시의 메디나는 그중 크고 오랜 것으로 이름이 났다. 그가 품은 골목은 구천 개가 넘는다 했다. 누가 세어보았겠는가. 어쩌면 거대하고 꼬불거리지만, 하나로 연결된 골목일 수도 있겠지. 처음엔 어디가 어딘지 알 수 없었다. 끝없이 이어지는 길을 헤매다보면, 방향을 외우면서 들어왔다 싶은데도 도무지 출구를 찾을 수 없을 때도 있었다. 멀리 나가면 등대처럼 뚜렷이 보이는 모스크의 미나렛도, 정작 골목 안에선 보이지 않는다. 감을 잡을 수가 없어 막막한 심정으로 하늘을 올려다보면, 엇갈리는 지붕 사이로 좁고 긴 직사각형의 푸른 하늘만이 추상 액자처럼 걸려 있곤 했다. 머리 위의 조각하늘은 어둑해지는데 똑같은 골목을 몇 바퀴나 돌다가 짐 당나귀들이 흘린 똥의 흔적을 따라 가까스로 바깥으로 빠져나온 적도 있고, 골목 안에 사는 소년에게 동전을 한 닢 주고 입구를 찾아나온 적도 있다. 그렇게 발품을 팔고 땀을 쏟으면서 감추어진 보물 같은 가게들을 많이도 찾아냈다. 눈이 돌아갈 만큼 섬세한 수공예 장신구가게와 물소뼈 장식장을 구할 수 있는 가게, 특이한 은세공품을 파는 가게에 데려가면 사람들은 탄성을 지르며 넋을 놓았다. 특별한 유약을 사용해서 때깔부터 다른 젤류지가게 같은 데를 들어가면 유럽 여자들은 무어라무어라 조잘대며 홀린 듯 찻잔이나 촛대 따위를 사들였다.

알리바바는 그런 가게들과는 조금 다른 곳이었다. 누군가의 집 다락에서 꺼내온 듯한 낡은 등피나 아마추어 화가의 조악한 풍속화, 우그러진 은팔찌, 골동품, 푸른 녹이 앉은 은식기부터 식민지시

대의 장총까지, 없는 게 없는 가게였다. 물건의 수준은 들쭉날쭉이었다. 메디나의 입구 쪽의, 관광객들을 주고객으로 하는 가게들처럼 정돈되어 있진 않았지만 품목이 다양해서 구할 수 없는 물건이 없었다. 이걸 누가 사? 싶은 것도 한자리 차지하고 있었고, 이런 건 박물관에 가야 하는데 싶은 것도 구석에 처박혀 있곤 했다. 알리바바의 주인 아지자는 뺑이 세긴 했지만 사람이 괜찮았다. 그도 승을 좋아했다. 메디나에서 잔뼈가 굵은 가이드들은 원가를 알다보니 대체로 그악스럽게 물건 값을 깎는 편인데, 승은 적절한 선에서 중재를 해주었다.

알리바바로 물건이 들어오는 경로도 다양했다. 개인이 들고 나온 걸 매입하기도 했고, 누군가가 일차적으로 수집해온 걸 무더기로 넘겨받기도 했다. 도굴품이나 장물로 보이는 물건이 가게로 들어와 있을 때도 있다. 사막 여기저기 널려 있다시피 한 유적의 일부를 떼어와서 파는 일이 나쁜 일이라는 개념 자체가 없어 보였다. 괜찮냐 물어보았을 때, 아지자는 상관없다고 했다. 어차피 이 구석진 곳까지 딱히 임자도 없는 물건을 찾으러 들어올 경찰은 없어. 누가 남의 일에 목숨을 걸겠어? 그런 물건은 주인을 잘 만나면 서로가 횡재였다. 달리 판로가 없는 도굴꾼이나 도둑 들은 급한 마음에 헐값에 넘겼고, 아지자는 구매자를 쫀쫀하게 골라가며 되팔았다. 가격 역시 들쭉날쭉이었다. 아지자란 인간이 물건의 가치를 제대로 읽지 못하는 것이 주요한 까닭이겠지만, 애초에 물건을 넘기는 사람부터 가치를 잘 모르고 거래를 했다. 너무 싸게 파는 것 같아. 언젠가 연대가 꽤 오래되어 보이는 부조벽화 일부를 말도 안 되는 가격에 넘기는 것 같아 말하자, 그는 고개를 저었다.

승, 알라가 주신 내 저울그릇에 담긴 재물의 양은 정해져 있어. 더 올려놓으면, 저울이 뒤집어져. 동전 한닢 남김없이 죄다 쏟아지는 거지. 그 생각을 내 머릿속 한가운데에 두지 않았다면, 난 진즉 망가졌을 거야. 영원히 손이 흰 사람은 없어. 메디나는 그런 곳이야. 천사도 욕망과 몸을 섞게 하는 장소지.

흥. 말은 번드르르하지만 상인들이란 손해보는 장사는 하지 않는 법이다. 결국 안목의 문제였다. 아는 만큼 버는 것이다. 승의 물건 보는 눈은 알리바바에서 밝아졌다.

자주 있는 일은 아니지만, 운이 좋으면 미처 정리하지 못한 채 무더기로 쌓인 잡동사니 속에 괜찮은 물건이 파묻혀 있을 때도 있었다. 승이 마음에 들어하면 그는 가져온 값이라며 넘겨주었다. 부르는 값이 적어도 서너 배는 부풀린 거라는 걸 알고 있지만 승 역시 그 이상을 남기고 넘길 수 있는 것들이었다. 가게로 들어오는 품목들은 참으로 다양했다. 사하라 이남의 흑단이나 상아 공예품들은 비싸지만 흔하고 조달이 쉬워서 수집할 가치가 없었다. 서부 아프리카 쪽의 미니멀한 인체 조각들은 유행이 좀 지나갔다. 요즘은 대량생산한 모조품까지 나도는 판이다. 여기 사람들은 금에 환장을 하지만 유럽 사람들은 금장신구는 그리 좋아하지 않았다.

유물 쪽으로 오면 얘기가 달라졌다. 도굴품인 줄 뻔히 알지만, 정말 탐나는 물건이 많다. 수백 년 전의 은세공품, 요즘 것보다 훨씬 길고 무거운 포크나 식기류, 화강암 부조나 손잡이가 달아난 옛 도자기, 동아프리카 쪽 유물들도 그리 비싸지 않은 가격에 구할 수 있다. 기원전에 만들어졌다는 고양이 미라나 파라오의 흉상 같은 것도 드물게 들어왔지만 승이 욕심내기엔 호가가 너무 셌다. 그래도 곧 주인을 찾았다는 소문이 들려왔다.

카르타고나, 더 멀리는 페르시아 지방에서 온 골동품들은 짧은 안목으로는 통 연대를 짐작할 수 없었지만 그 질감 속에 세월의 겹이 고스란히 드러났다. 가히 자체발광이라 부를 만했다. 한니발 시대 부장품이란 소리에 터무니없다며 눈을 흘기긴 했지만 서툰 눈에도 한 천 년은 묵어 보이는 청동그릇이나 도자기도 드문드문 거래되었다. 고대언어가 새겨진 돌판들도 더러 나왔다. 도대체 그게 아지자의 말처럼 삼천 년 전의 것인지 확인할 길은 없었지만. 심지어는 사막에 흩어져 있는 로마 유적지에서 통째 뽑아온 원형기둥을 가격만큼 토막쳐 거래하기도 했다. 순대 잘라 팔듯. 생각해보면 그 운명이 서글프긴 하지만, 골목 귀퉁이 가게 바닥에 구르고 있어도 결코 훼손되지 않는 그 절대적 미감에 진저리를 친 적이 많다. 그것들은 심지어 사막에서 쉽사리 집어올 수 있다는 이유로, 사람을 시켜 캐내야 하는 삼엽충 화석보다 싸게 거래되기도 했다.

승의 안목은 자잘한 성공과 몇 번의 쓰디쓴 실패를 수업료로 내면서 차츰 나아졌다. 제법 거래자금을 모은 후부턴 고객들을 직접 알리바바로 데려가지 않았다. 괜찮은 게 있으면 매입해서 갖고 있다가 안목과 재력이 있는 고객들에게 슬쩍 보여주었다. 어떤 것들은 구입가의 열 배를 불러도, 한푼도 깎지 않고 사갔다. 올해 들어서는 가이드 일보다는 그쪽에서 얻은 수입이 더 많아졌다. 최근에, 파피루스에 새겨진 고문자의 서체에 반해 묶음째 사들인 문서철을 몇 토막으로 나누어 제본한 후 팔았을 땐 스무 배쯤의 수익을 올리기도 했다. 거래를 마치고 돈을 손에 쥐었을 때 몸을 스친 짜릿한 전율은 꼭 돈 때문만은 아니었다. 시간 날 때마다 알리바바에 들러 구경을 하거나 물건을 사들이곤 하는 일이 점점 잦아졌다. 꽤 되는 금액도 외상을 줄 만큼 아지자와도 가까워졌다.

지난 목요일, 늦은 오후에 알리바바에 들렀을 때다. 재래식의 추저울이 놓인 책상 위로 달러와 유로를 카드처럼 주르르 펼쳐놓고 거래내역을 적고 있던 아지자가 안경 위로 눈을 치뜨며 쳐다보았다. 아지자, 많이 벌었어? 물어보자 고개부터 젓는다. 오늘은 헛장사 했어. 헤벌쭉한 입매를 보니 빈말이다. 새 물건들이 들어왔는지 계단 아래 구석에 뭐가 잔뜩 쌓여 있었다. 마저 해. 이거 구경 좀 하고 있을게.

'그것'은 쌓인 물건들의 가장자리에 함부로 놓여 있었다. 비닐봉지와 신문지로 싸놓은 윗부분이 풀려 한 귀퉁이가 엿보였다. 신문지 틈으로 삐죽이 보이는 게 무슨 짐승의 머리 같기도 했다. 아지자의 가게에서 흔히 볼 수 있는 것들과 느낌이 좀 달랐다. 이슬람권의 유물은 대체로 세부의 장식성이 강했다. 얼핏 단순해 보이는 것도, 유심히 살피면 어느 한구석엔 징그러울 정도의 장식성을 꼭 심어두어야 직성이 풀리는 것 같다. 세밀화나 은주전자에 새겨진 문양의 디테일을 들여다보면, 이들은 현세의 삶과 그 감각의 세계를 지독히 사랑하는 족속이라는 생각이 들었다. 절대와 무한을 제 손바닥으로 어루만지며 살고자 하는. 자신들은 그게 신에 대한 경배의 형식이라고 말하지만.

그런데, 만들다 밀쳐버린 것 같은 이 쇳덩어리는 뭔가. 승은 쪼그리고 앉아 신문지를 젖히고 물건을 들여다보았다. 로마 스타일도, 아랍 양식도, 아프리카 풍도 아니었다. 발로 슬쩍 건드려보았다. 눈 짐작보다 묵직했다. 이게 뭐지? 짐승의 형상 같기도 했지만 딱히 감을 잡기 어려웠다. 두 눈 사이가 한참 멀었고, 귀는 이마 위로 멀찌감치 붙어 있었다. 그러니까 첫눈에는 좀 멍청해 보였다. 너덜해진 신문지를 살짝 벗겨보았다. 목 아래가 뎅겅 잘려 있었다.

추하다.

얼핏 그 생각만 스쳤다. 신문지를 도로 덮어두고는 다른 것들을 뒤적여보았다. 죽이는 그림이 있어, 그 옆에. 아지자가 승의 옆을 가리켰다. 석양의 사하라를 걸어가는 대상과 낙타의 무리를 그린 사실화였다. 비슷한 스타일의 것이 세 점 겹쳐져 있었다. 성실하게 그리긴 했지만 우리나라 이발소 그림보다 수준은 더 떨어졌다. 음흉한 놈. 액자째 저울에 달아 킬로그램 단위로 몇 푼 주고 사온 걸로 잔돈푼이라도 벌어보겠다는 거지.

죽이는군. 그런데 내 취향은 아니야.

그래? 어쩔 수 없지. 취향이란 참 재미있는 거야. 취향이란 게 없었다면, 나도 저기 입구에서 싸구려 기념품가게나 하고 있겠지. 승은 안목이 있어. 어떤 아름다움은, 예쁜 여자보다 강렬한 거야. 그렇지?

그렇게 수다를 떨면서도 그의 손은 돈을 세느라 바빴다. 승은 층계 아래 놓인 것들을 세심히 살펴보았다. 사람들의 눈저울은 다 다른 것 같지만 또 한편 비슷하기도 했다. 들락거리며 유심히 보면,

역시나 승이 마음에 두었던 것들부터 팔려나가기 시작했다.

좋은 게 나오면 연락해줘. 또 들를게. 인사를 하고 가게를 나오려는데, 무언가가 뒤통수를 지그시 잡아당겼다. 무엇일까. 승은 알고 있었다. 그럴 리가 없다고 생각하는 한편, 무엇이 단숨에 마음을 사로잡아 다른 것들을 하찮아 보이게 하는지, 집어들 마음조차 나지 않게 하는지. 승은 짐짓 입구에 놓인 장식용 은접시를 집어들었다. 이 동네에서 흔하디흔한, 저울로 달아서 은값만 지불하면 될 물건이었다.

이건 얼마나 하나?

네가 하겠다면, 가져온 값에 주지. 구십 유로.

터무니없는 가격이다. 이 녀석이 점점. 최근에 만든 물건인데다 하도 얄팍해서 손가락으로도 휘겠구만. 구십이라면, 오늘 도착한 뜨내기 관광객도 콧방귀를 뀔 가격이다. 어쩔 수 없지.

정말 예쁘네. 세공이 기가 막힌데, 그렇게 줘도 되는 거야? 늦어도 19세기?

연대는 잘 모르겠는걸? 나쁘지 않아.

살짝 말끝을 흐린다.

이건 내가 살게. 식탁 옆에 올려놓고 볼 때마다 널 생각하게 될 거야.

절반으로 깎아줄 기회를 놓쳐버린 아지자가 죄책감과 안도감이 섞인 맹한 표정을 채 지우기 전, 승은 계단 쪽으로 가서 무심한 듯 그것을 집어들었다.

이건 뭐지? 이것도 파는 거야?

그건 내일 와서 구경해. 오후에 들어온 거라, 아직 나도 뭐가 있
는지 몰라.

아지자, 이런 건 빨리 치워버리는 게 좋아. 추해. 나나 주든지.

얇은 종이로 은접시를 포장하고 있던 아지자가 살피듯 승의 얼굴
을 쳐다보았다.

추한 걸 왜 가져가려고 해?

동양에선, 사람들이 자신을 상징하는 동물을 하나씩 갖고 태어나
거든. 이건 아마도 쥐 같은데, 잘 만들진 못했어. 쥐는 하나뿐인 내
딸의 상징동물이지. 내일이 딸의 생일인데 돌아다니느라 선물을 아
직 못 샀어. 이걸 주지 뭐.

오호, 자신을 상징하는 동물이 있단 말이야? 별자리 같은 건가
보군.

재미있다는 듯 눈을 동그랗게 뜨면서 계단 쪽으로 와 허리를 굽
히고는 그것을 들여다보았다. 신문지를 들추고 손바닥으로 쓱 문질
러보더니 선선히 고개를 끄덕였다.

그나저나 이건, 어디서 온 건지 모르겠구나. 좋아. 딸의 생일이라
니, 그냥 주겠다.

아지자는 은접시 바가지 씌운 걸 털어버리고 싶었을 것이다.

쇳값은 줘야 할 텐데.

아지자는 고개를 저었다.

됐어. 선물이야. 승의 동물은 뭐야?

난, 용이야.

오오, 생일선물로 주고 싶어도 쉽지가 않군. 양이나 원숭이라면

몰라도.

견갑골 사이로 땀이 쪼르르 흘러내렸다. 접시 값으로 구십 유로를 지불하고 접시와 그것을 들고 밖으로 나왔다. 가게를 나와서는 내내 달리다시피 해서 메디나 바깥으로 나왔다.

그걸 어쩌겠다는 생각은 그때는 없었다. 다만 그것은 매우 강렬하게 마음을 끌어당겼다. 보라의 생일은 아직 멀었다. 거짓말은 한순간이었다. 직감 같은 것이었다. 이건 굉장한 거야. 그걸 일단 차트렁크에 싣고 침낭을 펼쳐 덮어두었다. 집에 가져다두고 싶진 않았다. 뭐랄까. 그건 매우 강렬하게 마음에 들러붙었지만 가까이 두거나 어루만지고 싶지는 않은, 그런 것이었다. 탕헤르로 떠나던 날, 어쩔까 고민하다 일단 무스타파에게 맡겨놓기로 했다. 그걸 가져가서 이층으로 직접 들고 올라가 장식장 뒤의 빈 공간에 내려놓고는 당분간만 좀 맡아달라고 했을 때 무스타파는 쳐다보지도 않고 외쳤다.

노 프로블럼.

누가 맡긴 거야. 며칠만 신경 좀 써줘.

무스타파는 더욱 장난스럽게 소리쳤다.

노오오 프로블럼.

모니터에 떠오른 그것을 바라보면서 승은 입술을 깨물었다. 이건, 지나치게 대단한 물건이다. 마음은 상반된 두 지점을 오갔다. 벅찬 기대로 두근거리는 한편 슬며시 불안하기도 했다. 이런 식의 거래는 연대도, 주인도 모호한 물건이 좋다. 이렇게까지 대단한 것이라면 피곤해질 수도 있다는 마음과 다시 오지 않을 기회라는 생각이 번갈아 들었다. 제대로 주인을 만나 대차게 가격을 불러서 거래가 된다면, 여기를 떠나 다시 돌아갈 수도 있지 않을까. 제멋대로인 인간들을 끌고 뜨거운 모래바람 속을 헤매지 않아도 될 테지. 그런 생각을 할 때는 심장이 뛰었지만, 유괴를 하고 보니 추장의 아들인가, 싶은 마음도 들었다.

무스타파의 가게에 맡겨둔 후로도 그건 내내 마음을 떠나질 않았다. 노오오 프로블럼, 외치던 녀석의 말마따나 며칠 동안이니 별일이야 없겠지. 승은 손톱을 물어뜯으며 혼자 생각 속으로 빠져든다.

누군가를 찾겠다는 갈망만 포기한다면, '그것' 하나만 잘 거래하면 서울로 돌아갈 수 있을지도 모른다. 돌아갈 수 있다면, 그렇다면, '그들'은 어떻게 하나. 딸랑 가방 하나 들고 보라를 데리고 이대륙으로 날아올 땐, 무엇이 먼저였던가? 그들을 찾아내는 것. 그리고 태산 같은 채무의 변제. 그 두 가지는 명백한 순서가 있었다. 처음엔 그들을 찾는 건 어렵지 않다고 보았다. 빚을 갚는 건 그들을 찾기 전엔 가능하지 않은 일이었다. 그들을 찾으면 들고 달아난 돈의 회수가 가능하리라고 믿고 싶었다. 잘못 생각했던 걸까. 여전히 그들의 흔적조차 찾지 못했지만, 어쩌면 급한 빚을 정리하는 건 가능할지도 모르겠다.

그들을 찾는 일이 불가능할지도 모른다는 예감은, 찾아 헤맬수록 더 뚜렷해졌다. 만약에 남아 있는 채무를 변제할 수 있다면 그들을 찾지 못한 채로 돌아갈 수도 있을까? 그 생각을 하기 시작하면 머릿속은 메디나 뒷골목처럼 엉망으로 뒤엉겼다. 자신만이 할 수 있는 대답이지만 그때마다 마음속은 캄캄해졌다. 시간이 날 때마다 카사블랑카나 항구가 있는 세우타 혹은 탕헤르로 달려가 그들의 흔적을 수소문하는 게 가장 우선이었던 승은 시간이 지나면서 점점 돈이 되는 일들을 찾아 헤매고 또 매달려왔다. 찾기 위해선 우선 먹고 살아남아야 했지만, 어쩌면 그건 그 일이 가능하지 않을 수 있다는 예감과 함께 시작된 것 같기도 하다. 비행기를 타야 하는 먼 항구도시까지 날아가보곤 하던 열심은 이제 갖가지 핑계에 짓눌려, 넉 달 전 라스팔마스까지 가서 알아본 게 마지막이었다.

모래를 한줌 뿌린 듯 서걱이는 눈을 꾹 감았다 뜬다. 지평선은 달려가는 그만큼 멀어져간다. 여전히 라시드는 인샬라 운전이다. 룸미러로 보니 등받이를 움켜쥐고 속으로 비명을 삼키던 사람들은 이제 잠 속을 헤매고 있다.

자신에게 일어난 모든 일들이 태양 때문이라고 받아들일 수 있다면, 그러니까 운명이라고 받아들일 수 있다면, 라시드처럼 머리를 모래에 대는 순간 잠들 수 있을지도 모르겠다. 매일 해가 지는 것이 두려울 만큼 지독한 불면은 이 대륙에 도착하기 전부터 시작된 병이긴 하지만. '그들'을 향해 달려가던 길 위에 '그것'이 끼어든 이후, 불면은 더 심해졌다. 자신에게 일어난 모든 일들의 시작과 끝이 머릿속에서 앞뒤 없이 뒤엉킨다. 속도를 조금도 늦추지 않은 채로 라시드는 범퍼가 거의 스칠 듯 앞선 랜드로버를 추월해 들어간다.

"라시드, 제발!"

*

　정오 무렵보다는 이 시간의 더위가 오히려 견디기 힘들다. 이때쯤이면 흙벽은 종일 빨아들인 열기를 뿜어내기 시작한다.

　더운 물속에 푹 잠긴 듯 귀가 먹먹해지고 숨이 얕아진다. 몸의 온도는 부위별로 제각각 달라진다. 오른손으로 왼팔뚝을 쓸면 뜨뜻한 느낌이 손바닥에 묻어난다. 심장에 가까울수록 체온이 더 높다는 것도 이젠 알고 있다.

　도마뱀이 파고들지 못하게 옷을 똘똘 뭉쳐 선반에 올려놓고 샤워기 꼭지를 끝까지 돌린다. 졸졸거리질 말든지, 미지근하지나 말든지. 온도조절기 같은 건 없다. 한 번만이라도 아주 차가운 물에 머리를 감을 수 있다면. 뜨뜻미지근한 물이 몸 위로 맥없이 흘러내린다. 벽에 붙은 도마뱀을 보고도 더이상 질겁을 하지 않게 된 것처럼, 이제 그곳과 이곳의 다름에 대해서도 무심해졌다. 아니다. 무심해진 것이 아니라 물이 미지근하다고, 옆에 도마뱀이 붙어 있다고 호들갑을 떨 사람이 없는 거지. 나, 이래 봬도 한때는 새벽 두시에 화장실에 출몰한 바퀴벌레 한 마리를 보고 사이렌 같은 비명을 질러대서 동네 사람들을 전부 깨워놓은 적도 있었지. 비명이란, 들어줄 사람이 있을 때에야 터져나오더군.

　나는 버림받았다.

　발가벗은 몸 바로 옆, 이십 센티도 안 되는 벽에 붙어 있는 도마뱀을 보고도 놀라지 않게 되었을 때, 보라는 자신이 버림받았다는 사실을 받아들이기로 했다. 보라에게 무슨 일이 일어났는지 아무도 말해주지 않았다. 그랬다 해서 모를 수 있다면 얼마나 좋을까. 누구도 말해주지 않았지만 보라는 처음부터 끝까지 제 눈으로 지켜본 것처럼, 아주 세밀하게 알게 되었다.

자신은 버림받았다는 생각만이 이 모든 것들을 견딜 수 있게 했다. 아빠가 사막으로 들어가면 혼자 며칠이고 눈을 부릅뜬 채 지내는 일도, 햇볕에 어깨와 팔을 까맣게 태우며 낯선 사람의 몸에 타투를 하는 일도, 밥 대신 모래처럼 푸슬푸슬한 싸물을 꼭꼭 씹어 삼키는 것도, 세 마리의 도마뱀과 한방에서 지내는 일도, 버림받지 않았다면 감당 못할 일들이다.

아래쪽으로 무언가가 쑥 빠져나와 다리를 타고 내려가다 바닥으로 떨어진다. 피다. 바닥이 금세 붉게 변한다. 핏덩어리는 가장자리부터 풀어진다. 샤워꼭지를 껐다가 다시 끝까지 돌려본다. 물줄기는 조금도 굵어지지 않는다. 바닥으로 뚝뚝 떨어지는 피를 씻어내기엔 어림도 없다. 여기 오면서 슬그머니 멈추었던 생리가 지난달부터 다시 시작되었다. 몸은 왜 제 맘대로 멈추었다가 또 이렇게 시작하는 걸까. 며칠째 손이 차가웠고 찐득한 통증이 아랫배에 들러붙어 있었다. 거의 일 년 만의, 그러나 익숙한 통증이었다. 가지고 있는 진통제도 없었고, 광장에 나가지도 못하고 종일 누워 있다 좀 씻으려는 참이었다.

남의 것이듯 바닥에 붉게 번지는 핏물을 내려다본다. 몸은, 이곳을 받아들인 건가. 나한테 물어보지도 않고.

툭, 소리가 나면서 사방이 캄캄해진다. 정전은 일상이지만 갑작스런 어둠은 매번 무섭고 불편하다. 하필 지금. 어둠 속에서 발로 바닥의 물을 개수구 쪽으로 훑어내린다. 도마뱀이 붙어 있던 장소를 가늠하며 벽을 더듬어 샤워기를 잠그고 젖은 몸을 닦았다. 어둠 속에서 식탁 모서리에 허벅지를 부딪치고 의자에 무릎을 박았을 때도 아프다 말하지 않는다. 왜 나인가고 묻지 않는다. 들어줄 사람이 없으니까.

정전 같은 것, 이라고 생각했다. 자신에게 일어난 일들이. 불이 켜지면 어둠이 밀려나듯 한순간에 사라질 일이라고. 꿈에서 깨어나는 일처럼. 하루에도 몇 번씩 정전을 겪으면서 자신이 잘못 생각했다는 걸 알았다. 모두가 동시에 겪는 정전과는 다르다는 것을. 저 혼자 어두운 바깥으로 밀려나온 거라는 걸.

막 물기를 닦아낸 살갗에서 기다렸다는 듯 땀이 스며나온다. 속옷을 꺼내고 서랍을 닫으려다 더 쑥 잡아당겼다. 맨 안쪽에 가지런히 놓인 것들. 만지기만 해도 기분이 좋아지는 양털 실내화, 젤류지 가게에서 가장 예뻤던 에스프레소 잔, 물소뼈로 깎은 머리빗, 옷가게에서 가장 얌전한 거라고 고르긴 했지만 목선을 따라 인조진주가 조르르 달린 저지 원피스, 잔주름을 없애준다는 장미오일, 흑단에 은으로 무늬를 새겨넣은 팔찌…… 어둠 속에서 그것들을 하나씩 더듬어보았다. 엄마는 알까. 이것들을 사기 위해 내가 광장에서 어떤 시간을 보내는지. 타월을 생리대 삼아 팬티를 입었다. 서랍을 닫고, 정전이 끝날 때까진 열면 안 된다고 생각하면서도 손은 이미 냉장고를 열어 김통을 꺼내고 있다.

나는 버림받았다. 그 생각이 몸 안에 꽉 차올라 터져버릴 것 같은 순간이 오면, 김을 먹었다. 언제부터였는지도 모르겠다. 김을 한 조각 입에 넣으면 찝찔한 맛이 혀에 감기면서 사정없이 나부끼던 마음이 착 가라앉았다. 한번 먹기 시작하면, 바닥이 날 때까지 자꾸만 집어먹게 된다. 나는 버림받았다. 나는 집이 없다. 이 공간은 집이 아니다. 집이란, 지켜야 할 어떤 것들이 모여 있는 곳. 여긴 지켜야 할 게 아무것도 없는 빈 공간. 그저 김 하나, 나 하나. 김 둘, 나 둘. 바바가 놀러 왔을 때, 김을 집어주며 먹어보라고 하자, 눈을 동그랗게 뜨며 물었다.

왜 검은 종이를 먹어야 해?

종이가 아니야. 이건 바다풀이야. 바닷물 속에서 자라는 풀을 말린 거야.

김조각을 입에 넣은 바바가, 한 번도 바다를 본 적 없는 바바가 고개를 저었다.

으, 짜. 난 맛을 모르겠어. 무슨 맛이야?

바바는 갸웃거리면서도 자꾸만 집어먹었다.

너무 먹진 마. 이건 중독이 되는 거야.

이 맛에? 카트 이파리 같은 거야? 난 모르겠는데? 기분이 좋아지지도 않고 몸이 붕 떠오르는 느낌이 들지도 않고.

그런 건 아냐. 그래도 먹다보면, 마음이 가지런해져.

바바는 신기한 듯 김을 요리조리 돌려보더니 혀에 올려놓고는 장난스레 말했다. 혀가 아파. 아빠 없이 혼자 지낼 때면 유난히 더 먹어댔다. 바깥에 나가 몇 시간 지나면 김을 먹고 싶어 조바심이 나곤 했다. 그랬다. 이미 김에 중독이 되어 있는지도 모르겠다.

팬티만 입은 채 벽에 등을 기대고 앉아서 천천히 김을 집어먹는다. 김이 혀에 착 들러붙으면, 이상한 안도감이 든다. 눈앞의 어둠을 멍하니 바라보았다. 머리카락에서 떨어진 물방울이 가슴을 타고 흘러내렸다. 김에 흰 밥을 싸서 먹던 그 식탁 주위에 떠돌던 냄새 같은 것들이, 언젠가 셋이서 놀러 갔던 바닷가의 파도처럼 자꾸만 밀려왔다. 어둠 속에 누가 있기라도 하듯 소리내서 말을 해보았다.

생리 때면 늘 이래. 누가 차려주는 맵고 기름진 음식이 자꾸 먹고 싶어져.

*

새침한 계집아이.

뭘 사다줄까.

찐 달팽이는 먹을지 모르겠다. 지난번엔 뇌주름이 선명한 걸 고르느라 얼마나 신경을 썼는데, 보란 듯 구운 양뇌를 봉투에서 꺼내자마자 비명을 지르며 마구 두들겨팼지. 주먹이 등에 팡팡 닿을 때마다 너무 행복하긴 했지만. 어쨌든, 까칠한 계집아이. 바바는 자마 알프나에 들어서면서부터 보라를 찾는 한편, 혹시라도 아빠와 맞닥뜨리지 않을까 연신 사방을 둘러보았다.

남자가 준 돈으로 보라에게 맛있는 걸 사줄 생각을 하니 두들겨 맞은 자리가 오히려 시원할 지경이긴 했지만 여기서 매를 더 벌 필요는 없다고 생각한다. 실컷 때리고 나서 아빠가 집을 나가자마자 언제 울부짖었냐는 듯 발딱 일어나 다락으로 달려갔다. 동전만 꺼내고 봉지를 밀어넣다 도로 끄집어냈다. 도대체 무얼까. 아주 잠깐

망설이다 봉지를 열었다. 보면 안 된다고 하진 않았어. 조심조심 신문지를 풀어냈을 때 바바는 자신을 마주 보는 맹한 얼굴과 맞닥뜨렸다.

검은 덩어리에 아무렇게나 새겨진 눈과 코와 귀. 만들다 만 듯한. 그 눈은 바바를 바라보지 않았을 뿐만 아니라 제 앞의 어떤 것을 바라보는 눈이 아니었다. 게다가 거무튀튀한 색깔이라니. 실망스러웠다. 뭐랄까, 이보다는 더 아름답고 고귀한 어떤 것을 기대하고 있었다. 백인 남자의 세계에 어울리는. 다시 깊숙한 곳에 밀어넣고는 집을 빠져나와 광장으로 달려온 길이다.

맹렬하게 배가 고프다. 아까 말린 과일을 파는 수레에서 한줌 슬쩍한 대추야자는 다 먹어치웠다. 삶은 양머리 냄새가 미치도록 구수하게 콧구멍을 파고든다. 쫄깃한 찐 달팽이 생각을 하니 거의 기가 막힐 지경이다. 동전을 꼭 쥐고 여기저기를 돌아다녔지만 보라는 보이지 않는다. 설마 안 나온 건 아니겠지. 아빠가 돌아오기라도 한 걸까.

바바는 태어나면서부터 자마 알프나와 살을 부비며 자라왔다. 학교를 다니지 않아도 여기서 다섯 가지 언어를 배웠다. 자기도 속일 만큼 능숙한 거짓말을 배웠다. 종이에 적힌 숫자로는 못 하지만 머릿속으로 하는 돈계산을 배웠고, 장사하는 법을 배웠다. 수치심을 잊는 법을 배웠고 모멸에 익숙해지는 법도 배웠다. 바바에게 이곳은 날마다 기어나와야 하는 일터였다. 낮엔 과일을 팔고 석양 무렵엔 쇠공 마술로 사람들의 주머니를 털어야 하는 고단한 일터였다. 숨쉬는 걸 의식하지 않듯, 광장이 거기 있다는 생각 같은 건 하지 않고 살아왔다. 이곳에 보라가 오기 전까지는. 보라가 나타난 후 자마 알프나는 특별한 장소가 되었다.

타투를 하고 있는 보라를 바라보고 있노라면 북소리도 호객하는 이들의 소란스러운 외침도 아련히 사라져버린다. 오후의 열기에 지쳐 있을 때조차 보라는 몹시 아름답다. 보라가 눈에 보이지 않아도 저 많은 사람들 사이 어디엔가 있을 거라고 생각하면 이 넓은 곳이 단 하나의 커다란 방처럼 느껴졌다. 바바는 광장에 나오면 가장 먼저 보라부터 찾아보았다. 보라가 보이지 않는 날엔, 그야말로 '죽은 자들의 광장'에 서 있는 것 같았다. 아무도 없이 텅 빈.

입구에서부터 훑듯이 걸어가고 있는데, 누군가가 빛을 발하듯 눈길을 끌었다. 백인 남자다.

바바는 저도 모르게 그의 뒤를 따랐다. 제 마음대로 정한 미신 같은 것이긴 했지만, 바바에게 남자는 행운의 상징이었다. 그를 보게 되는 날은 운이 좋을 거라는. 터무니없진 않다. 여태 그에게 받은 동전만 해도 얼마인데. 광장은 이미 사람들이 모여들기 시작해 둘 사이로 끊임없이 사람들이 지나갔다. 열기에 시달려 배배 꼬인 유칼립투스 몇 그루가 서 있는 구석 쪽으로 그가 다가갔을 때 바바는 그만 멈추어야 했다. 그곳은 손바닥만한 나무그늘에 돗자리를 깔아놓고, 엄마가 제 운명을 궁금해하는 사람들을 기다리는 곳이었다. 그곳엔 엄마 말고도 새점을 치는 여자와 별자리점을 봐주는 여자도 있었는데, 남자는 하필 엄마 쪽으로 걸어가고 있었다.

타투가 그런 것처럼 점도 여자들의 취미였다. 남자 혼자 와서 제 앞날을 물어보는 사람은 아주 드물었기 때문에 엄마뿐 아니라 누구도 그를 붙잡을 생각을 하지 않고 있었다. 엄마는 목을 살짝 기울여 그를 올려다보며 무어라무어라 이야기를 건네기 시작했다. 낡은 돗자리에 앉은 엄마는 집에서보다 훨씬 나이 들고 초라해 보인다. 남의 운명을 읽어내는 일은 생기를 빼앗기는 일일까. 모래알처럼 많은 사람들이 이 광장으로 날아들지만 정작 엄마의 고객이 되어주는 사람은 드물었다. 엄마는 언젠가 그 까닭을 이렇게 말했다. 사막을 지나쳐온 사람들은, 운명이란 밤사이 사라져버리곤 하는 거대한 모래언덕과도 같다고 생각하거든. 아직 사막을 거쳐오지 않은 사람을 잡아야 한단다. 바바는 침을 꼴깍 삼켰다. 남자가 엄마 앞에 앉았다. 언제라도 날아오를 새처럼 무릎 위에 팔꿈치를 얹은 채. 쪼그려 앉은 남자는 어쩐지 초라하고 말라 보인다.

카드를 펼쳐놓은 엄마가 남자를 바라보았다. 하나씩 고르는 대신, 그는 나란히 놓인 세 장의 카드를 단숨에 빼들었다. 세 개의 카드는 과거와 미래, 그리고 현재의 상징이다. 남자는 자신의 삶을 송두리째 뽑아쥐었다. 그건 그리 좋은 조짐처럼 여겨지진 않는다. 인생을 한 걸음씩 걸어나가지 않는 사람은 무언가에 걸려 넘어지게 되어 있다고 엄마가 그랬지. 엄마는 자신의 예언에 자부심을 갖고 있었다. 카드만으론 운명을 알 수 없단다. 이건 말이다, 그 카드를 집어들게 하는, 보이지 않는 내면까지 읽어내야 하는 일이란다. 엄마는 카드를 펼쳐놓고 카드와 남자의 얼굴을 번갈아 쳐다보며 말을 하기 시작했다. 남자의 얼굴엔 어떤 표정도 떠오르지 않는다. 한 조각의 호기심이나 기대 같은. 엄마는 저런 손님을 치르고 나면 기운이 쏙 빠진다 했는데. 엄마가 남자 쪽으로 기울였던 몸을 일으켜세운다. 예언은 끝났다. 이때쯤 손님들은 가장 궁금한 걸 물어보곤 한다. 그 질문이 무엇이든 엄마의 대답은 비슷했다. 고생 끝 행복 시작. 그러니까 일종의 덤같은 것이었는데 남자는 아무것도 묻지 않았다. 그저 끝나길 기다렸다는 듯 주머니에서 지폐를 한 장 꺼내 상자 위에 내려놓고는 선선히 일어났다. 남자의 뒷모습이 사라질 때까지 엄마가 지켜보고 있어서 얼른 뒤따라갈 수가 없었다. 엄마가 고개를 갸우뚱하며 카드를 정리하기 시작했을 때에야 그가 사라진 쪽으로 달려갔다.

메디나의 입구로 쑥 들어가버리지만 않는다면 광장에서 누군가를 찾는 게 어려운 일은 아니다. 메디나의 입구는 장을 보러 나온 사람들과 여행자들이 뒤섞여 발 디딜 틈이 없었지만 그를 찾아내는 건 금방이었다. 그가 입은 흰 옷의 느낌은 너무도 독특해서, 그 주위사람들이 입은 흰색 젤라바는 모두 부옇게 바랜 듯했다. 그는 올리브가게 앞에 서 있다. 고깔 모양으로 수북이 쌓아놓은 올리브 더미에서 검은 올리브 하나를 집어 입에 넣고 맛을 본다. 살짝 진저리를 치고는 정작 붉은 고추가 들어간 매운 올리브를 손가락으로 가리킨다. 올리브가 든 비닐봉지를 손가락에 걸고 그는 이제 메디나 입구를 기웃이 들여다보았다. 이 시간에 메디나로 들어가는 사람은 없다. 어둑신한 골목 안쪽을 기웃대던 그가 마침내 누군가를 발견한 듯 손을 살짝 들어 보이고는 망설이지 않고 성큼성큼 걸어들어간다. 따라 들어가볼까 하고 몇 걸음 달려나가던 바바는 기절할 뻔했다. 백인 남자와 마주 서 있는 사람은 아빠였다. 즉시 뒤돌아서서 달리기 시작했다. 아프다며 땡땡이치고 여기서 얼쩡거리는 걸 들키는 날엔 죽음이다. 후끈한 열기가 온몸에 휘감긴다. 달리다가 부딪쳐 물장사의 물통을 쏟을 뻔했고 쇼를 위해 이제 막 늘어놓은 코브라 집을 걷어찼다. 뒤에서 코브라 주인이 소리소리 질렀지만 돌아보지 않았다.

광장을 빠져나오자 그나마 조금은 시원하게 느껴졌다. 양쪽 눈옆에 검은 차안대를 한 말들이 끄는 마차가 팔을 스칠 듯 지나간다. 냄새가 지독하다. 이상한 하루다. 오늘은 보라를 만나지 못하는구나. 그 생각을 하자 발걸음이 저절로 느려진다. 보라의 얼굴을 보면 그것이 새로운 하루. 북소리는 더욱 가팔라졌으나 이제 멀리 들린다. 터벅터벅 걸어가던 바바는 걸음을 멈추고 뒤를 돌아보았다. 커다란 솥처럼, 광장은 희끄무레한 연기를 뿜어올리고 있다. 생의 비밀이 모두 뒤섞인 기묘한 액체라도 끓이고 있는 것처럼. 저 안 어디쯤 보라가 있을 텐데. 바바는 눈을 가늘게 뜨고 피안의 장소이듯 그쪽을 바라보며 중얼거렸다.

보라 없이 여태 살아왔다는 게 너무나 이상하게 느껴지네.

*

여러분과 함께 있는 동안 이 사람은 착했나요?
여러분과 함께 있는 동안 이 사람은 정직했나요?
장례를 주관하는 랍비가 제 앞에 나와 서 있는 증인들에게 묻고 있다.
승은 제 주위에 둘러선 일행들에게나 겨우 들릴 만한 목소리로 랍비의 질문들을 통역해주었다. 구구절절한 증인들의 대답은 통역하지 않는다. 늘 절대긍정이므로. 그러니, 잘못 살았다 해서 죽기 전에 쫄 필요는 없겠다. 형식의 단순함이란 얼마나 우리를 위로하는지. 긍정은 죽은 자가 아니라 산 자들을 위한 것이다. 증인은 슬픔에 찬 목소리로 대답한다.

그는 언제나 정직했습니다.

그는 이 마을에서 가장 착한 사람이었습니다.

사실일까. 이 질문과 대답이 장례절차의 절정이다. 대답이 끝나면, 박음질하지 않은 천에 쌓여서 이제 막 메카 쪽으로 머리를 두고 땅 속에 묻힐 자를 위해 누군가 울기 시작한다. 죽은 자와 지금 생과의 고리가 풀리는 시간이다. 저 청아한 목소리. 곡비였다. 곡비의 울음은 노래보다 아름답다. 죽은 자와 상관이 없기에 그 울음은 아름답다. 그 울음은 진짜 울음을 이끌어낸다. 평생을 울어온 곡비의 유연한 울음소리가 사랑하는 자를 잃은 사람들의 눈에서 뜨거운 눈물을 뽑아올린다. 생전의 그를 알았던 사람들이 모두 울기 시작한다.

승의 눈에서도 기다렸다는 듯 물이 흘러내리기 시작했다.

승은 사막에서 마주치는, 모르는 사람의 장례식이 좋았다. 사막에서 우연히 결혼이나 장례를 맞닥뜨리는 건 작은 로또 같은 거라고, 인류학의 생생한 자료들을 눈앞에서 목격하게 되는 행운이라고 말하지만 그것만이 전부는 아니었다. 사막에서의 마땅찮은 끼니를 해결할 수 있다는 것도 좋긴 했다. 그것도 극진한 환대 속에서. 상주들은 새로 장만한, 가장 거친 돗자리로 낯선 손님을 안내하고 시원한 물과 풍성한 음식을 대접했다. 그러나 다만 그것 때문일까. 처음 모르는 이의 장례식에 참석했던 날 승은 저도 모르게 울었다. 곡비의 울음이 한 고비를 넘었을 때였다. 창자에서 끌어올려 가슴과 뒤통수와 정수리를 한 바퀴 돌아내려와 목구멍에서 비단실을 끄집어내듯 매끄럽게 뽑아내는 유연한 곡조라니. 그는 죽은 자가 아니라 살아 있는 자들을 대신해서 울어주는 사람이었다.

흉내낼 수 없는 그 유장한 가락을 배음으로, 승은 소리없이 울었다. 그 울음의 가락에 업혀 울었다. 매번 입고 있던 옷의 앞자락이 다 젖을 만큼 눈물을 쏟았다. 곡비는 소리로 울고 승은 눈물로 울었다. 장례식을 볼 때마다 매번 처음인 듯 눈물이 터져나왔다. 곡비의 울음을 듣고 있으면, 박음질하지 않은 천으로 머리부터 발끝까지 단단히 감싸인 채 누워 있는 자가 바로 자기 자신 같았다. 그랬다. 나는 죽었다. 바수어졌다. 이미 죽은 채로 곡비의 울음소리를 듣고 있는 것이다.

"잊어요."

밑도 끝도 없긴. 옆에 서 있던 탕헤르 여자다.

"……무얼요. 저 여자 재주가 보통이 아니에요. 누구라도 매번 같이 울게 만들어요."

심상한 듯 대답했지만 목소리가 맹맹하다. 잊지 않으면, 기억들은 열병을 일으킨다는 걸 여자도 알까. 승은 물이 고인 눈을 위로 치떴다. 여자는 멀리 모래와 하늘이 만나는 지평선 쪽으로 고개를 돌린다.

"사람의 얼굴이란, 자신의 지난 생을 적어놓은 상형문자라네."

정작 제 얼굴엔 어떤 글자도 적어놓지 않았으면서 무슨 소리. 그래도 경전을 외던 랍비의 곡조를 흉내낸 가락이 제법 그럴싸하다. 장례 구경도 처음이 아닌 것인지. 네가 뭘 알아. 상형문자라니. 잊어야 할 건 없다. 죽고 싶었고, 그보다 먼저 죽이고 싶을 뿐이다.

몇 달 전이었지. 아마추어 인류학자의 가이드를 맡게 되어 단둘이서 사막의 남쪽까지 내려간 적이 있었다. 승보다 열 살쯤 위로 보이는 독일 남자였다. 사막 깊숙이 있는 마을을 두 군데 들렀고 마지막 목적지는 거기서 꼬박 하루 반이 걸리는 긴 코스였지만 이동하는 동안 개인적인 얘기를 나눈 기억은 없었다. 그는 자신이 여태 만난 소수종족들의 얘기를 가끔 들려주었는데, 그 삶은 문명인들의 것과 너무도 달랐지만 얘기를 다 듣고 보면 또 사는 게 다 거기서 거기, 비슷하다는 생각이 들기도 했다. 모래와 광야와 산길을 달려갔고 마지막엔 길이 끊어진 곳에 차를 세워두고 예약해둔 전세 헬기를 타고 들어갔다. 거기서 기다릴 수도 있었지만, 그는 승에게 같이 가기를 권했다. 닷새를 그곳에서 그 사람들과 지냈다. 그들은 옷이란 걸 몰랐다. 여자들은 젖가슴과 성기를 드러내놓고 해맑게 웃었다. 지내는 동안 식물의 뿌리나 열매로 배를 채웠다. 짐승의 젖에 생피를 섞은 걸 나누어 마시기도 했다. 나무둥치에서 긁어낸 구더기는 차마 먹을 수 없어 손으로 배부른 시늉을 해 보이며 웃어야 했다. 말은 알아들을 수 없었으나 크게 불편함을 느낀 적은 없었다. 보름달이 떠오른 밤, 우리 둘마저 내내 입고 있던 속옷을 마침내 벗어버리고 달빛 아래 어울려 춤을 추기도 했다. 맨발로 돌아다니다 발바닥을 다치기도 했지만 끝내 현실감을 느낄 수 없었던 그 장소를, 인류학자는 유토피아라 불렀다.

떠나오기 전날, 그는 그곳의 소박한 장터에서 인형을 하나 구해 승에게 주었다. 식물의 억센 줄기를 엮어 만든, 아주 단순한 형상이었다. 인형이라니 인형인가보다 할 만큼. 손에 받아쥐고 들여다보고 있는데, 그가 일러주었다.

배에 이름을 적어 불에 태우면, 그 이름을 가진 자가 불 위에 올라선 듯한 고통을 겪게 할 수 있다오.

겨우 한 뼘 길이. 이목구비는 극도로 단순해서 어떤 구체적인 얼굴도 겹쳐놓을 수 있었다. 어떤 주술도 가능하다 했다. 짐작과는 달리, 사람들은 인형의 목을 단숨에 똑 분지르기보다는 손발을 불로 천천히 그슬리거나 바위에 얼굴을 문지르거나 가슴 깊숙이 날카로운 것을 꽂아두는 쪽을 택한다는 말도 해주었다. 승은 그 인형의 등에 녹슨 바늘을 꽂았던가. 그 배에 이름을 썼던가. 허리를 지그시 꺾기도 했던가. 이름을 쓴 것도 나였고 쓴 것을 잊고 싶어하는 것도 나였던가. 오래전 일이 아닌데도 기억이 나지 않는 건, 그걸 손에 쥐고 승이 너무도 많은 것들을 상상했기 때문일 것이다. 마침내 엮어놓은 줄기가 풀리고 바스러질 때까지.

그가 그 인형을 살 때 승은 옆에 서 있었다. 가족이나 누군가에게 줄 기념품인 줄 알았다. 그 사악한 주술인형을 만들어 팔던 여자의 눈빛이라니. 손바닥으로 쓸어보고 싶을 만큼 생기로 빛나던 팽팽한 뺨, 죄라는 단어를 모를 듯한 그 투명한 눈빛은 지금도 지워지지 않는다. 스스럼없이 저주와 생필품을 맞바꾸던 그녀는 제 사악을 어디에 감추어두었을까. 무엇보다, 그 주술은 이루어졌을까.

내 얼굴은 지난 생을 기록한 상형문자라. 그 말은, 너는 모자라는 자라는 말인가. 옆에 서서 볕에 그을린 이마를 살짝 찌푸린 채 서 있는 이 여자처럼, 젖가슴을 드러낸 채 활짝 웃으며 주술인형을 팔던 그 여인처럼, 세상의 모든 여자들은 제 얼굴에 어떤 상형문자도 그려놓지 않는데. 십육 년을 같이 살던 여자가 어느 날 감쪽같이 사라져버린 순간까지, 승은 그녀의 얼굴에서 어떤 문자도 읽어내지 못했다. 그랬는데, 그 아마추어 인류학자는 불과 며칠 지내는 사이에 승의 얼굴에서 자신을 부수어버리겠다는 상형문자라도 읽어낸 모양이다. 굳이 그걸 사서 손에 쥐여준 걸 보면. 같이 지낸 지 이틀 된 뜨내기 여자마저 느닷없이 잊으라니. 나란 인간은.

랍비는 이제 죽은 자의 영혼을 위해 노래하고 있다. 이들의 송가는 악보가 없다. 마주 앉아서 한 구절씩 따라 하며 무수한 반복 끝에 저토록 유려한 곡조에 도달하는 것이다. 송가를 부르는 랍비의 몸은 길이 잘 든 가죽피리 같다. 그의 몸통에서 흘러나온 음률은 모래구릉을 따라 흩어진다. 흐느끼듯 하던 곡비의 울음소리가 다시 높아진다.

라시드 녀석, 곡비가 우는 내내 옆에서 들으란 듯 줄곧 코를 훌쩍이고 있다. 승은 모른 척한다. 오가다 구경하게 되었던 어느 결혼잔치 때도 그랬다. 열두 살 아래 외사촌과 결혼하고 싶은데, 지참금을 마련할 길이 없다고. 이러다간 그녀가 다른 놈하고 결혼하는 날 들러리나 서야 할지도 모른다고, 빗자루 같은 속눈썹을 꿈벅이며 눈물을 뚝뚝 떨어뜨리는 게 영 마음에 걸려 팁을 두 배나 주었다. 오늘은 또 재작년에 돌아가신 외할머니가 너무 보고 싶다나. 됐거든.

누군가 승의 어깨 뒤에 카메라를 살짝 숨긴 채로 셔터를 누르고 있다. 다른 일행들도 몰래 사진을 찍는 게 보인다. 장례식에서는 사진을 찍지 말라고 몇 번이나 경고했건만. 그냥 못 본 체하기로 한다. 햇살은 모든 걸 생생히 드러내는 동시에 사람의 눈을 멀게 한다. 저 앞에서 카메라는 보이지 않을 것이다.

그저 여행자로 왔다면 나 역시 이 사막과 저 사람들의 삶의 방식에 매혹되었을까. 무언가에 매혹당하기엔 지금 내 마음의 온도는 너무 차갑다. 거의 죽은 사람처럼. 죽어가는 사람은 자신의 생존 외엔 그 무엇에도 매혹되지 않는다. 승은 손바닥으로 얼굴을 쓸어내린다.

잊으라니. 잊으면 나는 사라지는데. 살아남기 위해 죽도록 찾아다니는데.

*

"아름다움이 그 사람을 죽일 거야."

턱과 뺨을 어루만지듯 뜨거운 김이 피어오른다. 이 구수한 향기. 죽음과는 너무 먼 냄새. 하리라 수프를 바바 앞에 내려놓은 엄마는 혼잣말처럼 중얼거렸다. 끔찍하지만 발설되어야만 하는 신탁을 전하듯 엄마의 커다란 눈에서 푸른 빛이 반짝 터져나왔다.

엄마가 백인 남자에게 무어라고 했는지 궁금하긴 했다. 아까 엄마를 봤어요. 손님이 있었어요. 백인 남자…… 거기까지 말했을 뿐인데 엄마는 마침 입에 물고 있던 배릿한 동전을 뱉어버리고 싶던 참이라는 듯 불쑥 그렇게 말하는 것이다. 바바는 너무 놀라 막 한술 떠넣은 수프를 꿀꺽 삼켜버렸다. 식도가 타는 것 같다. 이상한 슬픔이 갈비뼈 틈으로 차오른다. 푹 퍼진 녹두알이 혀 위에서 톡톡 터지는 하리라 수프는 바바가 가장 좋아하는 음식이었지만 더 먹고 싶지가 않다. 특이한 운명을 가진 손님을 만난 날이면 엄마는 저녁을 먹으며 그 이야기를 불쑥 들려줄 때가 있었다.

통통한 볼에 천사처럼 투명한 눈빛을 가졌지만 그 여자는 사랑하는 사람을 차례차례 잃게 되지. 아침부터 밤까지 땀을 흘려도 그 남자의 손바닥은 늘 비어 있을 거야. 운명이니까. 그 청년은 물에 빠져 마지막을 맞게 될 거야. 사막 한가운데로 도망쳐도 피할 수 없는 운명이지. 그의 어깨 뒤에서 그를 껴안고 있는 귀신을 보았어. 그것도 여럿……

왜 엄마는 비극적인 운명에 대해서만 되짚고 떠올리는 걸까? 더러운 먼지처럼 여전히 자신에게 묻어 있는 나쁜 기운을 마저 털어버리고 싶은 걸까?

"엄마, 엄마의 예언은 왜 모두 어두운 거야?"

"사람의 운명이란 원래 어두운 거란다. 아주 가끔 환한 빛을 발하는 때도 있지만 그건 한순간이야. 애초에 운명의 주관자가 그렇게 만들어놓았으니. 우리 짐작과 달리 신은 질투심으로 가득 차 있거든. 우리가 자족적인 행복에 젖어 있기보다는 끊임없이 자기를 찾고 매달리길 원하지. 한줌의 자비를 달라고, 이 고통만은 비켜가게 해달라고 울며 보채길 바라지."

저녁 먹을 생각도 하지 않고 엄마는 지친 얼굴로 맞은편에 앉아 물담배를 끌어당긴다.

"그 사람은 카드 고르는 법을 몰랐을 거예요."

"내가 말을 해주었는데도 듣지 않은 거지. 가끔 그렇게 카드를 한 꺼번에 뽑아드는 사람들이 있어. 무언가에 미쳐 있다는 얘기야. 하나하나는 나쁘지 않았어. 그런데 겹쳐지면 운명이 캄캄해지는 패가 있지."

"그런 게 어딨어요?"

엄마는 고개를 저었다.

"세상은 온통 그런 모순투성이야. 눈을 멀게 할 만큼 지나친 아름 다움이라든가, 제 운명의 배에 다 실을 수 없는 재물이거나, 평탄한 삶과 바꾸어야만 하는 사랑이거나."

말도 안 돼. 엄마가 운명을 미리 읽을 줄 아는 사람이라면 결코 아빠 같은 남자와 결혼하진 않았겠지. 엄마는 수프를 휘휘 젓고만 있는 바바의 손등을 젖은 손으로 찰싹 때렸다.

"바바, 음식 귀한 줄 알아라."

"엄마 점은 맞지 않아. 그렇잖아요? 엄마는 늘 듣기 좋은 얘기만 해주지. 여름이 가기 전에 돈 많은 왕자님이 둘이나 나타날 텐데 둘 다 놓치기 아까운 사람들이에요. 이 여행이 끝나기 전에 당신 운명 의 여인을 만나게 되니 부디 눈을 크게 뜨고 다니세요. 서른이 넘으 면 엄청난 부를 이루겠군요. 여행에서 돌아가면 당신이 꿈꾸던 일 이 이루어질 거예요. 그때 절 기억해주세요……"

바바는 엄마 목소리를 우스꽝스럽게 흉내내며 떠들었다. 엄마는 고개를 저었다.

"그건 엄마가 몰라서가 아니란다. 진짜 운명을 아는 것이 그들에 게 아무 도움도 되지 못한다는 걸 알기 때문이지. 난 그저 선명하게 읽히는 운명 대신 몇 마디 달콤한 말을 던져줄 뿐이야. 그들이 주는 동전 꼭 그만큼만. 바바, 어서 먹기나 해라. 식기 전에."

"엄마, 자신을 아는 것이 그토록 어려운 일인가요? 처음 보는 엄마한테 돈을 주면서 물어보아야 할 만큼."

"그건 왜 묻니?"

"사람들이 자기 자신에 대해 잘 알게 된다면 지금보단 더 행복해질 거라고 생각해요. 사람들이 행복하지 않은 건 자신에 대해 몰라서 그런 것 같아요."

"무슨 말이니?"

바바는 입을 꾹 다물고 이제 미지근해진 수프를 푹푹 떠먹었다. 그사이 수프에 든 국수토막들은 다 불어터졌다. 그건 이런 얘기였다. 채색도자기가게의 젤류지 찻잔처럼 어여쁜 엄마가, 이토록 맛있는 수프를 끓일 줄 아는 엄마가 왜 키는 작고 성격은 더럽고 코는 휘고 등뼈는 튀어나온, 그러니까 술을 마시면 미친 나귀처럼 날뛰며 차고 때리는 꼽추와 결혼했느냐는 질문이다. 엄마는 식탁 위로 턱을 괴며 나른한 목소리로 말했다.

"사람은 죽을 때까지 자신을 몰라. 모든 사람은 자신의 타인이지."

"그래서, 그 남자에게도 그렇게 말해주었나요? 죽을 거라고?"

"귀여운 바바. 나는 나쁜 점괘를 그대로 말해준 적이 없단다. 그건 정말 옳지 못한 짓이지. 운명이 데려다놓기 전에 미리 불행의 우물에 빠뜨릴 까닭이 어디 있겠니?"

남의 운명에 대해 말할 때의 엄마는 아빠에게 맞아서 푸른 멍을 몸 곳곳에 달고 사는 그 엄마는 아닌 것 같다.

"엄마, 아름다움은 그토록 위험한 것인가요? 그것 때문에 죽을 만큼?"

그렇게 말할 때 바바의 머릿속으로 처음엔 보라의 얼굴이, 다음엔 흰 옷을 입고 걸어가던 백인 남자의 모습이 떠올랐다.

엄마는, 대답 대신 밤의 사막처럼 깊고 검은 눈으로 바바를 가만히 쳐다보았다. 아름다운 사람은 제 아름다움에 무심하다. 그 생각을 하자 바바는 어쩐지 가슴이 미어지는 듯했다. 그랬다. 보라는 자신이 얼마나 예쁜지 모른다.

"아름다움 그 자체가 나쁜 건 아니야. 다만 어떤 아름다움은 어리석음을 불러일으킨단다. 갖고 싶고 만지고 싶고 나만의 것으로 하고 싶고 그러기 위해 어떤 위험도 무릅쓰는 어리석음으로 풍덩 뛰어들게 하는 거야."

엄마가 얘기를 마쳤을 때, 이상하게도 바바의 마음속에 오롯이 남은 것은 봉지에 담겨 있는 그 괴상한 덩어리였다. 그걸 건네줄 때의 백인 남자의 눈빛이 떠올랐다. 바바는 고개를 저으며 우기듯 중얼거렸다.

"그건 절대로 아름답지 않아."

*

더운물이 가득 찬 물통 속에 웅크리고 앉은 듯하다. 숨을 들이쉴 때마다 열기가 목구멍으로 밀려든다. 창은 닫아두었다. 바깥의 뜨거운 공기가 밀려드는 걸 막기 위해. 손바닥만한 창에 얼굴을 갖다대면 희게 부서진 빛이 모래 언덕 사이로 차곡차곡 쌓이는 게 보인다. 사락사락 소리를 내며. 이 시간이면 거리를 오가는 사람들도 보이지 않는다. 카페거리로 나가면 늙거나 젊은 남자들이 도로의 턱에 참새처럼 쪼르라니 앉아 저녁을 기다리고 있는 걸 볼 수 있다. 흙벽에 손바닥을 갖다대자 미세한 서늘함이 스며나온다. 뺨을 벽에 대본다. 들끓던 마음이 가라앉는다. 화덕 안에 밀가루 반죽을 붙이듯 온몸을 벽에 착 붙여본다. 아직은 견딜 수 있어. 지금은, 여기, 잠시 엎드려 있는 거야.

가그작 가그작.

조심스럽게 문을 긁는 소리가 들린다. 또. 보라는 모른 척한다. 지난번 기블리가 막 시작될 무렵이었다. 이젠 익숙해졌지만 처음 그 모래폭풍을 겪을 땐 숨이 막히도록 두려웠다. 아빠도 없이 혼자 있을 때였다. 한낮인데도 하늘은 캄캄해지고 유리창을 때리는 모래 소리가 거센 빗소리 같았다. 노랗게 질린 태양은 하늘 가운데 무겁게 박혀 있다가 어떤 순간엔 그마저 보이지 않았다. 집 안의 모든 창을 닫고 문을 잠그고 있으면 집이 뚜껑 달린 배처럼 느껴진다. 흙탕물 속을 헤쳐 지나는 것처럼 창밖이 하나도 보이지 않을 때도 있다. 눈을 감으면 조금씩 흔들리며 어딘가로 떠가는 것 같은 기분이 든다. 이젠, 어떤 지독한 폭풍도 이윽고 사라져간다는 걸 알고 있다. 기블리가 지나가고 나면, 잠근 문틈으로 들어온 거라곤 믿을 수 없을 만큼 많은 모래가 바닥에 소복이 쌓여 있곤 했다.

그날도 저렇게 발톱으로 문을 건드리는 기척이 먼저였다. 서두르지도 않고, 가만가만. 그러나 줄기차게. 문단속은 아빠의 노랜데,

싶었지만 신경이 쓰여 도저히 버틸 수가 없었다. 아주 조금 문을 열었을 때 잽싸게 밀고 들어온 바람이 먼저 부엌 구석까지 삽시간에 달려갔다. 책장이 화르르 넘어가고 볼펜이 굴러떨어졌다. 그 틈에 막무가내 앞발부터 쑥 들이밀며 튀어들어온 건 청회색 털빛의 고양이였다. 바바 말로는 흔한 일이라 했다. 한두 번 받아주면 습관이 되니 절대 문을 열어주지 말라고 했는데. 순식간에 모래산 하나를 들어 저리로 옮겨놓기도 하는 폭풍이 시작되기 전, 지평선 끝에서 노란 기운이 일어나면 떠돌이 고양이들은 필사적으로 도피처를 찾아든다 했다. 회초리로 후려치듯 아픈 모래바람이 닥치고 모든 집들의 문이 잠겨버린 후엔 며칠 동안 꼼짝없이 굶어야 한다는 걸 알고 있는 것이다. 그런데 저 녀석은 미련한 건지 철이 없는 건지. 뭐하느라 창으로 누런 바람 외엔 아무것도 보이지 않게 된 뒤에야 문을 긁기 시작한다니. 아빠가 알면 혼을 내겠지만 처음 왔던 날, 창 바깥으로 푸른 하늘이 보일 때까지 녀석과 함께 지냈다. 모래를 퍼담아와서 화장실까지 만들어주었는데 바람이 가라앉자, 괘씸하게도 뒤 한번 돌아보지 않고 슥 사라져버렸던 녀석이 그뒤로는 심심하거나 배가 고프면 이렇게 찾아온다. 너, 내가 만만하게 보이데? 열어주나봐라.

못 들은 척 붙들고 있던 수학책을 다시 들여다본다. 잔소리쟁이 아빠가 이상하게도 공부하란 말씀은 안 하지만, 서울서 꾸려온 책들을 정리해놓고 나름 열심히 공부를 하는 편이었다. 한글로 된 참고서를 붙들고 있으면, 서울의 그 방에 앉아 있는 기분이 들기도 했고, 손에 익은 책의 느낌은 이전의 자신과 지금의 자신을 연결해주는 끈 같기도 했다. 미지수고 함수고 다 무슨 소용이야 싶지만, X와 Y의 값을 찾아 헤매다보면 여기가 아니라 그곳 같은, 그 느낌을 찾아 책을 펼쳐드는지도 모르겠다. 그런데 저 녀석이.

열어주든 말든 상관 않겠지만 계속 긁긴 하겠다는 저 태도라니. 무려 한 시간이나. 졌다. 걸쇠를 빼고 문을 조금 열자 녀석은 그럴 줄 알았다는 듯 그리 서두르지도 않고 사뿐사뿐 들어온다. 길냥이 주제에 자존심은 있어가지고. 들어와서는 곧장 냉장고 앞으로 가서 보라를 빤히 올려다본다. 먹을 걸 내놓으라는 거다. 식탁 위에 있는 차파티를 조금 뜯어 던져주었다. 고개도 숙이지 않고, 제 발치에 떨어진 빵조각을 흘깃 내려다볼 뿐 코도 대보지 않는다. 그러고는 냉장고만 쳐다보았다. 웃겨. 멸치를 내놓으라는 거다. 우리의 질긴 인연이 시작된 건 멸치 한 마리였지. 아무것도 필요 없다는 듯 오만한 표정이 멸치 앞에서 무너졌었지. 처음 왔던 날, 접시에 남아 있던 마른 멸치 한 마리를 던져주었다. 빛의 속도로 먹어치운 이후로 녀석은 왔다 하면 멸치를 달라고 졸라댔다. 그 맛을 잊을 수 없다고, 갈구하듯 몽롱한 눈빛으로. 더이상 못 참겠다는 듯 녀석은 목을 뽑아 비틀며 니아오 니아오 앓기 시작한다. 살짝 귀여운 놈. 내가 너 땜에 웃고 산다.

"안 돼. 그건, 아빠 약이야."

어떤 날이면 아빠는 술병을 꺼내 잔에 넘칠 듯 부었다. 눈을 부릅 뜨고 못을 삼키듯 단숨에 소주를 삼키고는 멸치 한 마리를 오래오래 씹었다. 그럴 때면 보라는 슬그머니 방으로 들어가버렸다.

"노릴 게 따로 있지. 그건 절대 안 돼."

발끝으로 빵조각을 툭 밀어주었다. 쳐다보지도 않고 하소연하듯 더욱 애달픈 콧소리를 낸다. 니아옹 니아옹. 눈빛공격을 더는 견디지 못하고 냉장고에서 멸치 세 마리를 꺼냈다. 너 하나, 나 하나. 보라의 입안에 비릿한 맛이 채 퍼지기도 전에 녀석은 씹지도 않고 꼴깍 삼킨다. 손바닥에 남은 한 마리를 노려보던 녀석이 순식간에 긴 팔을 갈퀴처럼 획 뻗어 채간다. 그래놓고는 그걸 어르면서 가지고 논다. 더 없다는 걸 아는 거지. 보통 영리한 게 아니다. 가르치기만 하면 곧 한글도 깨치겠어.

"거기서 바다 냄새가 나니? 넌 바다를 모르지?"

보라는 쪼그리고 앉아 고양이를 들여다본다. 자세히 보니 녀석의 털은 회색이다. 털의 끝부분에 암청색이 살짝 감돌 뿐이다. 이름 없는 녀석. 사실은 처음 만났던 날부터 애 이름을 지어주고 싶었다. 아롱이, 랄라, 파랑이…… 몇 개의 이름을 떠올려보다가도 그 끝엔 늘 고개를 저었다. 그러지 말아야 해. 이름을 부르던 것들과 헤어지는 일은 너무 힘들었다. 사람만이 아니라 장소들도. 눈을 감거나 때론 눈을 감지 않아도 떠오르는 얼굴들도, 이름이 없었다면 이렇게 쓰라리진 않겠지. 이 생각을 하면 꼭 울게 된다.

언제가 될지 아빠에게 한 번도 물어보지 못했지만, 단 하나의 이름도 마음에 새기지 않는다면 내일 여기를 떠난다 해도 마음속에 남는 어떤 자국도 없을 테지. 떠나고 나면 북아프리카 하고도 사막 언저리의 이곳은, 일 년 전까지 그랬듯 지도 위의 한 점으로 돌아가겠지. 모래바람이 지나가면 이 녀석이 또 흔적 없이 사라져버릴 것처럼.

보라는 김통을 들고 벽에 기대앉는다. 김을 한 조각 꺼내 입에 넣는다. 스르르 눈이 감기며 마음이 편안해졌다. 그사이 멸치를 먹어버린 녀석이 저건 뭐 별건가 하는 눈길로 김을 쳐다보았다.

"얘, 나, 아무래도 중독인 거지?"

*

"노마드라, 흥!"

생수병을 기울여 마지막 모금을 삼킨 여자가 투덜대며 빈 병으로 나무울타리를 팡팡 두드린다. 미지근하다 못해 뜨끈해진 물맛에 짜증이 났겠지. 아틀라스 산맥의 끄트머리. 말이 산맥이지 거대한 암석덩어리가 길게 늘어서 있는 게 전부이다. 완만한 경사를 따라 나무 대신 거친 바위들만이 박혀 있다. 굴러내린 몇 개의 바윗덩어리가 산맥과 사막의 경계를 이루고 있을 뿐이다. 바람에 깎여나간 기묘한 형태와 무늬가 어우러져 추상의 조형물을 늘어놓은 것처럼 보인다. 나무 없는 산맥의 자락에 삶을 의탁하고 있는 사람들이 찌푸린 듯 웃는 듯 이쪽을 바라보았다.

기이하고도 황량한 풍경을 카메라에 담느라 사람들은 정신이 없다. 저 사람들의 하루하루가 얼마나 고달플지 조금이라도 헤아린다면 저렇게 함부로 렌즈를 들이대진 못할 텐데. 여행자의 윤리란 여기까지겠지. 너의 고통은 너의 몫. 나는 네게서 내가 보고 싶은 것만 보겠다. 느끼고 싶은 것만 느끼겠다.

풍경에도 고통이 있다.

양들을 울타리 속으로 몰아넣고 있는 소년의 얼굴이 아이답지 않게 지쳐 보인다. 빼빼 마른 소년이 허리에 두른 잿빛 천조가리는 원래 색깔이 무엇이었는지 짐작도 할 수 없다. 짐승 우리엔 그나마 나무울타리라도 쳐놓았지만, 소년의 가족들이 머무는 것으로 짐작되는 곳엔 긴 나뭇가지 둘이 꽂혀 있고 그 위에 넝마 한 조각이 걸쳐져 있을 뿐이다. 고단한 하루해가 지고 나면 그들이 마음을 내려놓고 기대어 쉴 벽이다.

말이 좋아 유목이지 현실은 너무 가혹하다. 바람에 펄럭이는 벽이라니. 흔들리는 점에 기대어 밤을 보내고 내일이면 또다른 곳에 점을 찍으러 떠나야 한다. 사람과 짐승이 마실 물과 풀 한 포기를 찾아. 그저 삶 전체를 짊어지고 떠도는 자들일 뿐 노마드라는 말에서 떠오르는 카고팬츠와 리넨셔츠 같은, 호사하고 나른한 느낌과는 너무 멀다. 벌판에 고물고물 흩어진 양들은 모두 모래에 코를 박고 서 있다. 말라비틀어진 풀 한 줄기라도 더 뜯어보려고. 사막을 오가면서, 떠도는 유목의 무리들을 숱하게 마주치지만 우아하게 먼 하늘을 올려다보며 이곳이 아닌 저곳을 꿈꾸는 양을 보지 못했다. 유목이란 바라보는 자에게만 낭만적일 뿐 내일을 약속해주는 어떤 것도 없는 가혹한 생존의 양식이다.

"백 미터 바깥의 낭만이죠. 풀도 드물어서 저 놈들은 바람에 실려온 삭은 비닐조각까지 삼켜야 해요. 창자를 채우기 위해."

"그러게. 사람이나 짐승이나 사는 게 참 만만찮아요."

"저런 걸 보러 여기까지 오다니, 우습지 않아요? 모래에 코를 박고, 고개 들어 먼 곳을 한번 바라볼 여유도 없이 살다가 고기와 털까지 몽땅 내주고 떠나야 하는 걸. 사람이라고 뭐 별거 있나요?"

울타리에 괸 팔에 턱을 얹고 점점이 흩어져 풀을 뜯고 있는 양들을 바라보고 있던 여자는 승이 더이상 대답을 않자 혼잣말로 궁싯거린다. 일상이란 게 정말 무섭나봐. 너 나 할 거 없이. 틈만 나면 달아나고 싶어하니. 그래봤자 어디서든 똑같은 꼬라지들과 부닥치는데.

저녁으로 양을 한 마리 잡기로 했다. 도살해서 요리해주는 비용의 세 배쯤을 경비로 받아 나머진 제 몫으로 하는 것이니, 승으로선 셈이 나쁘지 않다. 도살 준비는 아주 간결하다. 물이 담긴 작은 양동이 하나, 칼 한 자루. 간택되어 기둥에 묶인 양은 제 운명을 일찌감치 받아들인 눈치다. 버둥거리지도 않고 조용히 서서 죽음을 기다리고 있다. 요리를 위해선 숫양을 잡는다. 암놈은 끊임없이 새끼를 낳아야 하니. 가까이 와서 묶여 있는 놈을 지켜보고 있는 양을 가리키며 누군가 소리쳤다. 어떡하니, 쟤는 졸지에 과부되는구나. 어쩌긴, 속이 시원할껴. 여자들이 깔깔거린다.

도살자의 윤리란 오직 하나다. 최소한의 고통으로 생명을 끊어주는 것. 무수한 톱니를 가져서 한번 찌르면 빼낼 수 없는 칼날을 박은 채 지그시 비트는 짓 같은 건 하지 말아야 한다. 양에게도 인간에게도.

목줄을 바투 쥔 남자가 양의 목에 칼을 찔러넣는다. 단 한 번의 비명도 없이 숨통이 끊어진다. 옆에 서서 지켜보던 여자가 후, 숨을 내쉬었다. 사람들은 혀를 차면서도 셔터를 누른다. 끈으로 묶어놓은 다리가 바르르 떨리다가 곧 멈춘다. 도살자는 한 바가지의 물로 피한 방울 보이지 않게 말끔하게 씻어낸다. 예술이네. 지켜보고 있던 누군가가 감탄한다. 햇빛을 튕겨내는 연분홍빛 살갗이 차가워 보인다. 바라보고 있는 사이에 매끈하고 창백한 피부에 파리떼가 까맣게 들러붙는다. 도살자가 날카로운 칼을 든 채로 다가와 묻는다.

"구울까요, 삶을까요?"

여행자들은 점점 미각에 까칠해진다. 사나흘 낯선 음식만으로 배를 채우다보면 거의 입덧 수준의 예민함을 드러냈다. 저희들끼리 둘러서서 진지하게 토의를 거듭하더니 어떤 것도 넣지 말고 그냥 삶아달란다. 이상한 풀도, 처음 보는 소스도 이젠 질렸다며. 아이고, 얼마나 먹었다고.

저녁을 준비하는 동안, 멀지 않은 곳에 있는 로마령의 유적을 둘러보고 오는 게 원래 예정된 스케줄이었다. 이미 지나쳐온 몇몇 장소들과 겹치는 부분이 많은 곳이었다. 여전히 해는 결코 이울지 않을 기세였고 승은 피곤했다. 어쩌면 여행자들 중 가장. 사람들이 오늘은 더 못 움직이겠다 하고 먼저 포기해주었으면 싶다. 내색할 순 없고 슬쩍 떠보았다.

"어제 가셨던 데랑 분위기는 거의 비슷할 거예요. 같은 시기에 세워진 거라. 어떡할까요? 많이 피곤들 하시면……"

사람들 마음도 반반인 듯하다. 오늘은 이만 주저앉고 싶은 마음과 노느니 다녀올까 하는 마음. 그 틈으로 라시드의 방정맞은 짜투리 영어가 끼어든다.

"오, 거기 성당의 모자이크가 예술이에요. 석양 무렵의 열주는 또 얼마나 아름다운데. 완벽, 완벽이에요. 기둥 사이로 걷다보면 이천 년 전으로 시간여행을 할 수 있어요. 절대 놓치면 안 된다구요."

맞아, 언제 또 와보겠어. 사람들이 고개를 끄덕이며 승을 쳐다본다. 화가 푹 솟구쳐 귀가 다 뜨겁다. 자식 운전이나 제대로 하지. 아무 데나 끼어들고 지랄이야.

보자 하니 어린 사촌과 불장난은 그대로 하면서, 이 녀석 꿍꿍이는 다른 데 있다. 돈 많은 여자 하나 꼬드겨 사막 근처에 여행자용 펜션을 차려놓고 물담배나 빨며 편하게 사는 게 장래희망이었다. 특히 아시아 여자들이 순종적이고 돈도 많은데다 귀엽다나. 여자들이 많은 팀이면, 흥분해서 누가 가이드인지 모르게 앞장서서 날뛴 게 한두 번이 아니다. 그 이상한 오리엔탈리즘에도 근거는 있다. 역시나 사막 가이드로 먹고살던 제 형이 배낭여행 온 일본 여자와 결혼해서 도쿄에서 앤티크가게를 하며 잘살고 있다니 가까운 곳에 롤모델이 있는 셈이다. 틈만 나면 일본어 교재를 펼쳐들고 예쁘다, 귀엽다, 대단하다, 어디선가 본 것 같은 얼굴이다 등등 작업용 멘트를 외우는 게 일이었다.

여기 사람들은 대체로 동양 여자들 나이를 잘 짐작하지 못하긴 하지만 이번엔 영 잘못 짚었다. 이번 팀에 여자는 일곱이었다. 일행들을 모두 손아래 인턴 취급하는 은퇴한 의사와, 부부가 같이 온 사, 오십대가 셋, 혼자 온 사십대 교수와 미혼인 사십대 사업가, 그리고 탕헤르 여자까지. 숫자는 꽤 되지만 라시드 입장에선 아주 영양가 없는 구성이었다. 여교수는 로밍이 되는 곳에서는 꼭 집으로 전화를 해 아이들과 혀 짧은 소리로 통화를 했고 탕헤르 여자는 라시드라는 인간의 바닥을 이미 헤아리고 있는 것 같았다. 강남에서 요식업을 한다는 사업가가 그나마 가능성이 있을까? 밤의 호텔 로비에서도 라탄모자를 벗지 않고 사막에서 잠든 날에도 아침에 인조 속눈썹을 달고 나와 일행을 경악게 했던, 거의 이삿짐 규모의 화장품케이스를 끌고 다니는 그녀가 클렌징에 극도의 어려움이 있는 사막의 삶을 선택할 가능성은 거의 없어 보인다.

화가 솟구쳐 귀가 뜨끈뜨끈했지만 승은 라시드보다 먼저 걸어가 차문을 열었다. 헤어지기 전 이 사람들이 건네줄 팁은 순전히 감동의 분량만큼일 테니.

며칠 사이 익숙해졌는지, 사우나 같은 차 안의 열기에도 더이상 불평을 늘어놓는 사람은 없다. 멀지 않은 곳에서 앙증맞은 토네이도 한 자락이 사막을 달려가고 있다. 어머 저거 봐, 사람들은 탄성을 지르지만 놈의 위력은 보기와는 다르다. 그저 반투명한 모래기둥이 움직이는 것 같지만 언제 몸집을 부풀려 괴물로 변할지 모르는 것이다. 토네이도마저 사라지자 누런 사막풀 뭉치만 간간이 눈에 뜨인다. 오지랖 넓게 끼어들어 염장을 지르긴 했지만 라시드의 인샬라 운전은 금세 목적지에 데려다놓긴 했다. 유적지 입구에는 꽤 여러 대의 버스들이 줄을 지어 서 있다. 사실 근처까지 와서 건너뛰기엔 아까운 곳이긴 하다. 규모도 크고 건조한 기후 덕분에 원형 보존이 잘된 편에 속했다. 티켓을 사서 구석에 세워놓고 해설을 먼저 했다.

"이 로마령 거주지는 전성기에 삼만 명 정도가 살았던 곳입니다. 원형극장부터 성당까지, 요람부터 무덤까지 모든 게 갖추어져 있는 곳이지요. 실제로 검투사들이 태양 아래 피를 흘리며 죽어가던 곳이 바로 이곳입니다. 사흘을 굶은 맹수와 싸워서 이기면 살인자도 사면해주었지만 대부분은 갈가리 찢겨서 고통 속에 죽어갔습니다. 피비린내를 맡으며 처절한 사투를 구경하면서 백성들은 정복자의 학정과 착취에는 눈이 멀었습니다. 마른 빵을 뜯으면서도 하루하루의 삶에 자족했지요. 입구로 들어가시면 바로 만나게 될 열주들은 하지엔 그늘이 기둥과 일직선을 이루도록 설계되어 있습니다. 거주민의 숫자가 많았던 곳이라 당시의 일상을 엿볼 수 있는 아기자기한 유적들이 많이 남아 있습니다. 안으로 들어가서 사진도 찍으시고 길을 따라 구경하시다가 끝에 있는 주거지 입구에서 모이세요. 삼십 분 드리겠습니다."

사람들은 혼자 혹은 무리를 지어 열주 사이로 흩어져간다. 심드렁하게 따라나섰던 차여사가 짐작보다 대단한 눈앞의 광경에 뒤늦게 필을 받았는지, 어머 카메라를 버스에 두고 안 가져왔네? 하며 승을 빤히 바라본다. 이런 사람 꼭 있다. 진즉에 말하든지. 승은 싹싹하게 대답한다.

"바로 가져다드리겠습니다. 여기서 잠시만 기다리세요."

"미안해서 어쩌지?"

조금도 미안하지 않은 얼굴로 그렇게 말하고는 옆의 기둥을 손바닥으로 쓸며 물어보았다.

"여기 뭐라고 적혀 있는 거야?"

별걸 다 묻고 지랄이야. 잘 참고 있었는데 순간 폭죽 같은 화가 치민다. 분노를 통제하는 부분이 망가진 걸까. 이 느닷없고도 압도적인 분노가 자신도 두렵다. 빛과 열기에 삭아가는 사암의 기둥에 새겨진 글자들은 언뜻 넝쿨무늬처럼 보인다. 세심한 사람들이 가끔 하는 질문이다. 화가 날 이유가 없었다. 침을 한번 삼켰다.

"자신들이 저지른 살육과 침탈과 정복에 대한 찬가를 새겨놓은 것들이죠. 저도 라틴어는 잘 모릅니다만, 그런 내용이랍니다. 여기서 잠시만 기다리고 계세요. 얼른 갖고 오겠습니다."

승이 차로 달려왔을 때, 차 문은 잠겨 있지 않았다. 또 어디서 오늘 처음 만난 기사랑 수다를 떨고 있나. 버스 근처에도 운전석에도 라시드는 보이지 않는다. 화장실에라도 갔나. 차에 가방을 두고 내리는 사람들이 종종 있어, 차를 비우지 말라고 몇 번이나 주의를 줬건만. 차여사 자리가 운전석 바로 뒤였지. 계단을 오르는데 맨 뒷좌석이 환하다는 느낌과 동시에 뽀얀 분홍색 덩어리가 눈에 들어온다. 저게 뭐지? 실내는 화덕 안처럼 후끈하다. 기운 좋게 오르내리는 건 피둥한 엉덩이다. 카메라를 집어들고 조용히 돌아나왔다. 승이 왔기 망정이지. 기름통에서 건진 듯 미끈거리는 자식. 미친놈.

승은 머리를 저었다. 욕망이란 사막의 태양을 이기는 것. 기다리고 있던 차여사에게 카메라를 건네주고, 승은 유적지의 끝까지 곧장 들어가서 기다렸다. 그나마 돌기둥의 그늘은 견딜 만하게 덥다. 사람들은 물속을 유영하듯 느릿느릿 걸어다닌다. 시간이 되자 일행들이 하나씩 모여들었다. 분홍빛 살덩이가 눈앞에 어른거린다. 생수를 한 병씩 나누어주고 다시 설명을 시작했다.

"여기는 부엌이 있던 곳입니다. 바닥에 희미한 모자이크의 흔적이 남은 곳이 식탁을 놓았던 자리겠지요. 두 개의 화덕을 쓴 걸로 봐서 꽤나 권세 있는 자의 집이었던 걸로 짐작이 갑니다. 여기 집들

중에서 풍경을 가장 아름답게 조망할 수 있는 집이기도 하구요. 저 아래쪽으로 오글오글 나뉜 칸들이 보이나요? 저게 당시 서민들의 주거지입니다."

자신들이 막 걸어서 지나온 곳을 둘러보며 사람들은 무어라무어라 떠들어댄다.

대단해. 이태리 놈들 키는 작으면서, 웬 천장을 이리 높이 했단 말이야?

그때나 지금이나 전망 좋은 집이란 권력자와 부자 들의 몫이네.

그러고 보면 평등이란 게 얼마나 질기고도 어리석은 인류의 꿈인지.

승은 구석에 쌓인 토기조각 더미에서 가장 큰 조각 하나를 집어 올려 옆에 서 있는 멀대 아줌마에게 건네며 연극배우 같은 목소리로 물어보았다.

"부인, 이 전망 좋은 부엌에서 오늘 우릴 위해 무슨 요리를 해주시겠소?"

멀대 아줌마는 콧방귀를 뀌었다.

"농담이라도 듣기 싫어요. 막 부엌에서 도망쳐나왔거든요? 당분간은 떠올리고 싶지도 않아요."

여자들이 입을 활짝 벌리고 까르르 웃어댄다.

"그렇지요? 이상하게 한국에서 오신 분들은 비슷하게 대답들을 하세요. 이천 년 전 여기 있던 여자 역시 오늘 저녁은 뭘 할까 고민했겠지요? 부엌은 여자들의 유적지, 라고 어떤 여성 시인이 그랬잖아요."

맞아, 유적지의 유적지야. 누군가의 말에 여자들이 일제히 한숨을 내쉬었다.

"이곳에서 피 묻은 고기를 말갛게 씻어내고, 양파를 다지며 매운 눈물을 흘리던 사람들은 어디로 갔을까요? 저녁 식탁에 모여서 각자의 하루를 제각각 떠들어대던 사람들은요."

사람들은 물고기 같은 눈빛으로 주위를 둘러본다. 바로 저희들 얘긴데.

"며칠 후면 또 떠나온 곳으로 돌아가실 텐데요, 여러분들은 왜 오셨어요? 편하고 익숙한 곳을 떠나 뜨겁고 메마르고 순간순간이 힘든 여기로. 오래전 죽은 자들의 흔적을 둘러보면서 지금 살아 있음을, 살아서 태양의 뜨거움에 아파할 수 있음을, 시큼한 라임주스를 삼킬 수 있음을 열렬히 기뻐할 수 있게 되었나요? 그렇다면 돌아가서도 그렇게 사세요. 사는 게 별건가요?"

상투적인 멘트를 쏟아내면서도 승은 여자들을 하나씩 살펴본다.

누구일까. 왼쪽 눈의 인조 속눈썹 끝부분이 살짝 들뜬 여자? 귀염성 있는 단발머리? 날마다 아이와 통화하는 여교수? 은근히 비음을 쓰는 멀대 아줌마? 미리 약속을 했을 게 분명한데 누구와도 얘길 나누는 걸 본 적이 없다. 모르겠다. 카메라를 두고 온 차여사 외엔 그 누구라도 가능성은 있는 거지. 남편에게 계속 공개적으로 면박을 당하고 있는 저 말상의 여자일지도. 그나저나 저 부부는 곧 한바탕 부딪치게 생겼다. 혹 탕헤르 여자? 모르겠다. 눈으로 사람을 읽을 수 있다는 생각은 이곳으로 떠나오면서 버렸다.

돌아오는 길에 라시드는 운전을 하며 생수를 단숨에 벌컥벌컥 마시고는 빈 병을 창밖으로 휙 던져버린다. 목도 마르겠지.

"라시드."

대답 대신 룸미러 속으로 승을 쳐다본다.

"너, 휴게소에 들를 때면 화장실보다 예배당에 먼저 들르면서 죄는 또 가장 먼저 범하는구나."

녀석은 놀라지도 않고 느물거린다.

"인샬라. 욕망이란 선과 악의 경계를 벗어나 있어. 그건 죄가 아니야. 우리가 어쩔 수 있는 게 아니거든. 그러니까, 죄란 우리를 그리 만든 신의 몫이고 우리가 할 수 있는 건 그 위대한 신에게 경배드리는 일뿐이지."

쉽지 않다는 듯 한숨조차 내쉰다. 가지가지 하는군.

"우린 완전하게 만들어지지 않았어. 확실한 건 그거야. 하루 다섯 번 이마를 바닥에 대지 않으면, 날마다 지은 죄를 씻을 길이 없다는 거지."

넉살 좋은 녀석이 얄미워 누구냐고 묻지 않겠다 생각한다. 어쩌면 이들이 아주 떠나기 전엔 알고 싶지도 않다. 승 자신은 포커페이스가 못 된다.

해가 완연히 꺾인다. 풍경이 한결 부드러워진다. 보이지 않던 모래언덕의 선이 도드라지며 길게 겹쳐진다. 구름은 붉은 테두리를 한 듯 가장자리부터 물들어온다. 독한 기후에 지친 사람들은 틈만 나면 잠에 빠져든다. 텐트로 돌아오니 그새 솥에서 푹 삶은 고기를 긴 쇠젓가락으로 찔러 꺼내고 있었다. 차갑게 빛나던 흰 피부는 그 사이 부들부들하게 삶아졌다. 모래 위에 차려진 테이블엔 차파티와 무화과잼 그릇이 놓여 있다. 자리에 앉자 커다란 접시에 수북하게 쌓인 양고기를 갖다놓는다.

"피클 한 조각도 없이 먹을 생각을 하니, 배는 고픈데 통 식욕은 생기질 않네."

한두 끼 굶어도 상관없을 만큼 배가 나온 박사장이 우는 소리를 한다. 깻잎통조림과 튜브 고추장을 가져와 펼쳐놓았다. 많이들 드세요. 아주 연해요. 접시에 한 조각씩 덜어주자 그제야 마지못한 듯 집어든다. 배를 채워놓지 않으면 여행자들은 까칠해지고 사소한 일로 부딪치곤 했다. 양고기를 뜯어먹고 있는데, 맑은 눈빛의 도살자가 양동이 가득 국물을 퍼내왔다.

"마셔. 몸에 좋은 거야."

열기 속에서 뜨거운 국물을 마실 엄두가 나지 않는지 사람들은 제 앞에 하나씩 내려진 그릇을 멀거니 내려다보기만 한다. 도살자는 자꾸만 권한다.

"몸에 좋은 거야. 아주 좋은 거야."

외마디 비명 같은 그의 영어와 간절한 눈빛에 사람들은 마지못해 그릇을 집어든다. 각오한 듯 눈을 내리깔고는 노릿한 냄새 나는 국물을 숨을 멈추고 들이켠다. 고기 쟁반에서 골반뼈 부분을 집어든 도살자가 그걸 승에게 내민다. 가장 맛있는 부분을 가이드에게 주는 것도 그들의 생존법이다. 승은 일단 받아들었다가 그가 가고 나자 슬그머니 내려놓았다.

낯선 곳에서 낯선 것을 먹으면서 사람들은 조금씩 이상해지는 걸까. 어쩌면 이상해지기 위해 일상에서 도망쳐나오는 것이겠지. 늦은 밤에 한 남자는 설사를, 다른 남자는 감기기운을 걱정하기에 약을 챙겨주었다. 짐작과는 달리, 사막에서 늘 힘들다고 울어대는 건 남자들이다. 또 한 남자는 하지정맥류의 고통을 호소한다.

날더러 어쩌라고. 이 모래의 바다 한가운데서.

*

그림자가 없어지는 시간.

자신이 그림자가 되는 시간. 분홍빛 사암의 건축물들이 가장 부드러운 선으로 고혹적인 몸매를 드러내는 시간. 자마 알프나의 저녁은 특별하다. 깊이 숨을 들이쉬었다가 천천히 내뱉는다. 요가 선생이 가르쳐준 대로 호흡의 흐름을 살피며 몇 번 더 그렇게 숨을 쉬어본다. 금식 후의 미음처럼, 강렬한 생의 기운이 촘촘히 스며든다.

로랑은 이 도시에서 머무는 동안은 늘 여기 나와 저녁을 맞았다. 이 시간 북소리에 걸음을 맡기고 배회하다보면, 신이 어떤 고통으로 자신을 시험한다 해도 이 지상의 삶을 사랑할 수밖에 없다고 느끼게 된다.

내게도 태양 같은 시절이 있었지. 이 광장처럼 싱싱한 생기와 기쁨을 뿜어내던 시절 말이다. 몇 날 며칠을 새워 옷을 만들면서도 피곤이란 걸 몰랐다. 쇼를 준비하고 환호하는 사람들 앞에서 옷을 펼쳐 보이는 동안은 마치 감전된 듯 온몸에 전류가 흘렀는데. 비단을 그저 찢어놓기만 해도 내 이름을 붙여놓으면 트렌드가 되었다. 기이한 실루엣을 뽑아놓아도 패션잡지들은 다투어 특집화보를 찍어

표지에 올렸다. 그러나 불꽃 같은 조명을 받고 열광하는 고객들이 아니라, B가 곁에 있어서 태양 같았던 시절이었다. B가 떠난 후 모든 빛은 사그라들었다. 삶은 지나치게 단순해졌다. 누구도 손바닥을 얹어주지 않는 등이 차갑게 식어버린 지 오래다.

지금 머물고 있는 정원은 오래전 B와 사막 여행을 와서 우연히 들렀다 한눈에 반해 사두었던 것이다. 사두고는 잊을 만큼 너무도 바쁜 날들이 이어졌다. 아주 가끔 그곳을 떠올려보았을 뿐 방치하다시피 두었다. 오히려 B가 떠난 후부터 자주 찾게 되었다. 한 계절에 한 번씩은 와서 쉬다 간 것 같다. 그 간격은 점점 짧아졌다. 지난해부터는 금요일 오전에 부티크에 들러 몇 가지 지시를 해놓고는 바로 비행기를 타고 이곳으로 날아와 주말을 지내고 돌아갔다. B가 떠난 빈 구멍은 너무 컸으나 미쳐버릴 것 같은 시간은 이제 지나갔다.

제 몸에 부족한 미량원소가 든 음식을 자신도 모르게 집어드는 것처럼, 이 도시엔 자신의 내부에서 소멸되어버린, 그러나 그것 없이는 생을 지속하기 힘든 그 무언가가 있다. 그게 무엇인지는 로랑도 알 수 없었다. 가끔 사막에 들어가서 지낼 때도 있었지만 로랑은 이 기묘한 광장을 사랑하게 되었다. 낯선 사람들과 어깨를 부딪치며 거닐다보면 어떤 기운이 마른 혈관 속으로 수액을 주사하듯 세차게 밀려들었다. 걸어다니다 지치면 카페 하파에 앉아 해가 지는 사막의 풍경과 시시각각 변하는 공중의 색채를 지켜보았다. 그곳에서 진저리나도록 다디단 박하차를 한잔 마시고 나면 이 세상에 긍정하지 못할 것은 아무것도 없다는 마음이 되곤 했다.

어떤 공연들은 벌써 시작되었다. 군데군데 사람들이 몰려 서 있다. 터번을 멋지게 감은 남자가 느리게 걷는 로랑의 목에 두툼한 코브라를 감아놓는다. 그저 묵직할 뿐 짐작만큼 차갑진 않다. 기념이 될 사진을 찍어주겠다며 빠르게 떠들어대던 남자는 로랑의 고요한 눈빛과 마주치자 두말없이 그걸 벗겨가버린다. 뜨내기 외엔 이 광장에서 로랑을 모르는 사람은 없다. 원치 않았으나 그렇게 되었다.

가까운 곳에 둘러선 사람들 사이에서 놀라움의 탄식소리가 터져나온다. 돌아보니 한 소년이 하얗게 뜬 숯불 위로 맨발바닥을 올려놓는 참이다. 세상의 어떤 아버지들은 참 가혹하기도 하다. 아이를 가져본 적이 없으니 로랑에게 그 관계는 영원한 미지의 세계이다. 숯불 위의 소년을 잠시 바라본다. 소년의 눈동자에서 다 늙은 자의 눈빛을 보았을 때 로랑은 고개를 돌려버렸다.

이때쯤이면 광장의 구석진 곳은 연기로 부옇게 채워진다. 손님을 유혹하기 위해 두툼한 기름덩이를 부러 불 속에 던져넣기도 하고 뜬 숯 위에 각종 먹거리를 올려 굽기도 한다. 주저앉아 사먹은 적은 없지만, 이 좁고 시끄럽기 짝이 없는 골목을 지나다보면 삶의 창자 부분을 지나는 것 같다는 생각이 들기도 한다. 줄지어 놓인 양머리 사이로 천천히 걷는 일은 서커스와 같았다. 강황에 끓여낸 양머리의 표정은 너무 엄숙해서 볼 때마다 우스꽝스럽다. 막 숯불에 구운 양뇌를 꼬챙이로 찍어 내밀며 청년이 호객을 한다. 정력제라며 여기 사람들은 즐겨 먹지만 로랑은 끝내 그것을 먹을 수 없었다. 선명한 뇌주름과 외떡잎식물의 잔뿌리 같은 실핏줄이 응고된 걸 볼 때면 이상하게도, B가 떠오른다. 원하는 모든 걸 다 해주었는데 무어가 부족했을까. 투신한 B의 시신을 로랑은 마지막까지 보지 않았다. 그를 떠올릴 때마다 으깨진 모습으로 만나고 싶지는 않았기 때문이다. 그랬음에도, B는 추상적으로 뭉개진 모습으로 가끔 떠오르곤 했다.

무스타파의 가게는 메디나 입구에서 두번째 골목, 왼쪽으로 꺾어져 세번째 집이다. 처음 메디나에 드나들 무렵 로랑은 무척 놀랐다. 고생물 도감에서나 보았던 암모나이트나 삼엽충 따위 고생대 화석이 흔하게 널려 있는 것도 놀라웠지만 그 가격은 더 놀라웠다. 처음엔 모조품이리라고 생각했다. 수억 년의 시간을 품은 백악기 화석들이 이런 낮은 가격으로 거래된다는 게 믿기지 않았다. 어찌 보면 콘크리트로 찍어낸 듯한 그 잿빛 덩어리들은 죄다 진짜였다. 영원처럼 오랜 시간 전, 바다가 융기하여 사막으로 변한 사하라의 곳곳에서 해저생물의 화석을 발굴하는 건 어려운 일이 아니라 했다.

암모나이트 곡선의 섬세한 주름이나, 완벽한 더듬이의 모습을 용케 보전하고 있는 삼엽충을 가만히 들여다보면 그것들이 말을 걸어왔다. 귀를 대보면, 갇혀 있던 시간을 하소연하듯 목쉰 숨소리가 스으윽스으윽 들렸다. 손바닥만한 것, 큰 접시만한 것 등 크기도 다양했지만 자세히 보면 마디의 간격이나 다리의 굵기 같은 생김새들이 조금씩 달랐다. 나선형으로 돌면서 바깥으로 올수록 점점 확대되는 암모나이트의 곡선을 손가락으로 따라 그려보거나 삼엽충의 배 부분을 어루만지노라면 지층 사이에 누워 있는 듯 고적해졌다. 그것들을 모으는 데 한동안 빠져 있었다. 이 가게를 가장 열심히 드나들던 때였다. 이후로는 좀더 은밀한 쪽으로 대상이 바뀌었지만.

그 불구의 상인은 어찌나 언변이 좋은지 한번 붙들리면 빠져나오기가 어렵다. 수족관에 매달아놓은 지렁이 단지처럼, 천 개의 혀를 나불거리며 떠들어대는 통에 권하는 걸 홀린 듯 사들일 수밖에 없었다. 이야기를 나누는 동안은 그의 튀어나온 등은 보이지 않는다. 무스타파뿐만이 아니다. 세상 어디에도 여기 사람들 같은 수다꾼은 없을 것이다. 여자나 남자나 모이면 소곤소곤 이야기가 끝이 없다. 삼박사일 동안을 떠들어도 지치지 않을 것처럼 보인다. 그것도 건성건성이 아니라 아주 열심 있게 듣고 열심 있게 맞장구를 쳤다. 처음 만난 사람이고 뭐고가 없었다. 언젠가 정원 일을 시키느라 인부 둘을 불렀을 때, 하루 종일 수다를 떠느라 일은 뒷전이라 물어보았다. 언제부터 같이 일을 다녔나요? 눈코입이 다 크고 마른 남자가 대답했다. 오늘 아침에 처음 만났어요. 처음 만났는데 무슨 얘기를 그렇게 하나요? 다부진 갈색 몸의 남자가 대답했다. 처음 만났으니 우린 서로에 대해서 아무것도 몰랐지요. 지금은 서로에 대해 제법 알게 되었답니다. 로랑은 아하, 깨달았다. 천일야화는 누군가의 머릿속에서 지어낸 이야기가 아니라 이 수다로부터 시작되었으며, 끝난 이야기가 아니라 기록자가 지쳐서 기록하기를 그만둔 미완의 이야기라는 것을.

언제부턴가 무스타파가 없을 때만 가게에 들러 이것저것 뒤적여가며 구경을 하곤 했다. 그러나 무스타파의 질긴 수다는 핑계이고 어쩌면 그의 얼굴을 직접 보고 싶지가 않아서라는 게 이유일 것이다. 이 마그레브 지역에서 흔히 볼 수 있는, 여러 혈통이 뒤섞여 있는 그는 유난히 추하게 생겼다. 처음 보았을 때 콰지모도라는 이름을 떠오르게 했다. 심하진 않으나 척추가 솟은데다 두툼한 입술과 넓적한 코는 꼭 낙타의 그것 같았다. 카트를 씹어대서 누렇게 변해 버린 이빨도 그렇지만 하필 송곳니마저 빠져나가 보는 사람을 우울하게 만드는 얼굴이었다. 로랑은 아름답지 않은 것을 혐오했다. 그의 얼굴을 가까이 보는 것은 약간의 고통스러운 감정을 일으키는 일이었다.

어제 들렀을 때다.

그 얼굴을 보지 않길 바랐는데 무스타파는 하필 가게에 있었다.

바닥엔 늘 그랬듯 크기도 보존상태도 제각각인 화석들이 너절하게 널려 있었다. 몇 번이나 진지하게 조언을 해줬는데도 여전하니. 무스타파는 디스플레이의 기본도 필요성도 모른다. 샹젤리제에 있는 내 숍에 들러본다면 눈을 꿈벅이며 물어보겠지. 로랑, 왜 이렇게 텅 비워놓았지? 얼굴을 보자마자 무스타파는 새삼스레 이름을 불렀다.

로랑, 좋은 게 있어.

목소리가 꽤나 은근했다. 끝내주는 여자가 있다며 의중을 떠볼 때처럼. 로랑은 여자란 종족엔 관심이 없었다. 여성의 몸이란 자신이 만들어낸 옷들의 아름다움을 극대화시키는 도구일 뿐, 로랑에겐 추상이었고 본질적으로 추한 존재에 가까웠다.

당신에게 꼭 보여주고 싶은 게 있는데.

그렇게 슬쩍 흘리듯 말했을 때도 전혀 기대하지 않았다. 디스플레이뿐만 아니라 그의 감식안에도 문제가 많았다. 물건들을 둘러보며 그것만의 독특한 미감 같은 걸 헤아리고 있으면, 옆에서 냄새나는 침을 튀기며 시끄럽게 떠들곤 했다. 이게 최고야. 있을 때 가져가. 이렇게 큰 건 다시 만나기 힘들다구. 세숫대야만한 삼엽충을 보여주는데도 고개를 저으면 이해할 수 없다는 표정을 지었다. 놀라운 걸 보여주겠다 해서 이층으로 따라 올라가보면, 지난 전쟁 이후로 흔하게 굴러다니는 장총 나부랭이를 보여주며 지금도 총알이 튀어나온다는 둥 의기양양할 때도 있었다. 아주 좋아. 그런데 갖고 싶진 않아. 그렇게 말하면 두터운 입술을 씰그러뜨리는 게 꼭 아픈 낙타 면상 같았다.

당신이 좋아할 만한 거야. 어떤 걸 좋아하는지 이젠 좀 알거든.

무스타파가 이층으로 이어진 좁은 계단을 올라가며 손짓을 했다. 글쎄, 싫었지만 어쨌든 튀어나온 등을 올려다보며 따라가보았다. 조잡한 풍경화 액자에 무스타파가 손을 올려놓았을 때 서둘러 고개를 저었다.

그건 내 취향이 아니야.

무스타파가 액자를 옆으로 옮겨놓으며 잘난 척을 했다.

그저 구색이지. 뜨내기들은 꼭 없는 걸 찾거든.

말이나 못하면. 액자 뒤에 쇳덩어리 하나가 던져져 있었다. 누워 있던 걸 무스타파가 일으켜세우고는 비닐과 신문지를 열어젖혔다. 무심코 쳐다보던 로랑은 그 앞으로 끌리듯 다가갔다. 옆에서 무스타파가 무어라 계속 떠들어댔지만 들리지 않았다. 로랑은 평정을 잃지 않으려 애를 썼다. 무심한 목소리와 표정을 짓는 일은 어렵지 않았다. 그러나 이마와 손바닥에 촘촘히 배어나는 땀은 어쩔 수 없었다. 겨드랑이에서 휘발한 땀의 노릿한 냄새가 좁은 공간을 순식간에 채웠다. 주먹을 꼭 쥐었다. 아무 말도 하지 않고 있자, 무스타파가 살피듯 주위를 둘러보고는 속삭였다.

혹 원한다면, 당신이 구입할 수 있어.

자신을 매혹시킨 것들을 가열차게 끌어모아왔던 시간들이 떠올랐다. 그 모든 과정들이 지금 이 순간과 연결되기 위해 존재했다는 생각이 들었다. 어떤 것에 사로잡히면 그것을 사들여 자신의 정원에 가져다두었다. 매번 그게 컬렉션의 결정판이라고 생각했다. 더이상은 없어. 이게 마지막이야. 그러나 시간이 흐르면 다시 새로운 '마지막'이 눈앞에 나타나곤 했다. 돌이켜보면 어떤 것에 사로잡히고 그것들을 제 것으로 소유했던 첫 순간의 그 느낌을 찾아 늘 헤맸던 것 같다. 더이상은 없어, 하는 그 느낌의 촉발을 위해서라면 지불하는 액수는 얼마가 되든 문제 되지 않았다. 로랑에게 아름다움이란 존재 자체였다. 자신의 내부에서 타자 혹은 사물과 공명하는 유일한 욕망이요 감각이었다. 충족되지 않으면 고통스러운 까닭이었다.

툭툭, 붉은 열꽃이 뺨에 피어났다. 중독에 대해 사람들이 잘못 알고 있는 것이 있다. 니코틴이나 알코올 혹은 대마의 독특한 성분이 사람을 사로잡는 거라고 하지만, 중독의 근원은 그것들이 아니다. 중독은 분석할 수 없는 것들로부터 유래한다. 로랑의 일생은 그랬다. 어떤 대상을 만난 첫 순간, 예상하지 못한 아름다움의 떨림이 전해져올 때 온몸으로 기울어졌다. 직립하여 무릎을 굽히지 않은 채 절벽 아래로 푹 떨어지듯, 그렇게.

무스타파, 이 자는 한 마리 사냥개에 불과했다. 로랑은 마음속으로 그를 멸시했다. 그가 추해서가 아니다. 그는 아름다움에 무감각했다. 코를 바닥에 끌며 냄새를 맡고 무언가를 물면, 그다음엔 그것의 대가를 최대한 지불해줄 사람을 물색했다. 헤아려보면 무스타파에게서 참 많은 것들을 사들였다. 대부분은 곧 싫증이 나 처리해버렸고 어떤 것들은 여전히 컬렉션의 한자리를 차지하고 있다. 둘의 관계에도 절정은 있었지. 절정의 속성이 그러하듯 그후로 급격히 소원해졌지만.

벌써 이 년이 가까운가. 이 자와 함께 지프를 타고 꼬박 하루를 사막 안으로 달려갔을 때, 마주친 것은 바람과 태양과 시간이 빚어놓은 조형물이었다. 지표면이 화상환자의 수포처럼 불룩불룩 솟아난 그것은 오래전 혈거유적지의 흔적이었다. SF적 상상력의 발원지처럼 보이는 풍경 위로 일만 룩스의 조도가 퍼붓고 있었다. 광물성의 풍경 속에 살아 있는 생물은 무스타파와 로랑, 둘뿐이었다. 무스타파는 메디나의 가게에서와 달리 오만했다. 로랑의 마음속 두려움이 만들어낸 느낌일지도 몰랐다.

무엇을 믿고 저 사기꾼 녀석을 따라나섰는지, 자신의 맹목이 두려웠다. 살고 싶으면 나만을 따라오라는 듯, 지프에서 내린 무스타파의 걸음은 거침이 없었다. 거기가 지도상의 어디쯤인지는 처음부터 몰랐다. 위도와 경도가 없는 곳이었다. 차를 달려오던 어느 지점에서부터 기억할 만한 좌표는 모두 사라졌다. 시야를 가득 채운 모래알갱이들만이 햇빛을 난반사하고 있었다.

앞장서 걸어가는 무스타파의 뒷모습이 물속에 잠긴 듯 어룽거렸다. 저 인간이 이곳에서 자신을 살해하고 현금을 가득 채운 지갑을 빼들고 달아나버린다 한들 누구도 시신을 찾아내지 못할 것이다. 아무에게도 행선지를 알리지 않고 온 길이었다. 무스타파는 교활하되 포악한 인간은 아니었다. 그런데 왜 그런 생각이 들었는지 모르겠다. 거침없이 걸어가는 그의 뒷모습을 보며 혐오를 느꼈다. 짓밟는 자, 더럽히는 자, 팔아먹는 자, 파괴하는 자. 무스타파는 사막이 품고 있는 것들을 파내고 잘라내서 팔아넘겼다. 로랑은 사막을 사랑했다. 사막이 제 안에 무엇을 품고 있는지 다 알 수 없어서 사랑했다. 사랑한다고 생각했다. 그 사막과 자신 사이에 무스타파가 있었다. 목마른 자와 물이 있는 곳을 아는 자. 둘의 관계는 그랬다. 무스타파는 매개자이면서 파괴자였다. 그가 사막에서 무언가를 끄집어내 자신에게 가져다주는 만큼 그를 더 혐오했다.

야트막한 구릉처럼 보이는 것은 거대한 암석덩어리였다. 가까이 다가가자 검은 점들이 툭툭 찍혀 있는 것이 보였다. 혈거지의 입구였다. 마침표를 찍어놓은 것처럼 보이는 그 검은 점 속으로 쑥 들어가버린다면 누구도 찾아낼 수 없겠다는 생각을 하는 순간 무스타파가 사라졌다. 걸음을 빨리했다. 컴컴한 구멍 하나를 막 스치는 순간 안에서 목소리가 울려나왔다. 여기야. 구멍 속으로 머리를 들이밀자 라이터를 치켜든 무스타파의 엉망인 치열이 고스란히 보였다. 바싹 붙어 그의 뒤를 따라 들어갔다. 바닥은 굴곡이 없었지만 입구 근처의 천장은 낮았다. 머리가 깨질 수 있어. 무스타파는 거침없이 들어가면서 몇 번이나 주의를 주었다. 아슬하긴 했지만 이마를 부딪칠 정도는 아니었다. 잘난 척하고 싶은 게지. 살갗이 조이는 기분이었다. 얼마나 더 들어가야 돼? 다 왔어. 라이터 불빛이라야 제가 거기 있다는 걸 겨우 알릴 정도였다. 동굴의 크기가 얼마만한지 짐작조차 할 수 없었다. 다만 더 깊고 부드러워진 목소리의 울림이 입구에 비해 훨씬 높아진 천장과 벽 사이의 거리를 짐작게 했다.

멈추어 서서 기다리던 무스타파가 부스럭거리며 품에서 무언가를 꺼냈다. 뭉친 신문지 조각에 라이터로 불을 붙이더니 그걸 손가락 굵기의 판자에 댔다. 불은 금방 옮겨붙었다. 미리 기름에 적셔온 듯했다. 비열한 장사에 이골이 난 솜씨였다.

이젠 남아 있는 게 거의 없어. 찾는 게 쉬운 일은 아니었어.

벌써 몇번째 내는 생색이었다. 횃불이 벽면을 천천히 훑어내렸다. 벽 위에서 선들이 드러났다가 사라졌다. 사라진 선들은 로랑의 머릿속으로 흘러들어와 정확하게 조합되었다. 평생을 선을 그리며 살아온 로랑이었다.

놀라웠다. 단순하고 아름다운 선들. 사람과 짐승의 형상을 위한 최소한의 선을 사용한 그림이었다. 그림의 아래쪽으로 상형문자열이 몇 줄 나타났다. 알 수 없는 문자였다. 오래전 이 동굴 안에 깃들어 살던 이들이 부르던 노래일까. 로제타스톤의 문자들보다 더 그림 쪽에 가까운 형상이었다. 선들은 벽 바깥으로 벋어나와 한없이 관능적인 손길로 로랑을 어루만졌다. 피부 한 꺼풀 아래로 개미들이 기어가는 것 같았다. B가 떠난 후 시들어버린 줄 알았던 감각들이 사물거리며 깨어났다. 목구멍에서 신음이 밀려나왔다.

알고 있었다. 그것들은 은닉된 채 사막의 일부로 존재해야 할 것들이었다. 입에 나팔이 열두 개는 달린 무스타파가 알아버린 후였다. 그 누구도 아닌, 무스타파가. 물건을 바라보는 고객의 숨소리만

들고도 얼마를 불러야 할지를 아는 놈이다. 로랑이 아니라 하면 또 다른 로랑을, 숱한 로랑들을 데려와 저걸 보여줄 것이었다. 무스타 파를 죽여 모래에 묻어버리고 싶었다. 그건 진심이었을까. 무스타파 가 없었다면, 로랑 역시 또다른 무스타파를 찾아다니진 않았을까. 영원의 어둠 속에 잠들어 있던 그것들은 고스란히 푸른 집의 수장 고로 옮겨졌다. 그 과정은 이루 말할 수 없이 복잡하고 골치 아팠지 만, 자신의 정원에 들이는 순간 그 모든 어려움은 다 잊혀졌다.

이후로 둘 다 그 일을 다시 입에 올리지 않았다. 명백한 범죄이기 도 했다. 그러나 도굴범으로 체포된다든가 하는, 그런 차원을 넘어 서는 두려움 같은 것이 있었다. 죄란, 같이 저지른 사람들 서로를 혐오하게 한다. 그후로 더이상 그런 위험한 거래는 없었다. 가끔 들 러 이것저것 구경을 하긴 했으나 삼엽충 화석에서 시작된 그와의 길었던 거래도 끝이라고 생각했다.

조악한 풍경화 뒤에 놓인 그걸 본 순간 그 모든 각오들이 아득히 멀어져갔다. 무스타파라는 인간에 대한 혐오감마저도.

앞뒤 없이 씨부렁거리는 무스타파의 말은 영 종잡을 수가 없었 다. 자신의 것이 아니라고도 했고 문제될 건 없다는 소리도 했다. 자신에게서 구입했다는 건 비밀이라고도 했다. 화석 나부랭이 외엔, 그가 취급한 건 대개가 불법이었으니 새삼스러울 것도 없는 말이었 다. 다만 의아했다. 그게 왜 이 메디나의 허름한 가게 이층에 드러 누워 있는지.

19세기 말 동방의 제국을 공격한 영불연합군은 총과 칼의 전쟁 뒤편으로 비열한 또하나의 전쟁을 동시에 수행했다. 그 악마성을 너무도 잘 알기에 무차별적으로 아편을 퍼뜨렸다. 양민들의 영혼은 삭고 문드러졌다. 왕가의 존엄도 같이 스러졌다. 누대를 이어 보존되어오던 왕실의 보물들 또한 집중적으로 약탈해갔다. 엄청난 양을 실어나갔지만, 그런 것을 신경쓰기엔 제국은 너무 피폐하고 허약했다. 아주 오랜 시간이 흘러갔다. 제국의 후예는 새롭게 세계의 패권을 잡게 되었다. 옛 영화를 되찾기 원하는 그들에겐, 바깥으로는 오랜 문화를 과시하고 동시에 내부적 결속을 꾀하기 위한 상징이 필요했다. 그 핵심에 황실의 권능을 상징하던 열두 개의 두상이 있었다. 긴 시간과 노력 끝에 그것들을 대부분 찾았으나 여전히 그 일부는 행방조차 모르고 있었다. 익명의 소장자가 마음을 바꿔 그것을 내놓기로 했다는 소문이 떠돈 지는 꽤 됐다. 그 정부의 반환 요구에도 불구하고 공공연히 경매시장에 올려질 것이라는 정보가 퍼져나가면서, 이제 강대국으로 부상한 그 국가와 익명의 소장자 사이에 긴장이 고조되고 있었다. '무슨 수를 써서라도' 되찾아야 국운이 폭발적으로 상승할 것이라는 분위기가 확산되면서, 소장자의 국적으로 추정되는 국가와의 갈등으로 비화될 조짐까지 보였다. 호사가들은, 그것을 가진 자에 대한 선망과 호기심으로 촉각을 곤두세우고 추이를 지켜보았다.

실물을 보는 건 처음이지만, 이미 알고 있었다. '유일한 것의 개인적 소유'에 목숨을 거는 극소수 수집가들이 뜨거운 침을 삼키며 눈독을 들이고 행방을 찾고 있는 그것을. 불과 두어 달 전 로랑 앞으로 보내진 배타적인 경매정보지에서 본, 그것이 분명했다. 그러니까 익명의 소장자와 비밀 경매, 그사이 어느 지점에서 그것은 예정

된 행로를 바꾼 것이었다. 연유는 알 수 없으나 갈망과 갈망이 겹쳐지며 생긴 일일 것이다.

모르고 있는 건 무스타파였다. 나름대로 꽤 세게 부른 눈치였지만 사실은 터무니없이 싼 가격이었다. 로랑은 그것의 진정한 가치를 알려주고 싶은 욕망과 당장이라도 그것을 들고 나가 흔적 없이 사라지고 싶은 두 개의 욕망 사이에서 현기증을 느꼈다.

로랑은 언제나 그리 박하게 흥정을 하지 않았다. 무스타파가 칠천쯤 부르면 시세의 세 배 정도란 걸 알면서도 절반 선에서 흥정을 끝냈다. 그렇게 해야 좋은 물건이 들어왔을 때 제일 먼저 보여준다는 걸 알기 때문이다. 그날은 무스타파가 부른 값에서 하나도 깎지 않았다. 갖고 있는 돈을 우선 건넸다. 무겁다며 굳이 배달해주겠다는 것도 대번 거절했다. 일상적이지 않은 태도였다고 곧 후회를 했지만. 구석에서 신문지 몇 장을 꺼내와 그걸 둘둘 말고 두 겹의 비닐봉지에 겹쳐서 담는 무스타파를 뚫어져라 바라보고 있었다. 그걸 받아서 들고 걸어오는데 목이 타듯이 말라왔다. 바바에게 멜론을 사고 오는 길에 충동적으로 그걸 맡겼다. 아니, 충동이 아니라 수집가로서의 예감 같은 것이 있었다. 횡단보도에 서 있다가 자신을 부르는 바바의 눈을 보았을 때 그 아이의 집이 가장 좋은 은닉의 장소로 여겨진 까닭은 여전히 모르겠다. 그길로 집에 들러 있는 대로 현금을 챙겨 무스타파에게 지불해버렸다. 그러고 싶었다. 자신의 것이 아니라는 그의 말은, 어쩌면 맞을 것이다. 무스타파의 가게에 어울리는 물건이 아니었다. 내일이라도 그걸 돌려달라는 연락이 올지 몰랐다. 불안감은 근거가 없었지만 깊고 강렬했다. 집도 모르는 바바에게 그걸 맡길 만큼. 말바꾸기의 명수인 무스타파가 무슨 말을 한다 해도 결코, 결코 내놓고 싶지 않았다. 누군가가 '무슨 수를 써서라도' 그걸 찾겠다면 자신은 '무슨 수를 써서라도' 내놓지 않을 것이었다.

목이 마르다. 이제 카페 하파의 이층 베란다에 앉아 뜨거운 박하차를 마시면서 해가 지는 걸 바라볼 참이다. 해가 막 지평선과 맞닿으면서 아래쪽부터 조금씩 사라지는 순간이면 세상의 모든 색채가 요동치듯 뒤섞인다. 칼로 자른 듯 극명하게 나뉘었던 빛과 그림자가 섞이고 하늘과 모래의 빛깔이 뒤섞인다. 흰빛은 부서지고 금속성의 색채들이 폭발하듯 천지를 가득 채운다. 맨 마지막까지 남아 있던 분홍과 오렌지빛의 잔광은, 재가 되어 고요히 내려앉는다. 그 풍경은 하도 장엄하여 어제의 그것을 모두 잊게 만들고 매번 처음인 듯 눈과 마음을 사로잡았다.

카페 쪽으로 걸어가는데, 왼쪽에서 누군가의 시선이 느껴진다. 어제, 점을 쳐주었던 여자 같다. 뭐라고 그랬더라. 겨우 하루가 지났을 뿐인데 왜 다 잊어버렸을까. 무어라무어라 얘길 늘어놓았는데. 낙관적 전망들로 가득 찬 예언이었지. 앞길에 놓인 부요와 행복이 이전 것들을 모두 합한 것보다 더 클 것이라 했던가. 복된 예언은 그러나 로랑을 행복하게 만들어주지 못했다. 자신이 가장 소망하는 행복이 무엇인지 그 자신도 알 수 없었으니. 여자는 말을 조금 더듬었고 뽑아놓은 카드를 똑바로 쳐다보지도 않았다. 카드를 읽는 법을 아는지조차 모르겠다. 조잡하기 짝이 없던 그 그림으로 무엇을 읽어낼까마는. 누군가를 아주 유심히 들여다본다면, 평범한 사람조차 그의 과거를 읽어낼 수는 있겠지. 어투만으로도 인간의 과거를 짐작할 수 있지 않은가. 그러나 내일을 누가 알 수 있단 말인가.

시선을 맞추지 않는 여자의 눈을 바라보며, 난 몇살까지나 살 수 있을까요? 물어본 건 무엇에 대한 조롱이었을까. B가 떠난 이후로 오래 사는 것을 소망해본 적이 한 번도 없으면서. 여자는 생일을 물었다.

6월, 16일.

6월이라면, 여름날의 해처럼 오래 살겠군요. 아주 오래.

그녀의 말이 끝나기도 전 로랑은 웃었다. 순 엉터리. 그건, 겨울에 태어났다면 마음이 차가울 거라고 얘기하는 거와 마찬가지지. 다른 옷을 입고 와서 물어본다면, 또다른 예언을 늘어놓을 것이다. 어쩌면 같은 옷을 입고 가도 마찬가지일 테지.

잡상인과 호객꾼의 손길을 밀어내며 걸어가는 로랑의 손에 무언가가 와 닿았다. 나긋나긋한 손가락이다. 보드랍고도 점성이 있는 듯 착 감겨든 그 손은 순식간에 손가락 사이를 파고든다. 윤기나는 검은 머리를 짧게 자른 이 아이는 누굴까. 얼핏 사내같이 보였지만 가는 팔과 도도록한 젖가슴을 보니 여자이긴 한데 여기 소녀는 아니다. 히잡으로 가리지 않은 이마와 눈매가 출장길에서 선물로 샀던 일본인형 비슷하게 생겼다. 손은 어느새 그녀 앞으로 바짝 끌려가 있다. 로랑은 고개를 저었다. 소녀는 아랑곳하지 않고 속삭인다.

"당신을 위해서 이걸 해주고 싶어요."

손을 잡아당겼다. 손은 쉽사리 풀리지 않는다.

"이게 손등에 남아 있는 동안, 당신은 다른 사람으로 살아볼 수 있답니다. 정말 놀랍지 않나요?"

다시 한번 노, 라고 단호하게 말한다. 말을 마치기도 전에 그녀가 들고 있던 튜브에서 암녹색의 진득한 액체가 막 밀려나온다. 귀찮아. 손을 끌어당겨보지만 만만찮은 악력이다. 새로 난 넝쿨처럼 가늘고도 질기다. 끈적한 액체가 닿는 첫 느낌이 선뜩하다. 소녀는 또 무어라무어라 속삭인다. 로랑의 손등 위로 한 송이 꽃이 피어난다. 그걸 둘러싼 이파리가, 거기서 벋어나간 넝쿨들이 그려지는 건 한 순간이다.

어쩌면 좀더 세게 뿌리칠 수 있었다. 왈칵 화를 낼 수도 있었다. 입으로는 계속 아니라고, 아니라고 하면서 어느새 그녀의 손놀림을 멀거니 바라보고 있었다. 따끔따끔한 것 같기도 하고 홧홧하기도 하다. 새끼손가락 끝까지 이어지는 넝쿨과 이파리를 마지막으로 그리고 나서야 소녀는 고개를 들어 로랑을 바라본다. 콧등에 땀이 송송 솟았다. 대찬 고집을 부린 셈 치고는 턱선이 여리다. 로랑의 손과 얼굴을 번갈아 쳐다보며 믿을 수 없다는 듯 저 혼자 감탄하듯 종알거린다.

"너무 예쁘다! 이걸 내가 그렸단 말이야?"

"아가, 난 그려달라고 한 적이 없단다."

"알아요. 당신에게 그냥 선물을 주고 싶었을 뿐이에요. 이곳에 온 기념으로요. 그저, 당신도 날 위해 아주 조그만 선물을 주지 않을래요?"

속삭이듯 조잘거리는 데는 도리가 없다.

"얼마나 주면 되겠니?"

"십 유로요."

"오늘 처음 도착한 뜨내긴 줄 아는구나. 오 유로도 많은걸."

그렇게 말하면서도 십 유로짜리 지폐를 꺼내주었다. 고맙습니다. 이상한 억양의 프랑스어로 인사를 한 소녀는 헤나가 마르고 나면 깨끗이 씻어내라고 당부를 한다.

"넌 어디서 왔니? 일본?"

돈을 꼭 쥔 채 눈을 동그랗게 뜬 소녀가 고개를 저었다.

"차이나?"

소녀는 뿌루퉁한 표정으로 고개를 젓기만 할 뿐 대답은 하지 않는다. 손을 엉거주춤 치켜들고 돌아서서야 소녀가 그 아시아 남자를 꼭 닮았다는 생각이 들었다. 어찌나 말이 없던지 이름밖에는 물어보질 못했다. 대답하면서도 화가 난 듯한 표정이었다. 몇 번 사막엘 같이 들어갔다. 어쩌다보니 비밀스러운 거래까지 있었지. 통 말이 없고 마른데다 퀭한 눈가에 시커먼 테두리가 짙어 첫인상은 좋지 않았지만 지내다보니 어쩐지 가여운 느낌이 드는 사람이었다.

헤나가 마르면서 손등이 쓰라리고 따가웠다. 그래도 살짝 조여드는 느낌이 그리 싫지는 않다. 뭐랄까. 소녀의 말처럼, 그리기 전과는 다른 사람이 된 듯한 기분이 들기도 했다. 벌써? 로랑은 혼자 웃었다. 이래서 사람들은 타투를 하는 걸까. 카페 하파에 들어갔을 때 일몰은 이미 지나버렸다. 이층 베란다에 앉아 사람들이 밀려드는 저녁의 광장을 내려다보며 박하차 한잔을 마시고 화장실로 가서 꾸덕꾸덕 마른 헤나를 긁어내고 물로 씻어냈다. 암갈색 무늬가 선명

하게 드러났다. 손등 가득 세밀화의 한 부분처럼 꽃과 넝쿨이 빼곡
하다. 서투른 솜씨다. 아주 범벅을 해놨군. 거절당할까봐 두려웠겠
지. 얼핏 낙서처럼 보이는 그걸 보고 있자니 손가락에 감겨오던 작
은 손의 감촉이 애처로웠다는 생각이 든다. 손을 뿌리치지 못한 건
그래서였나. 다음에 그 남자를 만나면 당신을 꼭 닮은 소녀를 광장
에서 보았다고 말해야겠다. 그러면 그 자물쇠로 채운 듯 무거운 입
이 살짝 열릴라나. 부연 연기와 북소리로 차오르는 자마 알프나를
걸어나오며 몇 번이나 손등을 들여다보았다. 대기의 몽환적인 뜨거
움은 이상한 쾌감으로 바뀐다. 이상하게 자꾸 웃음이 나왔다.

"나쁘지 않아."

*

사하라란 '아무것도 없는'이란 뜻이라지.

움직이는 건 아무것도 없다. 누렇게 뜬 사막풀마저 죽은 듯 모래에
발을 묻고 물이 있는 곳으로 실어다줄 저녁바람을 기다린다. 모래색
뱀과 붉은 전갈도 한 조각 그늘을 찾아 필사적으로 몸을 감추었다.

완전한 고독과 적막.

정말이지 아무것도 없는 곳.

아틀라스 산맥을 지난 지도 오래다. 라시드에게, 소용없는 줄 알
면서도 천천히 가자 말을 건네고 눈꺼풀이 내려온 것 같으면 졸음
도 쫓아주는 사이 외롭게 한 줄로 뻗어 도시와 연결되던 길이 사라
진다. 이제 바람이 한번 지나가면 지워질 길을 모래 위에 만들며 지

프는 꾸역꾸역 달려간다. 간혹 서 있던 올리브나무와 배배 꼬여 안쓰럽던 유칼립투스도 이제 보이지 않는다. 차체는 폭발할 듯 달아올랐다. 계기판 온도계는 50을 훌쩍 넘어섰다. 숨을 쉴 때마다 목구멍 깊숙이 뜨끈한 기운이 밀려든다. 에어컨이 고장났다고 항의하는 초행의 여행자들도 있다. 그럴 땐 에어컨을 끄고 창문을 내려준다. 차라리 열고 갈까요, 물어보면 그제야 체념한 표정으로 할딱거리며 고개를 젓는다.

여행자들은 제각기 다른 사막을 원한다. 어떤 사람은 더 뜨겁고 더 완전한 고립 속에 놓일 수 있는, 가장 깊숙한 장소로 데려다달라고 말한다. 대체로 혼자 오는 사람들이다. 까끌거리는 모래가 혀에 닿으면 불평하는 대신 꼭꼭 씹어 삼키는 이들이다. 어떤 사람과는 단둘이 천오백 킬로를 달려 들어가본 적도 있다. 꼭 사흘을 머물렀다. 하도 적적하여서 마른 가지 하나를 주워 모래에 꽂고 손수건을 묶어놓았다. 너무도 고요해서 귓구멍 속이 먹먹해지면 입을 크게 벌려 하품을 하곤 했다. 그 시간이 승 역시 나쁘진 않았다.

이번처럼 팀으로 오는 사람들은 조금 다르다. 지나치게 뜨겁지 않고 과도히 목마르지도 않고 물과 그늘이 있는 곳, 한쪽 다리를 비스듬히 뻗은 채 사진을 찍을 때 모래언덕의 실루엣이 멋진 배경이 되는 사막을 원한다. 때맞추어 지표면을 달려가는 모래바람이 베일처럼 풍경을 가리면 소리를 지르며 박수를 치기도 한다. 그렇지만 입안에 굴러다니는 모래알갱이도, 빵과 같이 씹히는 모래도, 사타구니까지 파고드는 모래도 좋아하지 않는다. 그들은 연약한 목소리로 고백한다. 여기가 참 좋아요. 근데 여기서 살 수는 없을 것 같아요.

그런 사람들을 위해서는 아쉬운 대로 물을 그럭저럭 사용할 수 있는 오아시스로 데려가야 한다.

그 둘 다 사막이다. 동시에 그 둘은 완전히 다른 곳이다. 한 곳은 무한을 응시하려는 자들의 처소이고 또 한 곳은 돌아갈 곳을 생각하며 거울을 들여다보고 모래를 털어내는 자들의 장소이다. 두고 온 곳으로의 구심력보다 원심력이 큰 사람들은 혀뿌리에 감기는 모래를 묵묵히 삼킬 수 있다. 극한의 황량함에 조응하는 폐허를 가슴에 감추고 있는 사람만이 그 지독한 사막 자체를 견뎌낼 수 있다. 눈을 뜨고 있되 아득히 먼 곳에 시선이 못 박혀버린 자들만이 눈알을 파고드는 모래를 견딜 수 있다. 어떤 불로도 태워지지 않는 응어리를 병든 췌장처럼 달고 와서는 그걸 태워야 살 수 있다고, 그걸 태워버릴 수 있다면 지옥불이라도 견뎌보겠다는 이들만이 진짜 사막까지 들어간다.

승 역시 그랬다. 누군가와 사막 한가운데 머물 땐 넌더리를 내다가도, 한동안 뜸하다보면 언저리가 아닌 진짜 사막에 들어가고 싶은 욕구가 슬슬 솟아났다. 보라에겐 일이 있다 하고는, 어린 걸 혼자 놔두고 깊숙이 달려들어가 이삼 일씩 숨어 있다 나온 적이 몇번인가. 며칠을 혼자 지내다보면 하얗게 풍화된 낙타 뼈마저 반가워지는 사막의 심장에서.

모래 위에 누워, 자신의 흰 뼈를 상상하며 어떤 순간을 기다려본 적도 있다. 눈을 감고 누워 있으면 햇살이 모래에 닿아 부서지는 소리가 사분사분 소란했다. 그렇게 소멸을 꿈꾸었다. 이렇게 누워 있으면 산 채로 미라가 되고 풍화해가겠지. 굶주린 짐승들이 달려들어 살을 뜯어먹고 배설하고 먼지가 되어 흩어지면 이 사막의 일부가 되겠지. 흰 뼈마저 모래언덕 아래 파묻힐 수 있다면. 아무 흔적도 남기지 않고 사라질 수만 있다면.

하지만 사막은 길이 사라지는 지점에서 새 길이 시작된다는 것도 알게 해주었다. 아스팔트가 끝나는 지점부터 지도는 의미가 없었다. 발을 내디디면 거기서부터 다시 길이 태어났다. 내 앞에도 새 길이 생겨날 것인가. 어쩌면 '그것'이 새 길을 가능하게 해줄 것인가. 이런 날들이 모여 내일이 될 수 있는가. 그건 여전히 모르겠다.

이곳에 오던 날, 자정 무렵의 두바이 공항이었지.

웰컴 투 투모로우.

게이트 앞의 거대한 전광판. 일 초 간격으로 점멸하는 그 네온문자를 매달리듯 뚫어지게 바라보았다. 크고 강렬한 형광빛의, 전자적인 위안. 그런 생각을 했지. 이 공항을 이륙하는 순간, 모든 어제를 지워버릴 수 있다면. 그럴 수 있다면. 화려한 상점들과 넘쳐나는 사람 사이로 걸어가는 동안 둘 다 한마디도 하지 않았다. 딸의 얼굴은 노랗고 창백했다. 불빛이 너무 환해서, 라고 생각했다. 환승 게이트를 향해 걸어가는 내내 승은 한 가지 생각만 하고 있었다. 손을 잡고 매달리듯 따라오는 딸이 어디론가 혹 사라져버렸으면. 그 시각에도 장터처럼 붐비는 그곳에서 슬며시 그 손을 떨쳐버리고 싶었다. 손을 놓고는 뒤돌아서서 인파 사이로 사라져버리고 싶었다. 그 생각은 너무 강렬해서 발을 내디딜 때마다 지금이야, 지금이야, 결정적 순간을 가늠하게 했다. 이차성징이 한창인 딸의 존재가 우주만큼 무거웠다. 지금도 딸은, 여전히 무겁고 가장 무겁다. 눈앞에서 왔다갔다하는 딸의 뒤통수를 볼 때면 느닷없는 치통 같은 것이 밀려들었다. 그 고통은 너무 커서 달아나지 않을 수 없었다. 그러지 말아야 한다고 생각하면서도 이렇게 집을 떠나면 전화 한 통 하지 않는다. '아무것도 없는' 이 장소가 사실은 가장 편안하다.

지평선이 지워지며 제법 큰 대추야자숲이 보이기 시작한다. 오늘 묵을 장소이다. 머리를 흔들어 잡념을 털어내고 마이크를 집어들며 중얼거렸다.

"왜들 고생을 사서 하나 몰라."

다 마신 물병을 창밖으로 집어던지고는 라시드가 묻는다.

"그러는 당신은?"

*

제가 얼마나 아름다운지 알지 못할 때 한 사람이 가진 광채는 온전히 빛나는 걸까.

맨 앞쪽의 나무상자에 앉아 올려다보는 바바는 평소보다 훌쩍 커 보이고 어른스러워 보이기조차 한다.

테니스 볼만한 쇠공을 든 오른손을 가슴 앞으로 들어올린 채 꼼짝 않고 서 있는 바바는 흡사 조각처럼 보인다. 저렇게 서서 더 많은 사람들이 몰려오기를 기다리고 있는 것이다. 몇 겹의 불규칙한 원을 이루며 둘러선 사람들의 숫자를 가늠하는 검은 눈은 얼핏 약아 보인다. 하지만 어색하게 다문 입술과 지나치게 자주 깜박이는 눈꺼풀을 보면 사실은 무척 수줍어한다는 것을, 제대로 해내지 못

할까 두려워하고 있다는 걸 알 수 있다. 대단한 기예라도 보일 듯, 표정은 비장하다. 광장에 막 들어선 여행자들이 하나둘 걸음을 멈춘다. 모든 것이 신기한 듯 눈이 커다래진 저 초행의 여행자들은 이곳에서 밥벌이를 하는 사람들의 밥인 것이다. 곧 시작한다는 말이 벌써 몇번째인가.

팔을 움직이기 직전, 바바는 보라를 바라보았다. 살짝 웃어주자 그제야 제 몸의 선을 따라 천천히 공을 굴리기 시작한다. 그 옆에 붙어 선 남자가 정신없이 손을 흔들며 빠르게 떠들어대기 시작한다. 이제 곧 공이 사라질 것이라고, 저 공을 마침내 삼킬 것이라고, 쇠로 된 공이 온몸 안을 흘러다니는 걸 볼 수 있을 것이라고, 잠시도 눈을 떼지 말라고. 바로 옆에 쪼그리고 앉은 어린 소년이, 무릎 사이에 끼운 북을 손바닥으로 두들겨대고 있다. 리듬이 기가 막히다. 둘러선 사람들이 자기도 모르게 리듬에 맞춰 어깨를 들썩이기 시작한다. 보라도 손바닥으로 박자를 맞춘다. 분위기는 금세 후끈 달아오른다. 북의 가파른 리듬을 따라 바바의 손놀림이 점점 빨라진다. 기세로 봐서는 몸의 어느 구멍으로도 공을 집어넣을 수 있을 것 같다. 웃통을 벗은 가슴에 땀이 솟아나 기름을 바른 듯 번들거린다. 움직임은 기계체조선수의 그것처럼 정교해진다. 놀라운 유연성이다. 바바의 등은 선 채로 바닥을 스칠 듯 한껏 휘어진다. 군살이라곤 한 점 없는 황동빛 팔이, 마른 어깨가 안쓰럽다.

바바의 아빠는 바바가 노는 꼴을 보지 못했다. 낮에는 과일을 팔게 하고, 일주일에 한 번은 꼭 이 엉터리 공연을 시킨다. 일주일이란, 한번 속은 여행자들이 떠나고 새로운 여행자들이 광장에 도착하는 간격이다. 둘러선 사람들의 원이 더 두터워진다. 안이 들여다보이지 않으면 더욱 기를 쓰고 들여다보고 싶어하는 건 누구나 마찬가지. 키가 작은 아이들은 사람들 옆구리 사이로 머리부터 들이민다. 점점 빨라지던 북소리의 간격이 사라진다. 북채는 가죽 위에서 그저 바르르 떨고 있는 것처럼 보인다. 북소리는 둘러선 사람들을 껴안고 훌쩍 다른 세계로 날아간다. 이마에서 코와 입을 지나쳐 내려오는 사이 공이 사라진다. 무언가를 꿀꺽 삼키는 시늉을 하긴 했다. 이제 비어 있는 오른쪽 손바닥으로 왼팔을 문지르자 팔뚝이 불룩해진다. 와우. 팔뚝에 쇠공이 들어 있네. 보라가 크게 소리쳐보지만 구경꾼들의 반응은 별로다. 바들바들 떠는 볼록한 근육이, 진짜 쇠공이라고 믿고 싶다. 빈약한 근육 위에 잠시 머무르던 손바닥이 천천히 이동한다. 어깨로, 가슴으로, 배꼽에서 아랫배로. 손바닥으로 배를 문지르며 넝쿨처럼 비틀어 펼치자 마른 뱃가죽 아래 다시 볼록하게 근육, 아니 쇠공이 솟아난다. 춤추듯 온몸으로 웨이브를 만들던 바바는 이제 제법 고통에 찬 표정을 짓는다. 에효, 한숨이 다 나온다. 아무리 좋게 봐주려 해도 지갑을 열기엔 부족한 연기력이다. 손바닥이 다시 천천히 위로 올라와 입까지 이르렀을 때, 바바는 몇 번이나 고개를 젖히며 크게 토하는 시늉을 한다. 쉽지 않다는 듯 몸을 부르르 떨기도 한다. 보라는 웃지 않으려 입술을 깨문다. 어느새 바바의 손바닥에 쇠공이 올려져 있다. 쇠공은 조금도 젖어 있지 않다. 정면에 서 있던 사람들 말고는 모두, 뒤에 서 있던 남자가 쇠공을 재빨리 건네주는 걸 보았을 것이다. 둘러선 사람들 중 몇이 카메라 셔터를 누른다. 고개를 가로젓는 사람도 있다.

남자가 사진기를 든 사람들에게 재빨리 다가간다. 이십 유로라니. 터무니없다. 저러니 매번 싸움이 벌어지지. 가끔은 별말 없이 지폐를 모자 속에 던져주는 사람도 있다. 동전 몇 개를 던져주곤 파리떼를 떨쳐내듯 손을 내저으며 인상을 쓰는 사람도 있고 한 푼도 줄 수 없다고 화를 내며 금방 찍은 사진을 홀랑 지워버리는 사람도 있다. 야비하게 휘파람을 불며 마른 대추야자 한줌을 벗은 몸 위로 휙 던지고 가는 사람도 있다. 그때 바바의 표정이라니. 늘 웃고 다니는 녀석이지만 저 역시 비참과 슬픔을 모르지 않을 것이다. 언제부턴가 바바의 공연이 있을 땐 이렇게 와서 바람을 잡아주었다. 환호성을 지르고 주먹을 흔들기도 하며.

말해준 적은 없지만, 그의 마임은 아름답다. 공을 토하는 시늉을 하는 순간만 빼고. 가끔 어떤 사람이 말없이 지폐를 던지고 가는 것은, 마술이 아니라 마임에 반해서일 것이다. 마르고 긴 팔다리의 움직임은 춤과 같았다. 음악이 없이도 아름다운 춤. 보는 사람의 마음을 휘젓는 춤. 가슴속에 뭉쳐 있어 보라를 늘 아프게 하는 검은 덩어리를 천천히 쓰다듬어주는 것 같아 저 마임을 할 때의 바바가 좋았다. 남자가 강제적으로 수금을 하는 동안 약간 부끄러운 듯 어색하게 웃는 저 표정도. 물론 기고만장하는 꼴을 보기 싫어 그 얘긴 절대 안 할 생각이지만.

저렇게 틈틈이 앵벌이노릇을 하면서, 낮엔 과일장사까지 하는 바바를 불쌍한 놈이라고 생각했다. 그러나 언젠가 제 엄마와 광장을 걸어가는 뒷모습을 보았을 때, 보라는 멈추어 서서 그 둘이 사람들 사이로 완전히 사라질 때까지 한참이나 지켜보았다. 겹쳐지거나 떨어지면서 걸어가는 그 뒷모습을 보고 있는데, 진짜 불쌍한 건 나야 하는 생각이 들었다.

오늘 바바는 몇 차례 공연을 더 치러내야 집으로 돌아갈 것이다. 줄레줄레 따라다닐 땐 귀찮다가도 또 이렇게 혼자 긴 골목을 걸어올 때면 조금 아쉬워진다. 발을 툭툭 던지듯 걸어 집 앞에 오니, 문간에 널브러져 있던 회색 털뭉치가 구물구물 일어난다.

"너 내가 보고 싶은 거야, 멸치가 먹고 싶은 거야?"

말귀를 알아듣기라도 한 듯 새침한 표정으로 고개를 틀더니 문을 열자 제집인 양 먼저 쏙 들어간다. 냉장고에서 김통을 꺼내고 멸치도 세 마리 집어냈다.

"네가 찾아오니까, 그래도 집 같기도 하네."

말한 사람 무색하게 녀석은 오직 멸치에만 마음이 있다. 날 닮아서 애가 좀 까칠하긴 해. 던져주는 족족 멸치를 순식간에 먹어치우고 또 냉장고를 쳐다본다. 못 본 척 김통을 들고 벽에 기대앉아 김을 먹고 있자니 이건 뭔가 하는 눈으로 쳐다보았다. 김 한 조각을 내밀자 고개를 갸웃거리며 앞발로 요리조리 건드려보더니 냉큼 받아문다. 그게 그만 입천장에 붙어버렸는지 고개를 치켜들고는 앞발로 입안을 긁어대는 꼴이 웃기지도 않는다. 한바탕 난리를 치르고야 말짱한 표정으로 보라의 옆에 동그랗게 앉는다. 처음엔 가까이 오지도 않더니. 등을 살짝 쓰다듬어보았다. 털은 놀랍도록 보드랍다. 살그머니 목을 어루만지자 갸르릉 소리를 내며 머리통을 보라의 손바닥에 비빈다. 멸치 한 마리에 자존심을 버린 거야? 그런 거야? 더는 안 돼. 근데 너 모피 입고 덥지도 않니? 낮에 그 계집애 웃

110

기지도 않았어. 다 해놓고는 마음에 들지 않는다고? 내 성격도 만만치 않아, 그치? 근데 걔랑 싸우면서 무슨 생각했는지 아니? 야, 내가 드디어 영어로 싸움이 되는구나. ……사실 오 유로면 나쁘진 않지. 아빠는 왜 전화 한 통 없나 몰라. 김을 자꾸 먹는 건 나쁜 걸까? 보라는 회색 털뭉치에게 끊임없이 말을 걸고 있는 저를 바라본다. 어쩌면, 이 아이는 여기서 우리말을 실컷 조잘거릴 수 있는 단 하나의 상대였다. 나오미나 바바와 짧은 영어로 이야기를 나누다보면 머리에 쥐가 나고 멀미가 날 것 같은 순간이 있다. 이렇게 단둘이서 아무에게도 못할 얘기까지 한참 하다보면, 얘가 말을 못해서 그렇지 다 알아듣지 싶기도 했다. 이제 일 년인데, 왜 영원처럼 느껴지는 거지? 되게 이상하다 너? 떡볶이가 그렇게 먹고 싶었는데 더 질기게 먹고 싶은 건 김치찌개네. 그나저나 어느 날 이 언니가 안 보이면 아, 집으로 돌아갔구나 그렇게 생각해. 다시 학교를 다니게 되면 참 열심히 공부할 것 같아. 뭐 그때 되어봐야 알겠지만. 그런 얘기.

할 이야기가 너무 많을 땐 중간에 멸치 몇 마리를 더 꺼내줄 때도 있다. 그럴 때면 초콜릿 몇 개로 보라를 붙들어놓고 끊임없이 제 자랑을 늘어놓는 나오미와 다를 게 뭐람, 싶기도 하다. 얘한테도 내가 그렇게 팍삭 늙어 보이려나? 김통에 넣은 손가락이 빈 바닥에 닿는다. 냉동실에 김도 얼마 남지 않았는데. 끈끈한 짠맛이 입에 가득하다. 알고 있다. 얘가 내 말 같은 건 하나도 알아듣지 못한다는 것. 그걸 알면서도, 끝내 꺼내지 못하는 말도 있다. 무릎에 턱을 괴고 푸르게 빛나는 눈동자를 들여다보았다.

여기다 가두어놓고는, 날더러 어쩌라고?

*

막 해가 지평선에 닿을 듯 가까워지는 지금.

흩어지는 노을빛을 후광처럼 두른 보라의 옆모습이 가장 예쁜 시간이다. 오렌지주스 역시 보라가 좋아하는 음식은 아닌 모양이다. 바바가 사들고 간 주스를 한 모금도 마시지 않고 무릎 사이에 내려놓고는 오가는 사람들만 살피고 있다. 그렇다면 사방에 널려 있는 먹거리 중에서 얘가 좋아하는 게 도대체 뭐란 말인가. 보라는 엿에 버무린 아몬드도, 다디단 튀김과자도, 말린 무화과도, 설탕에 버무린 도너츠마저도 좋아하지 않았다. 그토록 쫄깃쫄깃한 찐 달팽이조차 엄청 화를 돋우었을 뿐이다. 찐 달팽이를 사들고 신나게 달려와 안겨주었을 때 봉지를 열어본 보라는 고개를 홱 돌리며 이마에 주름을 세 개나 만들고는 소리쳤다. 토할 것 같아. 왜? 이마에 솟아난 뿔 두 개, 안 보여? 그게 어때서? 징그럽잖아, 윽. 과장되게 토하는 시늉을 하는 걸로 봐서 그래도 그날은 기분이 좋은가보았다. 손님이 많았든지 아니면 누군가에게 호되게 바가지를 씌웠든지 둘 중 하나겠지.

보라는 아빠가 없는 날에만 나와서 일을 했다. 조그만 나무상자 하나가 보라가 가진 전부이다. 그래도 그 안에 별게 다 들어 있다. 손님 하나를 붙들면 그 상자 위에 앉히고 저는 그 앞에 쪼그리고 앉아 나달나달한 도안책을 펼쳐 보였다. 손님이 무늬를 고르면 팔이나 손등 혹은 발목에 그걸 그려주어야 했다. 도안과 똑같이 그리는 건 아니다. 손의 크기에 따라 가장자리가 잘리거나, 넝쿨이 덧붙여지기도 했다.

사실 며칠 하다 포기할 줄 알았다. 매사에 잘난 척하는 것 치곤 당최 손재주라곤 없었다. 호객하는 것부터 서툴렀다. 열 번을 거절 당해도 끈질기게 매달려야 하는데 세 번쯤에서 그만 손을 놓아주는 식이었다. 헤나로 재빨리 무늬를 그려내는 기술도 모자랐지만 손님의 외모를 칭찬하는 입발림에도 젬병이었다. 이곳에서 자라난 여자 아이들에게 헤나 타투란 묽은 수프 마시기보다 쉬운 일이다. 저녁 바람에 유칼립투스 잎이 흔들리듯 손목을 몇 번 살랑살랑 움직이는 사이 뚝딱 완성되어야 하는데 보라는 손님이 허리를 뒤틀 때까지 끙끙대고 있기가 일쑤였다. 넝쿨이 아니라 낙서 같은 걸 그려놓을 때도 있었다. 망친 그림을 보면서 말없이 한숨만 내쉬는 손님도 있었고, 짜증을 부려서 보라의 눈에서 기어이 눈물방울이 떨어지게 하는 여자도 있었다.

그나마 보라가 이만큼이라도 바바를 상대해주는 건 온몸을 연습용으로 내주었기 때문일 것이다. 한번 그려진 타투는 수세미로 박박 문질러도 열흘은 꼬박 남아 있기 때문에 왼손 오른손 왼발 오른발 그리고 양 팔뚝, 심지어 종아리까지 돌아가며 대주어야 했다. 요즘은 꽤 나아지긴 했지만 여전히 시간은 오래 걸렸다. 그래도 기는 죽지 않는다. 사람 봐서 제법 비싸게 부를 줄도 안다. 그러고는 손님이 적기 때문에 바가지를 씌울 수밖에 없다고 태연하게 말하는 경지에도 이르렀다.

저는 모르겠지만, 처음 여기 왔을 때에 비해 많이도 그을렸다. 유럽 여자들처럼 하얗진 않지만, 보라의 살갗은 유약을 발라 구운 젤류지마냥 매끄럽고 윤이 났다. 손등으로 쓸어보고 싶을 만큼. 그사이 키도 훌쩍 컸는데, 그래 그런지 더 말라 보인다. 히잡도 하지 않고 늘 사내처럼 통통거리며 뛰어다니는 보라에게선 어린 파피루스가 바람에 스치듯 사삭거리는 소리가 들려왔다. 이제는 더이상 바바의 몸에 타투 연습을 하지 않는다. 그때가 바바에겐 가장 행복했던 시간이었음을 보라는 모르겠지. 위에서 내려다보면 조그맣게 솟은 콧등이 어찌나 사랑스럽던지. 볕에 그을린 이마와 콧등에 땀이 송송 솟아나기 시작하면, 곧 끝나버릴 그 시간이 안타까워서 울고 싶었는데.

"보라, 뭐 사줄까. 케밥?"

보라는 고개를 저었다.

"배고프지 않아."

"좋아하는 게 뭐야? 뭐든지 사줄게."

보라는 콧방귀를 뀌었다.

"됐어, 바바. 귀찮게 하지 마. 내가 좋아하는 건 돈이야."

"돈? 그러니까 그 돈으로 뭘 사려구? 내가 사준다니까!"

"사고 싶은 건 없어. 아빠 드릴 거야."

"아빠? 네 아빠도 돈을 적게 벌어오면 널 때리는구나?"

보라가 경멸하는 눈빛으로 쳐다보았다.

"네 아빠 같은 줄 알아? 우리 아빤 단 한 번도 날 때린 적 없어."

별일이다. 때리지도 않는다면 왜 돈을 갖다주려고 애를 쓴단 말인가.

"주스 마셔. 뜨거워지기 전에."

보라는 새침하게 눈을 내리깔았다.

"아니, 아빠 드릴 거야."

"너희 아빠, 사막에 들어갔잖아."

"얼려놓으면 되니까."

보라가 그렇게 말하는 순간, 바바의 눈이 마지막 석양빛을 받아 반짝 빛났다. 보라는 오렌지주스를 좋아하는 것이다. 너무나 좋아해서 그걸 아빠에게 주고 싶은 것이다. 하긴 열기에 지친 여행자들은 광장으로 들어오자마자 수레로 달려와 주스부터 사먹곤 했다. 왜 그 생각을 못 했을까. 그렇다면 보라도 여행자란 말인가. 언젠가는 떠나온 곳으로 돌아가버리는 걸까.

"네가 태어난 나라는 어떤 곳이야?"

"말해주면 알아? 이 도시 바깥으론 한 번도 나가본 적이 없다면서."

"알아, 다 알아."

"우리나라? 메디나 잡화가게에 주렁주렁 매달린 때수건 있지? 그걸 처음 만든 나라야."

보라의 목소리는 냉랭했지만 가늘게 떨려나왔다. 이상하네. 때수건을 만드는 나라라니.

"윽, 너네 나라 사람들은 때가 많구나."

"흥, 그런 소리 하지도 마. 우리나라 사람들이 얼마나 깨끗한데. 피가 나올 때까지 살갗을 밀 만큼 깨끗한 걸 좋아하지. 그곳에도 이곳의 함맘 같은 곳이 있어. 찜질방이라고 부르지. 아주 뜨거운 방에 들어가 몸을 푹 찌는 거야. 정오의 사막만큼이나 뜨거운 곳이지. 더러운 건 여기 사람들이야. 나 목욕하러 함맘 한번 갔다가 완전 토할 뻔했어. 바닥이 까맣기에 검은 타일을 깔았구나 했는데 자세히 보니까 전부 때더라. 아휴."

보라는 질렸다는 표정으로 고개를 절레절레 흔들었다. 할 말이 없다. 그 함맘마저 한 번도 가본 적이 없다는 걸 알면 기절을 하거나 만날 때마다 토하는 시늉을 하겠지.

"때수건 말고, 다른 얘기도 해봐."

"무어라고 얘기해준들 알아?"

매몰차게 말하는 게, 얘기를 하고 싶지 않은 것 같았다. 보라와 친해질수록 그녀가 살아온 곳까지 궁금해졌지만 어쩌다 떠나온 곳에 관해 물어보면 때수건 식으로 장난스럽게 눙치든지 아니면 못 들은 척해버렸다.

"그렇게 깨끗한 곳을 두고 여긴 왜 왔는데?"

바바는 자신의 말이 비웃는 게 아니라 진심으로 궁금해하는 것처럼 들리길 원했다.

"아빠 따라 온 거야. 아빠는 누군가를 찾으러 온 거고. 내가 오고 싶어서 온 건 아니야."

"왜 오고 싶지 않았는데?"

"바보야. 저녁마다 모래를 한 삽씩 쓸어내야 하는 곳에 누가 오고 싶어하겠어."

"모래를 왜 쓸어내는데? 어차피 또 쌓이는걸."

또 괜한 말을 했나보다. 한심하다는 눈으로 쳐다보는 걸 보니.

"바바, 우리나라 말에 백번 듣는 거보다 한번 보는 게 더 낫다는 말이 있어. 내가 어떻게 설명해도 네가 상상하는 건 실제와 다른 것이 되는 거야. 겨우 한 해가 지났을 뿐인데, 겨울이 어땠는지 까마득해. 네가 겨울을 알아? 살갗이 아린 추위, 손바닥에 그해 처음 내린 흰 눈송이가 와 닿는 느낌 같은 것 말이야. 그런 건 말로 전할 수가 없어. 보기 전엔 결코 알 수 없는 거라구."

"겨울, 눈, 겨울, 눈."

상상할 수 없는 것을 떠올리려 애쓰며 발음해보는 바바의 머리를 콩 쥐어박았다.

"백번을 말해봐. 그림이 그려지나. 게다가, 친구도 없고. 지긋지긋한 곳이야, 여긴."

"친구는 만들면 되는 거야, 보라. 처음부터 친구인 사람들은 없어."

보라는 고개를 저었다.

"아빠가 그랬어. 돌아갈 때까지 이곳 사람들과 친하게 지내지 말라고. 그 누구도 믿지 말라고."

이번엔 모래를 한줌 삼킨 것처럼 목이 콱 메어온다.

"그래서, 그 사람을 찾으면 다시 돌아가는 거야?"

"몰라, 나도. 내 마음은 그래. 찾아야 돌아갈 수 있다지만, 아빠가 못 찾길 바라는 마음이 내 안에 있어."

나도 그렇다고, 바바는 마음속으로 간절하게 외쳤다. 보라도 내가 좋아지기 시작한 걸까. 그래서 이곳을 떠나기 싫어진 걸까.

"왜? 왜 못 찾기를 바라는데?"

보라는 긴 숨을 내쉬었다.

"너는 몰라. 아주 복잡해. 이를테면, 누군가 미운 사람이 있어. 그 사람이 오십 불행해지게 할 수 있어. 그러면 난 백 행복해. 그 사람을 백 불행하게도 할 수 있어. 그러면 동시에 나 역시 백 불행해져. 너라면 어떻게 하겠니?"

바바는 셈에 어두웠다. 멜론을 두 개 이상 사가는 사람에겐 늘 덧셈이 틀렸다고 혼이 나곤 했다. 가끔 일부러 틀릴 때도 있지만. 그러나 그런 머리가 이 순간엔 놀랍도록 빨리 돌아갔다. 바바는 외쳤다.

"모두 삼백오십이구나."

불행히도 보라가 원하는 건 덧셈이 아닌 모양이다. 흘겨보며 한숨을 내쉬는 걸 보니.

"물어볼 것도 없지. 넌 바보니까. 사람은 말야, 제가 부서지더라도 누군가의 완전한 불행을 선택할 때가 있어. 가장 어리석은 선택이지. 난 아빠가 그런 선택을 할까 두려워. 그러는 아빠를 이해할 수 있거든. 그걸 이해하지 못하는 한 년 내 친구가 될 수 없어."

"알아, 다 알아."

바바는 울컥해져서 그렇게 툭 내뱉었지만 정말이지 이해할 수 없는 말이었다. 그게 뜻이 애매한 몇 개의 영어단어 때문이라고 하고 싶지만, 사실 보라의 영어를 알아듣는 덴 아무 불편이 없었다. 보라의 말이라면 지금 이해할 수 없다 하더라도 오래도록 생각해서 기어이 그 의미를 온전히 알아내고 싶다. 그래도 지금은 잘 모르겠다. 오십과 백의 이야기란 이런 것일까. 모래언덕 아래로 굴을 파고 들어가 같이 쪼그리고 앉은 누군가가 미워서 모래를 받치고 있는 지지대를 뽑아버리는 것. 내가 죽을지라도 기어이 그의 세계를 무너뜨리는 것.

말을 하지 않을 때의 보라의 입은 정말 조그맣다. 손가락으로 저 입술을 살짝 쓰다듬어볼 수 있다면. 언젠가 무심코 귀를 만져보았을 때처럼 정강이를 차이는 건 무섭지 않은데 다시는 안 보겠다고 날뛰는 건 정말 무섭다. 저는 내 손과 발을 예사로 만지면서. 애 성깔을 보면 보라가 떠나온 나라는 정말 대단한 곳인지 모르겠다. 처음 이 광장에 나타났을 무렵, 모기떼처럼 질긴 사내자식들이 뒤따라다니며 지독하게 놀려댔다. 처음 봤을 때 보라의 외모가 좀 특이했던 건 사실이다. 무엇보다 맨얼굴과 머리카락을 온통 드러내고 다녔으니. 사내아이들은 손가락으로 제 눈 끝을 치켜올린 채 알리바바라 놀리고는 달아나곤 했다. 보라는 결코 기가 죽지 않았다. 기가 죽긴커녕 기어이 뒤쫓아가서 차고 패주기까지 했다. 도무지 힘이 있게 생기진 않았는데 아이들과 싸울 때면 무언가로 변신하는 것처럼 보였다. 이젠 광장에서 보라를 놀리는 아이들은 없다. 그렇게 야무진 보라도 제 아빠 얘길 할 때면 아픈 사람처럼 기운이 하나도 없어진다. 말로는 아니라지만, 보라의 아빠는 우리 아빠보다 더 무지막지하게 때려대는지도 모른다.

자주 앙칼지게 굴긴 해도, 무심한 낯빛으로 앉아 있을 때 보면 털 젖은 새끼고양이처럼 가여워 보인다. 사람의 인상이란 맨 처음 순간의 것이 새겨져버리는 걸까. 가는 눈과 노르께한 피부를 가진 이 아이는 이곳에 도착한 순간부터 숨을 곳이 없었다. 보라가 바바를 알기 전에 바바는 보라를 이미 알고 있었다. 어디 서 있어도 눈길을 끌어당겼다. 푸른 유리구슬 더미 속에 놓인 단 하나의 노란 구슬처럼. 지금은 예뻐 보이지만 귀 아래로 바짝 자른 머리가 말도 못하게 우스꽝스러웠는데.

심부름을 갔다 돌아오는 길이었다. 세 개로 갈라지는 골목 귀퉁이에 서 있는 보라와 딱 맞닥뜨렸다. 뺨은 붉게 달아올라 있었고 검은 눈동자는 불안하게 흔들리고 있었다. 메디나에서 그런 눈빛을 마주치는 게 드문 일은 아니다. 길을 잃은 사람들은, 입구를 바로 한 블록 남겨두고도 흡사 사막 가운데 혼자 버려진 듯한 표정으로 서 있곤 했다. 어쩌면 뜻밖에 마주쳤을 때 바바가 더 놀랐는지도 몰랐다. 그래도 순발력 있게 불쑥 말이 나왔다.

니하오?

그랬다. 그녀가 중국 소녀라고 생각했다. 가늘고 긴 눈이 바바의 눈을 빤히 바라볼 뿐 대답이 없었다. 아닌가. 그렇다면 일본에서 왔을 거야. 괴상한 단발머리하며 비쩍 마른 목이라니.

사요나라?

길거리 과일장사 하면서 배운 게 덧셈뺄셈만은 아니구나. 여러 나라 말을 할 줄 아는 자신을 뿌듯하게 여기고 있을 때, 들려온 말은 영어였다. 또박또박 물었지만 목소리는 역시 떨리고 있었다.

카스바 쪽으로 가는 길이 어디야?

날 따라와.

바바는 그녀가 사는 곳을 이미 알고 있었다. 외지에서 흘러들어온 사람들이 모여 사는, 카스바의 구석진 구역이었다. 바깥에서 들어온 사람들 중에서도 돈이 많은 사람들은 그곳에 살지 않는다. 집들이 쓰러질 듯 낡고 지저분한데다 뜨내기를 노리는 소매치기들도 많이 다니는 곳이었다. 잘난 척쟁이 나오미 할머니 때문에 여러 번

가보기도 했고, 더 어릴 땐 친구들과 카스바를 둘러싼 성채 위에 올라가 놀기도 했었다. 나오미는 멜론 하나도 꼭 집까지 가져다달라면서, 심부름값으로 잔돈 한 닢 준 적이 없다. 잘 익은 걸 고른다고 이것저것 꾹꾹 눌러댈 땐 정말이지 밉상이다. 그 동네 사는 주제에 온갖 잘난 척은 다 한다. 그래도 보라에겐 가끔 초콜릿이라도 나누어준다니 참 별일이긴 하지만. 그날, 잘 따라오나 몇 번이나 뒤돌아보며, 손바닥처럼 환한 지름길로 집 앞까지 데려다주었다. 제집 앞에 데려다주면 저 불안한 기색이 사라지겠지, 웃는 모습을 볼 수도 있겠지 했는데, 모서리가 닳아가는 나무문 앞에 서서는 고맙다고 말하지도 웃지도 않았다.

가이드 일을 하는 아빠가 집으로 돌아오는 날이면 보라는 광장에 나오지 않았다. 보라가 광장에 나와 이런 일을 한다는 걸 알면 아빠는 슬퍼할 것이라고 했다. 그리고 무지하게 화를 낼 것이라고도 했다. 타투를 그려주는 일이 나쁜 일이라곤 생각하지 않지만, 아빠에게 괴로움을 얹어주는 일은 결코 하고 싶지 않다고 했다. 세상의 모든 아빠들이란 이해할 수 없는 이유로 화를 내는 존재들인가. 어느새 타투를 하기엔 어두워졌다. 보라는 제 발등의 모래를 손바닥으로 탁탁 털어내고는 주스가 담긴 컵을 들고 일어난다. 바바는 보라가 깔고 앉았던 나무상자를 얼른 챙겨들며 물었다.

"또 언제 나올 거야?"

고개를 살짝 꼬며 보라가 대답했다.

"밍티엔."

"그게 뭔데?"

"아시타."

잘난 척하긴. 바바는 좀 기가 죽는다. 학교에서 배울 건 하나도 없다고 생각했는데 꼭 그렇지만은 않을지도 모르겠다. 학교를 다녀야겠다는 생각은 보라와 있을 때만 떠올랐다.

"영어로는 투모로우."

"셋 다 내일이라는 말이구나."

"눈치만 남아가지구. 외국어가 경쟁력이야. 맨날 손가락으로 말할래? 벙어리처럼? 흠, 우리나라 애들은 거의 이렇게 삼개 국어 정도는 한단다. 중국어, 일본어, 영어. 무식쟁이 소리 듣지 않으려면 학교 빼먹지 마."

"나도 오개 국어는 해."

"죄다 뒤섞여 나오니 문제지."

틀린 말은 아니다. 인사말과 숫자 같은 건 어느 게 어느 나라 말인지 모르게 뒤섞여서 튀어나오곤 한다. 첫날 바바를 바라보던 그 새침하고도 서늘했던 표정을 생각하면 이렇게 얘기라도 나누는 게 거의 기적처럼 여겨진다.

가게들을 지나 외진 골목을 걸어가는데 어린 오누이가 문밖에 의자를 꺼내두고 앉아 있다. 오빠처럼 보이는 남자애가 의자에 앉아 끊임없이 비명을 질러댄다. 날때부터 비틀어져 있는 몸이 제멋대로 뒤틀리며 경련을 일으킨다. 불분명한 목소리로 아프다고, 아파서 견딜 수가 없다고 울부짖는다. 어린 여동생은 옆에 붙어서서 그런 그의 등을 힘껏 쓰다듬고 있다. 쓰다듬으면서, 지나치는 우리에게 미안한 듯 슬픈 듯 울고 싶다는 듯 아이 같지 않은 복잡한 미소를 지어 보인다. 누구에게도 제 비참을 보이고 싶지 않겠지만 방 안은 너무도 덥고 갑갑했겠지. 손댈 수 없는 고통. 그 옆을 지날 때 보라는 돌이 박힌 길바닥만 내려다보며 타박타박 걸었다. 고통은 보이지 않고 소리는 질기게 따라온다. 저런 풍경을 결코 지나치지 못하는 보라. 바바는 마음이 아슬아슬하다. 길이 꺾어지는 곳에서 보라는 결국 뒤돌아서서 걸어간다. 들고 있던 오렌지주스를 소녀의 손에 건네고, 호주머니에서 꺼낸 돈 전부를 나머지 손에 쥐여주고 돌아선다. 그러고는 아무렇지도 않다는 듯 탁탁 샌들 소리를 울리며 가볍게 걸어온다.

바바는 한숨을 내쉬었다. 얼마나 치사하게 번 돈인데. 남자애는 여전히 몸을 비틀며 기괴한 목소리로 통증을 호소한다. 고통과 비참은 메디나에 널려 있다. 파는 물건의 가짓수만큼이나 많고도 다양한 그것들이. 어두운 골목에서 그 셋은 고통의 오누이처럼 닮아 보인다.

저 바보. 제가 얼마나 불쌍해 보이는지도 모르면서.

*

"밤에 텐트 바깥으로 나가실 땐, 한 가지만 잊지 않으시면 됩니다. 꼭 광주리를 들고 나가세요. 크고 작은, 푸르고 흰 별들이 밤새 무더기무더기 쏟아져내릴 겁니다. 담고 싶은 만큼 마음껏 담아가세요. 많고도 아름다운 별을 오늘 보실 수 있을 겁니다. 메르주가의 밤은 소란스러워요. 이곳의 별은 어깨까지 내려와 떠들어댑니다. 잠을 설치신 것에 대해 제게 책임을 묻진 말아주세요. 내일 출발은 조금 늦게 하겠습니다. 약간의 음주가무도 눈감아드리겠습니다. 태양은 똑같은 시간에 떠오르니 늦잠 주무실 분들은 수면안대 준비하시구요."

기대와 흥분이 사람들 얼굴에 떠오른다. 밤새 잠들지 않고 별을 지켜볼 기세들이다.

"여기보단 1987년 가을 남이섬의 별빛이 더 아름다웠어, 내겐."

씩씩한 게 차여사 목소리다. 저녁을 먹고 커피를 한잔씩 하는 사이 기온이 쑥 내려갔다. 호들갑스러운 몇이 담요를 뒤집어쓰고 나타난다. 그사이 꽤나 친해진 일행들은 여기까지 용케도 끌고 온 팩소주와 마른 멸치, 김 따위를 꺼내놓으며 왁자지껄 떠들어댄다. 이 지역의 통관심사는 꽤나 엄격한데도 사람들은 팩소주를, 어떤 사람은 성경책을 기어이 챙겨들고 온다. 그 둘을 같이 가지고 오는 사람도 있다. 소주는 오늘 밤 바닥날 것이다. 머릿속에 전자계산기를 넣고 다니는 인간도, 별똥별 언덕이라는 별칭을 가진 이곳에 오면 약간은 낭만적으로 변하곤 했다.

"그 얘기 좀 해봐. 우리 입 무거워."

어느새 여자들은 서로 말을 트고 있다.

"아무리 꼬셔도 넘어오지 않는 남자친구를 데리고 일박이일 여행을 간 게 어언 세번째였지. 그날도 안 넘어오면 포기하려고 했거든."

"그 남자의 정절은 춘향이보다 질겼구나. 괜찮은 남자네."

"그럼. 쉬운 남자 매력 없잖아."

"누가 아니래. 여기 소주 일 병 추가요."

차여사는 저 별빛이, 남이섬에서 시간을 끌어 마지막 차편을 놓치고 밤에 강가에 앉아 올려다보던 그 별빛보단 못하다고 박박 우긴다. 사람들은 쉽게 동의해준다.

"그렇고말고. 별은 객관이지만 별빛은 주관이니까. 근데 그 남자랑 지금 같이 살아?"

"같이 살아. 근데 이 남자가 그 남자가 아니야."

까르르. 웃음소리가 부연 별빛에 뒤섞인다. 차여사라면 능히 그러고도 남지.

승이 무서워하는 밤이다. 메르주가에 오면 사람들은 별빛 아래서 약간은 이상해진다. 완전히 어두워지면 이곳은 별들의 우주이다. 살아서 꿈틀거리는 별들은 강한 인력으로 사람을 허공으로 둥실 들어올린다. 가차없이 쏟아져내리는 별빛의 폭포 아래서 누구는 살짝 미치기도 하고 간혹 울기도 한다. 지나치게 자신을 드러내놓거나 남의 인생에 깊이 개입하기도 한다. 이유 없이 다투거나 급작스레 친해지기도 한다. 승으로선, 지나친 친밀감 쪽이 더욱 싫다. 한잔하라고 몇 번이나 불러대는 걸 짐정리하는 척하며 텐트 쪽으로 나와 있었다. 자리가 더 농익으면 결국은 끌려가 심문을 당하겠지. 이젠 제 입에서 나오는 거짓말이 거짓말 같지 않다.

왜 온 거야?

여행 왔다가 눌러앉았죠. 여기가 좋아서.

결혼은?

아직 못 했어요.

돈은 좀 모았어?

큰 욕심 안 부리면 그냥 먹고살 만합니다.

그게 속 편한 거야. 진짜 부럽네.

언제 한국 한번 나오면 연락하라구.

그런 말들. 미워하지도 애정을 갖지도 않으려 한다. 그들은 이니셜로 다가오고 이니셜로 헤어지며, 돌아서는 순간 죽은 사람처럼 잊혀진다. 그들은 다 다르면서 또 한 사람이다. 처음에 그들은 연약한 A, 예민한 A, 성격 좋은 A였다가 여행이 끝날 때면 생긴 거와 달리 오지랖 넓은 A, 생긴 거와 달리 털털한 A, 생긴 거와 달리 소심한 A, 생긴 거와 달리 이기적인 A가 되어 헤어진다. 천막 앞에다 준비해온 장작으로 불을 피웠다. 판이 끝나기 전엔 여기서 기다려야 한다. 졸리진 않은데 드러눕고 싶다. 이 시간쯤이면 피로는 극에 달해 손가락 하나 움직이고 싶지가 않다. 자는 줄 알았던 라시드가 옆으로 다가앉는다.

"왜 안 자고 있어?"

"할 얘기가 있어서."

승은 무슨 얘기냐고 묻지 않는다. 이 녀석 입만 열면 돈 얘기다. 승이 가만있으니 먼저 운을 뗀다.

"팁을 조금 더 받았으면 해. 날마다 초과근무야."

"어차피 정해진 코스를 같이 다니는 건데, 빡빡하게 초과니 뭐니 그런 소리 하지 마. 집 떠나와 가족처럼 지내는 처지에."

부드럽게 얘기하지만 신경을 곤두세운다. 얘기가 길어지면 꼭 녀석에게 말리게 된다. 운전 끝나면 아무것도 않는 녀석이 초과근무 좋아하네. 기사랍시고 생수박스 하나 옮겨주지 않으면서.

"알아. 네가 잘해주는 거 맞아. 돈이 급하게 필요해서 그래."

"욕심 부리지 마, 라시드. 그러는 거 아니야. 너도 알잖아, 빤한 거. 환율도 가솔린 가격도 무섭게 올랐는데 갑자기 가이드 비용을 두 배로 올릴 수도 없고. 사정 뻔히 알면서 돈, 돈. 사막에서 갑자기 왜 돈이 필요해졌는데?"

"승, 인생에서 돈을 빼면 뭐가 남지? 욕망을 버리는 것, 그건 죽은 후에나 가능한 거야."

"돈을 빼면 뭐가 남을까. 라시드. 들어봐."

제각기 다른 웃음소리가 합창처럼 들려온다. 뭐가 저리 즐거울까. 바람 한 점 없어서인지 모닥불은 한 가닥 흔들림 없이 일정하게 타오른다.

"겁나 먼 어느 왕국에 한 가난한 술탄이 살았어. 그는 날마다 생각했지. 나의 손바닥에 닿는 모든 세상이 금이 된다면 얼마나 좋을까. 열두 명의 예쁘고 착한 아내를 두고 힘센 일꾼을 더 많이 부릴 수 있겠지. 그리만 된다면 아, 정말 행복할 텐데. 그런 어느 날 기적이 일어났어. 그의 신이 그 간절한 기도를 들어준 거야. 그의 통통한 손이 닿는 건 모두 황금으로 변했지. 마술처럼 변한 그 술탄의 손을 모두들 부러워했어. 하지만 오래지 않아 알게 되었지. 그의 소원을 들어준 건 천사가 아닌 악마였다는 걸. 물 한 방울 마실 수 없는 안타까움도 외로움보다는 낫다는 것도. 그가 목숨보다 사랑하던 여자는 두려워하며 외쳤어. 제발 내 몸에 손대지 말아요! 끔찍한 짐승을 바라보는 눈빛을 그녀에게서 보았을 때 그는 외로움에 울고 말았지. 슬픔의 눈물 대신 황금 눈물이 떨어져내렸다네. 슬픈 황금의 눈물이었지."

"그게 누군데?"

"나야."

라시드가 파하하 웃었다.

"난들 아니겠어? 그나저나, 내가 그녀라면 완전히 먼 곳으로 달아나진 않았을 텐데."

어깨에 손을 얹자 라시드가 장난스럽게 소리쳤다.

"오오, 제발 내 몸에 손대지 말아."

부연 은하수가 라시드의 어깨너머 내려와 있다. 모든 생각은 하나의 날카로운 끝으로 모아진다.

그녀는, 나의 무엇이 싫었던 걸까.

*

난 열여섯.

내가 가장 좋아했던 건 학교 앞 분식집 애플의 떡볶이. 싫어한 건 외할머니표 토란국. 이상하게 시간이 흐를수록 그 맛들의 여운은 강렬하게 되살아나네. 이젠 코처럼 찐득한 토란국마저 한술 떠먹고 싶어지니 이게 무슨 일이야. 장래희망은 순정만화가. 가보고 싶었던 곳은 겨울의 오타루. 대학엘 가면, 막돼먹고 철없는 남자와 운명적 사랑에 빠진 후에 그놈을 괜찮은 인간으로 바꾸어보겠다는 허황된 꿈도 있었지만 그건 아무래도 드라마 영향이었던 거 같아. 그저 착한 남자가 제일이지. 에휴, 여기 온 후로 아무래도 철이 너무 들어버린 것 같다.

사실 남자친구보다는 엄마랑 수다 떨며 〈무한도전〉 보는 게 더 즐거웠다. 중간고사 끝나면 제일 먼저 동대문으로 달려갔는데. 평발이라며 한 정거장도 걸어다니지 않던 주제에 마라톤을 완주하고도 남을 시간만큼 쏘다녔지. 더이상 못 걸을 지경이면 퉁퉁 부은 다리를 끌고 겨우 티셔츠 한 장과 머리핀을 사서 돌아오기. 독서실 땡땡이치고 세 시간 연속 수다떨기. 엄마 전화 수신거부 걸어놓고 노래방에서 무릎이 휘청거릴 때까지 춤추며 노래부르기. ……목숨 걸었던 모든 일들이 전생의 일처럼 아득히 머네.

받을 때까지 질기게도 전화하는 그 사랑 지겹다며 문자 씹다가도 딸! 밥 먹었니? 묻는 문자 하나 없이 며칠 지나면 슬쩍 서운하던 일. 철없는 팬질 하느라 한 달 용돈을 단번에 털어넣고도 모자라 아빠 사무실 찾아가 보고 싶어 왔다고 거짓말하고 용돈 타낸 일. 상수동에 있는 그 사랑스러운 오빠들의 숙소 앞에서 하염없이 기다리다 얼굴 한번 못 보고 돌아오던 늦은 밤의 거리. 오빠들은 아직 거기 사나 몰라. 신곡이 나올 때가 지났는데. MP3엔 이제 철 지난 노래들만 들어 있지. 그 모든, 부질없는 일들. 그래서 미치도록 그리운 것들.

사실 내가 가장 좋아했던 건, 면발 제대로 불어터진 엄마표 라볶이. 셋이 갔던 찜질방에서 먹었던 식혜와 구운 달걀. 내 생일날 한우로 끓였다고 생색내는 엄마 앞에서 싱겁다고 타박 부렸던 미역국. ……영원히 계속될 것만 같았던 그날들은, 실제로 있기나 했던 걸까.

31AB

여기로 올 때의 비행기 좌석. 기억하고 싶지 않은 것들은 더 오래 남는구나. 나쁜 기억들이 그러하듯. 창밖으로 은빛 날개의 둥근 등판이 놀랍도록 커 보였지. 이제 내가 머릿속에 남겨놓은 기억들은 그런 쓸데없는 것들이다. 엄마가 마지막으로 해주었던 닭날개구이의 맛도, 현관문을 열고 들어설 때면 집 안의 어디선가 보라니? 하던, 끝이 넝쿨처럼 살짝 말려올라가던 목소리도, 짜증을 부리면 그리 아프지 않게 머리를 쥐어박던 그 손마디의 느낌도 다 잊었다. 아무것도 아닌 것 외에 어떤 기억도 간직하고 싶지 않았다. 이렇게 멀리, 그토록 찢어지는 마음으로 비행기를 타게 될 줄은 몰랐다. 오는 내내 한마디도 하지 않던 아빠. 너무한 거 아니야? 이젠, 어떤 여행도 날 설레게 하지 못할 거야.

31AB

그 이전의 것은 다 잊었다. 내 생의 어느 시기에, 공포영화에서나 보았던 유체이탈 같은 삶을 살게 될 줄도 몰랐다. 진짜 나를 허물처럼 벗어놓고, 이렇게 멀리 떠나와 고개 돌려 그곳을 돌아다보아야 할 줄은.

모든 폭풍은 세상을 찢을 듯 아우성치며 거칠게 통과하는 줄 알았다. 그러나 가장 독한 폭풍은 아무 예고가 없었다. 거친 바람 한자락 없이 다가와 고요하고 투명하게 우리집을 관통해갔다. 아빠는 이 폭풍에 대해 단 한마디의 설명도 해주지 않았다. 말하지 않았다 해서 아무것도 알지 못한다면 얼마나 좋을까. 보라가 두려운 건, 일어난 사실이 아니다. 그건 어쩌면 엄마 아빠 두 사람의 문제일 뿐이다. 내가 아빠라고 생각하던, 엄마라고 생각하던 그 사람들이 완전히 다른 사람이 되어버렸다는 것, 내가 알던 그 사람들은 없어졌다는 것. 그러니까, 나의 우주가 깨져버리는 걸 눈뜨고 고스란히 지켜보아야 하는 것이 무섭고 심장이 떨렸다.

요즘은, 옮겨온 것이 공간이 아니라 시간이라는 생각이 든다. 31AB의 시간을 지나오면서 열여섯이 아니라 예순한 살의 할머니가 된 것 같다. 단 과자나 설탕에 버무린 빵이 아니라 자꾸만 김을 집어먹는 것은 그래서일까. 백년을 산 노인네처럼 사람을 보면 그의 이면이 먼저 보이기도 한다. 이러다 바바의 엄마처럼 되는 거 아냐?

옆에 앉아서, 뭘 좋아하느냐고 질기게도 물어대는 바바 녀석 때문에 또 쓸데없는 생각에 빠져버렸다. 하기는 어떤 장소를 떠나고, 누군가를 떠나보내고, 언제까지나 지속될 줄 알았던 시간들을 보내고 나서야 그것들의 진짜 의미를 깨닫는 것도 나쁘진 않다고 봐. 그때 알았더라면, 모든 일에 열심이고 매사에 고마워하고 작은 일에 행복해하는 아주 재수없는 애로 살았겠지 뭐. 근데 앤 뭐가 이렇게 궁금한 게 많은지 몰라. 사내자식이 수다는. 내가 진짜 좋아하는 것들은 여기 하나도 없어, 쏘아줬더니 기가 죽어서 조그맣게 묻는다.

"좋아하는 게 하나도 없는데 뭐하러 이렇게 멀리 온 거야?"

"우리나라 사람들은 태어나는 순간의 해와 달과 시간에 따라 제 운명을 몸에 새긴 채 태어난다고 믿거든. 보이진 않지만 그것으로부터 달아날 순 없다고 생각해. 그런데, 아빠는 그 운명을 뒤집고 싶었나봐. 이렇게 밤과 낮이 바뀌고, 말이 바뀌고, 먹을 것 입는 것까지 모든 게 바뀌는 곳으로 떠나오면, 신이 새겨놓은 운명도 뒤집어놓을 수 있다고 생각했겠지."

"뒤집고 싶은 운명이 뭔데?"

물어보며, 보라의 티셔츠 아래 옆구리의 드러난 맨살을 홀린 듯 바라보는 바바의 머리통을 팍 쥐어박고는 쏘아붙였다.

"넌 몰라도 돼."

하루 종일 자마 알프나의 이 시간을 기다려온 사람들이 하나둘 혹은 무리지어 모여들기 시작한다. 여전히 땀은 흘러내리고 아직 첫 손님을 잡지 못했다. 누굴 붙들어볼까, 오가는 사람들을 살피고 있는데, 바바는 옆에서 내내 떠들어대면서 사람 헷갈리게 한다. 비스듬히 기운 해가 사람들의 실루엣을 섬세하게 드러낸다. 광장의 진짜 하루가 시작되는 시간이다. 모든 것이 너무도 투명하게 비치는 이 순간, 제 삶에 뚫린 검은 구멍조차 더욱 선명하게 보인다. 아빠가 '그들'을 찾지 못한다면 언제까지나 여기 머물러야 하는 걸까. 아니, 찾는다면 무슨 일이 벌어지는 걸까?

"그 운명이 뒤집어지면, 다시 돌아가는 거야? 언제 뒤집어지는 데?"

끊임없이 간섭하고 싶어하는 바바의 눈빛이 슬프다.

"바바, 제발 묻지 마. 그건 나도 몰라. 알고 싶지도 않아."

*

"멜론 파는 바바가 왔다고 전해주시겠어요?"

기어들어가듯 말하면서도 바바는 곧바로 쫓겨나리라고 생각하고 있었다. 주름 세운 푸른 제복을 갖춰입은 수위는 바바…… 하며 눈을 몇 번 깜박거리더니, 들어가서 기다리겠니? 지금은 외출중인데, 친절하게 말했다. 들어가서 기다리라는 말에 오히려 흠칫 놀랐다. 동시에 뭔가 으쓱한 기분이 들어 하지 않아도 좋을 질문까지 하고 말았다. 언제 돌아오시나요? 사실 그가 정원에 놀러 와도 좋다고 했지 만나겠다고 하진 않았다. 신문지에 싸놓은 쇠뭉치를 며칠 맡아주었다 해서 너무 많은 걸 바란다고 생각할지도 모른다.

"얘야, 그건 나도 모르겠다."

그가 열어준 문 안으로 들어서자 아라비아 풍의 중정이 나타났다. 아담한 연못이 있는 사각형의 공간은 정갈하고 고요했다. 연못 가운데 분수가 있었고 거기서 다섯 갈래의 물이 대추야자 잎 모양의 선을 그리며 쏟아지고 있었다. 물에 부딪친 하오의 햇살이 푸른 가루가 되어 허공으로 흩어졌다. 아! 자기도 모르게 탄성이 나왔다. 분수를 장식하고 있는 타일은 젤류지가게에서 흔히 볼 수 있는 것들과 아주 달랐다. 무늬도 질감도 눈부신 고귀함을 품고 있다는 걸 무딘 눈으로도 알 수 있었다. 분수 너머에 붉은 꽃을 무성히 매단 부겐빌레아 한 그루가 서 있고 맞은편에는 섬세한 모자이크로 장식된 아치가 보였다. 다른 세계로 인도하는 문인 듯 신비로운 느낌에 바바는 그 앞에서 잠시 머뭇거리다 안으로 발을 디뎠다.

아치를 들어서자 비로소 진짜 정원이 펼쳐졌다. 초록의 기운이 온몸을 감쌌다. 우듬지 사이로 흩어져내리는 햇빛의 흰 가루가 서늘하다. 태어나서 처음 느껴보는 서늘한 햇빛! 어디에선가 새 울음소리가 들렸다. 누군가가 빠르게 나무 사이를 달려가듯 이파리들이 사각사각 소리를 냈다. 공기는 물처럼 투명하고 맑다. 바바는 길을 따라 천천히 걸어들어갔다. 늙은 자카란다가 서 있는 곳에서 길은 두 갈래로 갈라졌다. 잠시 망설이다 파피루스가 빼곡히 들어찬 오른쪽 길로 들어섰다.

파피루스 터널을 지나자 우뚝우뚝 선 용설란과 거대한 선인장 무리가 나타났다. 마디 하나가 바바의 몸뚱이만한 것도 있다. 가시가 없는 놈의 몸통엔 누군가 글자를 새겨놓았다. 읽을 순 없지만 모양새가 제각각인 그것들은 아마도 누군가의 이름일 것이다. 사막에서 나고 자란 바바조차 처음 보는 선인장도 많았다. 이름을 모르는 나무들의 군락이 연이어 나타났다. 잘 익은 열매 몇 개가 바닥에 떨어져 붉은 속살을 보이고 있는 무화과나무를 만났을 땐 반가워서 입이 딱 벌어질 지경이었다. 나무들의 터널이 끝나는 곳에 팔각지붕의 정자가 나타났고, 그 아래 자그마한 연못이 하나 있었다. 오아시스 사이를 흐르는 수로와는 달리 연못 안에는 수생식물들이 가득했다. 연못가에 쪼그리고 앉아 손을 넣어보았다. 차고 맑은 물속에서 손톱만한 이파리들이 무리지어 잔물결에 흔들리는 게 하도 신기하여 오래 들여다보았다. 하루 종일 들여다보아도 질리지 않을 것 같았다.

연못 옆으로 온통 푸른색으로 칠해진 집이 한 채 서 있었다. 나무들의 초록과 아름다운 조화를 이루는 색채였다. 그곳에서 정원으로 이어지는 길의 양옆으로는 푸른색의 커다란 도자기들이 띄엄띄엄 놓여 있었다. 집의 색조와 닮은 그 도자기들은 바바가 들어가 숨어도 될 만큼 아주 컸다. 도자기가 놓인 곳마다 어딘가로 이어지는 오솔길이 시작되었다. 주위를 찬찬히 둘러보았다. 이젠 입구가 어디쯤인지 짐작할 수조차 없었다. 바바는 지금 로랑의 정원에 와 있다! 또박또박 소리내서 말해보았지만 꿈속인 듯 믿어지지 않았다. 이토록 넓은 정원을 두고 '그걸' 왜 내게 맡겼을까. 저 항아리 속이나 파피루스 군락 틈에 파묻는다면 누가 찾아낼 수 있단 말인가?

깊이 숨을 들이마셨다가 천천히 내뱉었다. 몸이 저절로 그렇게 했다. 파랑, 노랑, 초록. 투명한 햇살이 흩어져 명료한 색채로 변하는 것을 멍하니 바라보았다. 울고 싶어졌고 귓전에 속삭이듯 엄마 목소리가 들려왔다. 아름다움이 그를 죽일 거야. 화들짝 놀라 고개를 돌리자, 푸른 집으로 이어지는 계단에 백인 남자가 서 있다. 흰옷을 입은 남자는 빛의 한 조각, 정원의 일부처럼 보인다. 어느 길로 들어왔을까. 남자는 팔을 옆으로 펼치며 말했다.

"바바, 나의 정원에 온 걸 환영한다."

*

식탁에 앉아 아랍어 교재를 펼쳐들었다. 쉽진 않지만, 어쨌거나 여기서 지내려면 기본적인 말은 배워야 했다. 여기 오던 날, 비행기의 창 아래로 펼쳐지던 해안선과 점점이 흩어진 섬들을 보며 거대한 손가락으로 휘갈겨쓴 글자처럼 보인다고 생각했지. 이들의 문자는 그 해안선을 꼭 닮았다. 상형문자처럼 우아하고 감각적인 글자들. 그림처럼 아름답긴 하지만 배우기 쉬운 글자는 아니었다. 처음엔 어디서 시작하고 어디서 끝나는지도 알 수 없었다. 필요한 말은 통째로 외우는 수밖에 없었다.

그러나 아름다운 문자를 쓴다 해서 그 인간도 아름다운 건 아닌가 보다. 같은 집에 세들어 사는 메흐드처럼 끔찍한 인간이 또 있을까. 어쩌다 좁은 복도에서 스치기라도 하면 그냥 지나는 법이 없다. 매번 두툼한 손바닥으로 엉덩이를 쓱 어루만진다. 눈알이 아프도록 노려보지만 능글맞기 짝이 없어 빙긋 웃고는 서두르는 내색도 없이 지나간다. 부딪치지 않기 위해 조심하지만 그놈의 손은 좁은 복도에서, 현관에서 수시로 사람 미치게 만들었다. 날 우습게 보는 거지. 보라는 한번 더 제 몸에 손을 대면 들려줄 문장을 만들고 있었다.

불치의 공주병, 나오미 할머니도 그놈 때문에 알게 되었다. 언젠가 현관에서 마주쳐 옆으로 비켜섰지만 또 엉덩이를 슥 만졌다. 못된 손놀림은 뱀의 혀처럼 재빨랐지만 마침 문을 열고 들어서던 나오미가 그걸 보고는 동네방네 소리를 지르며 생난리를 쳤다. 저 나쁜 놈, 미친놈, 썩을 아랍 놈, 당나귀새끼보다 못한 놈…… 그뒤로는 흥분해서 프랑스어로 쏘아대는 바람에 무슨 뜻인진 몰랐지만 대충 그렇게 욕의 강도가 점점 세지는 건 얼추 짐작되었다. 기름에 절인 듯 미끈거리는 메흐드 놈도 깜짝 놀라 달아나버렸다. 고마운 일이긴 했지만 공짜는 아니었다. 얼마나 놀랐냐며, 자기 방으로 들어와 차를 한잔 마시고 가라기에 따라 들어갔다가 한 시간도 넘게 붙들려 있었다. 보라가 프랑스어를 못한다는 걸 알자 잠시 낙담한 표정을 지었지만 영어를 할 줄 안다는 말에 그녀의 얼굴은 활짝 피어났다. 나오미의 영어는 보라만큼이나 서툴러서 오히려 편했다. 다만 그 내용이 듣고 있기엔 괴로웠다.

젊었을 때 얼마나 많은 남자들이 자신을 따라다녔는지, 얼마나 예뻤는지를 바로 어제 일처럼 세세하게 늘어놓는데, 그거 다 들어주느라 기절할 뻔했다. ……정말 별 남자들이 다 있었단다. 사랑을 받아주지 않으면 죽겠다고도 했고 그중 하나는 실제로 죽어버리기도 했지. 그런 말을 할 땐 유심히 들여다보았지만 이제 그녀의 얼굴에서 아름다움의 흔적을 찾긴 어려웠다. 그뒤로도 가끔 마주치면 방으로 오라 해서 설탕에 절인 밤이나 초콜릿을 내주기도 했지만 얼마나 깍쟁인지, 아까워 죽겠다는 표정을 감추지 못했다. 나오미가 시내의 고급 상점에서 사오는 그것들은 맛있긴 했지만 늘어놓는 자랑을 꼭 그만큼 들어주고 나와야 했다. 엉덩이를 달싹이며 끝없이 이어지는 수다가 끊어지는 틈새를 노렸지만 쉬운 일은 아니었다. 언젠가, 몇살이에요? 물어보았을 땐 못 들은 척하고 앉아 있었다. 그럴 땐 살짝 귀엽기도 하지만 서슴없이 인종차별적인 발언을 할 때면 얄미워 죽을 지경이다.

애들은 말이다, 우리가 세운 도시와 유적들이 아니었다면 지금 뭘로 먹고살고 있겠니? 그 은혜를 생각하면 나한테 연금이라도 줘야 하는데, 꼬박꼬박 세금까지 받고 있으니. 그걸 생각하면 기가 막힌 일이지.

나오미의 톨레랑스는 자기가 필요할 때만 튀어나오지.

오오, 그렇지 않아. 우리가 아니었으면, 애들은 여전히 짐승과 다를 바 없이 살고 있을 거야.

하도 잘난 척을 하기에, 우리도 일본이 점령했던 시기가 있었다고, 결과가 어쨌든 그건 옳지 않다고 말하자 나오미는 빨간 입술을 딱 벌렸다. 보라가 큰 잘못이라도 저지른 듯 고개를 절레절레 저으며.

보라, 일본과 우린 다르단다. 일본은 나쁜 짓을 너무나, 너무나 많이 저질렀지. 나도 알아. 일본은 나치와 다를 바가 없어. 그렇지만 우린 이 아이들에게 예절을 가르치고 인간의 삶이 어떤 것인지 가르쳐주었어. 그때 프랑스어를 배우지 않았으면 애들은 여전히 바벨탑이 무너졌을 때처럼 버벅거리며 살고 있을 거야.

아랍 사람도 베르베르도 다 자기들 말이 있어, 나오미. 프랑스어보다 더 오래전부터 있었다니까!

그런 말을 하면 또 못 들은 척해버린다. 외로운 줄 뻔히 아는데 한 번도 외롭다 말하지 않는 새침도 얄밉지만 그런 말을 할 땐 오만 정이 다 떨어졌다. 지내면서 보니 별의별 떠돌이들이 어울려 사는 이 카스바 거리에서도 나오미를 좋아하는 사람은 하나도 없었다. 심지어는 아이들까지. 매사에 이런 식이니.

그렇게 싫은데 뭐하러 여기서 사는 거야? 돌아가지 않고?

햇살 때문이지. 햇살…… 다른 건 마음에 드는 게 하나도 없어.

어쨌거나 나오미가 떠들썩하게 난리를 친 이후론 메흐드 놈이 엉덩이를 만지는 일이 확연히 줄긴 했다. 끈끈이주걱 같은 눈빛으로 가슴을 쳐다보는 일은 여전하지만. 아빠에게 이를까 하는 생각을 안 해본 건 아니다. 중늙은이 아랍 놈이 딸 엉덩이 만진 걸 아는 순간 바로 달려가 죽여버릴지도 모른다. 그건 더 끔찍한 일이다. 아빠에겐 갈대 이파리 하나만한 근심도 더이상 없고 싶지도 않고. 히잡을 두르지 않고 다니는 여자들은 만만해 보이는 걸까. 메흐드만이 아니다. 자마 알프나에 어둠이 내린 후엔 엉덩이를 쓱 만지고 지나가는 놈들이 한둘이 아니다. 손이 닿으면 몸을 홱 돌려 소리치며 째려보았지만 시침 뚝 떼고 멀쩡한 얼굴을 보면 힘이 쭉 빠졌다. 애들이 나를 독하게 만든다니까. 사전을 뒤적여 '칼' '찌른다' '푹' 같은 단어를 찾아서 하나씩 적어본다. 간단한 단어 몇 개를 조합하여 문장으로 만드는 정도는 이제 어렵지 않다. 그러나 이 문장에, 낯선 손이 엉덩이에 닿는 순간의 분노를 다 실을 수 있을까. 가그작 가그작. 조심스럽게 문 긁는 소리가 난다. 모른 척하고 앉아 있자 더 세게 긁다간 앙살스럽게 울어대는 소리가 이어진다. 니아오 니아오. 저 성질 하고는. 칼, 푹, 찌른다를 밀쳐놓고 일어나며 소리쳤다.

"야, 알았어."

*

바바는 변명하듯 기어들어가는 목소리로 더듬거렸다.

"지난번에 놀러 오라고 하셔서……"

"그러잖아도 기다리고 있었다."

계단을 올라가자 백인 남자는 푸른 집의 문을 열어 바바 먼저 들어가게 해주었다. 다리가 뻣뻣하고 머리에 쥐가 날 것만 같다. 가슴이 세차게 두근거렸다. 이 정원에 온 걸 환영한다니. 누구도 바바에게 이렇게 격식을 차려 대접해준 적은 없었다. 등뒤로 문이 닫히자 귀를 틀어막은 듯 고요해진다. 채로 친 듯 잘게 부서진 햇살이 보얗게 차오른다. 실내는 밖에서 보기보다 넓은데다 천장도 훌쩍 높다. 흰 회벽에는 액자들이 띄엄띄엄 걸려 있었다. 이제부터 저걸 보아라, 하진 않았지만 자연스레 그것들을 보게 되어 있었다. 넓은 실내엔 그림 외엔 아무것도 없었으니까. 샌들 소리가 들릴까 조심하며 천천히 그것들을 둘러보았다. 커다란 화폭엔 꽃과 조개와 사막 풍경이 흩어져 있다. 액자 크기는 달라도 그림들의 느낌은 비슷했다. 사막을 그리긴 했지만 메디나의 기념품가게에 있는 풍경화들과는 완전히 다르다.

"이건 모두 한 사람이 그린 것들이지. 그림들을 자주 바꾸니 다른 게 보고 싶으면 가끔 들러서 보고 가도 된다, 바바."

그림 속 사막 풍경은 바바가 날마다 보는 사막과는 또 다르다. 꽃과 조개라니. 사막 한가운데 저리 커다랗게 피어난 꽃을 본 적이 없다. 잿빛 화석 조개는 보았지만, 물을 잔뜩 머금은 듯 탱탱하면서도 섬세한 세로무늬가 살아 있는 조개를 본 적도 없다. 말도 안 돼. 그러나 남자 옆에 서서 그것들을 한동안 바라보자 어쩐지 그게 진짜 사막이라는 느낌이 들 만큼 마음을 끄는 힘이 있었다. 바바로선 메디나의 가게에서 본 게 여태 본 그림의 전부였다. 석양의 사막을 걸어가는 낙타 무리나 터번을 두른 사람들, 혹은 오아시스 그림을 여행자들은 좋아했다. 그들이 돌아갈 곳에는 그런 풍경이 없기 때문일 것이다. 바바로선 고개만 돌리면 널려 있는 것들이어선지, 그 그림들을 갖고 싶다는 생각은 해본 적이 없었다.

실내를 한 바퀴 둘러보고 나자 남자는 아래층으로 이어지는 계단을 내려갔다. 바바도 얼른 뒤따라 내려갔다. 아래층은 창이 없이 어둑한 게 위층보다 좁아 보인다. 그림 대신 진열대가 띄엄띄엄 놓여 있었고, 그곳을 비출 수 있도록 각도가 맞춰진 등이 하나씩 달려 있었다. 낯익은 것도 있다. 아빠의 가게에서 보았던 암모나이트와 삼엽충 화석 같은 것. 그중에서도 크고 작은 두 마리가 겹쳐진 삼엽충 화석은 매우 희귀한 것이란 사실은 바바도 알고 있다. 진열대 위에 놓인 것들은 조명 때문인지 메디나에서 볼 때보다 훨씬 귀한 것처럼 보인다. 남자가 그걸 손가락으로 가리켰다.

"이곳에 와서 맨 처음 산 거야. 그다음엔 이걸 샀지."

옆에 있는 건 흑단으로 만든 조각이다. 메디나에 가면 비슷한 것들이 있지만 무지하게 비싼 것이라 가게 안쪽하고도 유리장 안에서만 볼 수 있었다. 어쩐지 남자가 그것들을 그다지 존중하지 않는다는 느낌이 들었다. 뭐 별건 아니지만, 하는 듯한 표정이었다. 벽을 따라 걸어가며 어떤 것은 그냥 지나치고 어떤 건 간단한 설명을 해주었는데 유리로 덮어놓은 진열대 앞에 걸음을 멈추더니 가까이 오라고 손짓을 했다. 유리 아래 돌판이 하나 놓여 있었다. 그림인지 글인지 알 수 없는 무늬가 희미하게 새겨져 있는 돌판은 전체적으로는 사각형이었지만 모서리는 하나도 남아 있지 않았다.

"바바, 이 글자를 읽을 수 있겠니?"

아이, 깜짝이야. 눈앞이 캄캄하다. 정원만 둘러보고 돌아갈걸. 무어라 변명을 하려는데 남자가 먼저 말을 했다.

"이건, 아직 누구도 읽어내지 못한 글자란다. 이제는 사라진 언어거든. 그저 서판이라고 부르는 것이지. 오래전 살았던 사람들은 다만 그들이 사용했던 언어에 따라 분류되곤 한단다. 먹고 사랑하고 전쟁을 하고 돈을 빌리고 농사를 짓고 장사를 하여 이문을 남기며 살던 사람들이지. 지금 우리와 똑같이. 그런데 이 해독할 수 없는 언어만 남긴 채 그들은 흔적 없이 사라져버렸어."

휴우. 몰래 숨을 내쉬며, 크게 고개를 끄덕이며, 그 글자들을 새삼스럽게 들여다보았다. 보라가 옆에 없는 게 다행이다. 거봐, 내가 뭐랬어? 공부하랬지? 너 같은 건 죽자마자 먼지처럼 흩어지는 거야, 깨진 돌쪼가리보다 못한 인생 어쩌구 하며 잘난 척을 했겠지.

그 서판이 마지막 전시품이었다. 남자는 진열대 뒤로 돌아가더니 모서리가 만나는 곳의 벽을 짚었다. 힘을 준 것 같지도 않은데 손바닥이 닿자 벽이 천천히 옆으로 밀려난다. 벽 안에서 한결 서늘한 기운이 밀려나왔다. 숨겨진 공간이었다. 안으로 들어서는 남자의 뒤를 따라 그 공간에 들어서자 등뒤로 부드럽게 문이 닫혔다. 어둠이 한 겹 더 진해졌다. 두렵지는 않다. 바바는 남자가 좋았다. 리어카 앞에서 마른 손가락으로 살구를 집어들던 그를 처음 보았던 순간부터. 푸른 유릿가루 같은 눈동자와 창백한 피부색. 그는 처음부터 자신과는 다른 세상의 사람이었다. 그의 인생에는 결핍이 없어 보였다. 부족함이 없다는 게 어떤 삶인지 짐작할 순 없었으나 그 다름에 바바는 매혹되었다. 닫힌 공간에 단둘이 있으니까 과일수레를 사이에 두고 있을 때와는 다른 기분이었다. 자족적인 어둠. 밝음을 간구하지 않는 어둠. 푸른 달이 떠오른 사막의 밤처럼 그 품 안에 있는 모든 것들을 섬세하게 어루만지는 어둠이 그 공간을 채우고 있었다.

마주 보이는 벽에 넓적한 돌판이 붙어 있다. 천장에서 내려오는 조명은 돌판 위의 것들을 선명히 비추기엔 부족했다. 가까이 다가가보니 함부로 잘라낸 듯 불규칙한 가장자리를 가진 돌판들이 이어져 하나의 큰 판을 이룬 것이었다. 거기엔 글이 아니라 생김새가 제각각인 사람들의 모습이 그려져 있었다. 눈이 기형적으로 크고 얼굴이 가로로 길며 목은 아주 가느다란, 나이나 성을 구별할 수 없는 얼굴도 있고, 젊은 여자의 전신 모습도 있었다. 여자는 머리를 짧게 잘랐고 작은 손가방을 들었으며 치마는 바라보는 사람이 수치심이 들 만큼 짧다. 가늘고 긴 맨다리가 그 아래로 벋어 있었다. 바바의 얼굴이 붉어졌다. 여행 오는 여자들은 저렇게 짧은 옷을 입고 광장에 나타나기도 하지만, 맨살을 드러내는 건 여인의 수치이며 그것은 바라보는 자를 타락시키는 것이라고 이맘은 말했다. 바바는 한숨을 내쉬었다.

"누군가 여행자의 모습을 돌에 새겼군요?"

"아니란다. 저건 일만 년 전, 아니 어쩌면 그보다 훨씬 이전에 동굴의 벽에 새겨놓은 그림이란다."

"누가요?"

"사막에서 살던 사람들이지."

바바가 고개를 저었다.

"일만 년이라니. 그걸 누가 셀 수 있단 말이에요? 그리고 이건 요즘 여자들 모습이잖아요?"

백인 남자가 소리내어 웃었다.

"비밀의 아름다움이지. 저 여자가 누구인지, 무슨 일을 하는 사람인지는 이제 누구도 알 수 없어. 그 옆의 사람은 다른 별에서 온 생명체의 모습은 아닐까 싶기도 하고. 많은 비밀을 안고 있는 저 암각화는 고고학에서 유래를 찾을 수 없는 희귀한 자료란다. 인류 문화사의 비어 있는 공백의 한 부분이 지금 네 눈앞에 있는 거지."

말을 마친 남자는 바위에 새겨진 그림을 홀린 듯 바라보았다. 처음 보는 것인 듯. 일만 년이라. 그럴 리가. 바바는 고개를 저었다.

"그땐 히잡을 쓰지 않았단 말인가요?"

"히잡이란, 불과 6세기에 창시된 이슬람의 율법으로부터 비롯된 억압이지."

눈이 익자 실내는 더이상 어둡지 않았다. 내부는 거의 비어 있었다. 가장 안쪽에 나란히 놓인 두 개의 유리장식장 외엔. 천장에 박힌 등에서 가녀린 연기 같은 조명이 내려와 그것들을 감싸듯 비추고 있었다. 하나는 비어 있고, 하나는 무언가를 품고 있다. 검은 천 위에 놓인 것은, 아기 주먹만한 빛의 덩어리였다. 아슴푸레한 연기 같은 빛에도 폭발하듯 빛을 뿜고 있었다. 바바는 이끌리듯 그 앞으로 다가갔다. 끊임없이 터져나오는 빛 때문에 조금씩 팽창하는 것처럼 보이기도 했다. 그 아래쪽으로 이름과 설명이 적혀 있었지만, 물어보긴 싫었다.

"이건, 하늘에서 떨어진 건가요?"

남자는 손가락으로 그것의 이름처럼 보이는 글자를 짚으며 말했다.

"이름과는 달리, 땅 속에서 파낸 거야. 세상에서 가장 크고 가장 아름다운 빛을 뿜는 다이아몬드지. 봐라, 어떤 존재가 이렇게 제 안에서 끊임없이 빛을 퍼올릴 수 있겠나?"

유리에 코를 붙이고 들여다보았다. 땅에서 파낸 것이라니. 반짝이는 게 꼭 별을 따다 놓은 것처럼 보이는데.

"이걸 갖게 되었을 때, 이게 내 컬렉션의 마지막 리스트라고 생각했단다. 더는 이 공간을 채우고 싶은 게 없을 거라고 생각했어."

백인 남자가 긴 숨을 내쉬었다.

"그걸 보기 전에는."

남자가 바바의 눈을 빤히 들여다보았다. 바바는 알 수 있었다. 남자가 말하는 '그것'이 바로 자신이 갖고 있는 것이라는 걸.

"몇 가지, 해결되지 않은 문제가 있어."

빈 유리장 안을 들여다보는 남자의 눈빛이 아이 같은 갈망으로 반짝였다.

"여기 올려놓을 수 있을 때까지, 그동안만 보관해줄 수 있겠니?"

바바는 고개를 끄덕였다. 하나도 어렵지 않은 일이다.

"바바, 원하는 게 있으면 말해. 갖고 싶은 게 뭐지? 뭐든지 들어주마."

그 말은 진심으로 들렸다. 그리고 남자가 묻기 전부터 바바의 마음속엔 벌써 그 소망으로 꽉 차 있었다.

"당신의 정원을, 그리고 이 푸른 집 안에 있는 것들을 꼭 보여주고 싶은 사람이 있어요."

남자의 입가에 웃음이 떠올랐다.

"그래라. 누구든, 언제든 괜찮아. 여길 보여주고 싶은 마음이 드는 사람이라면 틀림없이 아름다운 사람이겠구나."

바바가 물었다.

"아름다움이 뭔가요?"

남자의 눈이 몇 번이나 깜박였다.

"그건, 설명할 수 없는 거란다. 설명할 수 있다면, 그건 아름다움이 아니라고 생각한다."

그 말은 모호하여 이해할 수가 없었다. 이해할 수 없지만 무슨 말

인지 알 것 같기도 했다. 바바 역시 보라가 왜 아름다운지 설명할
수 없었다. 보라의 눈은 가늘게 찢어졌다. 여러 가지 색깔이 뒤섞인
눈동자를 가진 것도 아니었다. 세밀화 속에 그려진 여자들처럼, 풍
만한 가슴도, 둥근 엉덩이도 갖지 못했다. 뜻을 알 수 없는 낯선 언
어로 화를 펄펄 낼 때조차 보라가 예쁜 까닭을 바바 역시 설명할 수
없었다.

"아름다움은 위험한 것인가요?"

"위험한 건 아름다움이 아니라, 그걸 소유하는 방식이란다."

남자의 대답과 엄마의 대답은 다른 것 같았지만 결국 같은 말이
라는 생각이 든다.

"목숨과 바꿀 만한 가치가 있는 아름다움도 있나요?"

"가치라. 아름다움이란 저울로 잴 수 있는 게 아니야. 어쩌면 운
명에 가까운 거지. 어렸을 때, 난 엄마가 입혀준 옷이 마음에 들지
않으면 집밖에 나가서 바로 벗어버렸어. 그걸 쓰레기통에 던져버리
고 누더기를 하나 주워서 걸치고 돌아다녔단다. 마땅한 게 없으면
차라리 웃통을 벗고 있었지. 그건 성숙하지 못한 태도였지만 어쩌
겠니. 난 아름답지 못한 건 한순간도 견디지 못하니. 그 순간만은
엄마에게 매 맞을 걸 까맣게 잊고 있었지."

"당신 엄마도 당신을 때렸나요?"

남자는 소리내어 웃었다.

"바바, 부모들 역시, 매순간 불완전한 존재란다. 우리가 그런 것
처럼."

*

　아빠는 사막으로 들어가면 길게는 일주일, 짧으면 사나흘 만에 돌아온다.

　아빠가 돌아오는 날엔 흰죽을 끓였다. 흰죽이래봤자 고소하면서도 뽀얀, 덤덤하면서도 착 감기는 그런 맛은 나지 않았다. 찰기 없는 여기 쌀은 아무리 오래 끓여도 물만 졸아들 뿐 풀어지질 않았다. 멀건 국물 속에서 말똥말똥 끓어오르는 쌀알을 내려다보고 있으면 그게 아빠와 나, 둘에 대한 은유처럼 느껴질 때도 있다. 모래 냄새 풀풀 풍기며 들어선 아빠는 별일 없었어? 물어보지만 눈을 잘 맞추지 않았다. 몇 마디 얘기를 나누기도 하지만 서툰 배우들처럼 늘 서걱거린다. 이 쌀이 그 쌀이 아닌 것처럼, 우리 둘도 껍데기만 남기고 내용물은 바뀌어버린 것 같다는 생각이 드는 것이다. 아빠는 여기 온 후로 늘 설사를 달고 살았다. 그래서 힘들다고 한 적은 없지만 그게 얼마나 괴로운 일인지는 알 만한 나이가 되었다. 병원에 가보시라 하면 물을 갈아먹어서 그래, 하고는 그만이었다. 여기 온 지가 벌써 얼만데 아직도 물 타령이야. 집에서 화장실을 들락거리는 걸 보면 사막에선 도대체 어쩐담 싶다.

　일을 하면서 가장 힘든 건 사람들과의 관계라고 했다. 괜한 트집을 잡아 중간에 돌아가겠다며 여행비를 환불해달라는 사람, 나머지 일행들이 모두 자신을 감시하고 있다고 우기는 또라이도 있고 별것 아닌 일에 정신적 상처를 입었다며 위자료를 달라는 사람도 있다 했다. 그저 흘리듯 하는 얘기에 보라는 기를 쓰고 역성을 들었다.

그거 미친 사람 아니야? 사막에 내버리고 오지 그랬어? 밥에다 설사약을 타서 먹여. 그런 인간은 메디나 뒷골목에 떨어뜨리고 와. 탕헤르 가면 바로 해적선에 팔아버려. 그렇게 떠들어대면 아빠는 조금 웃기도 했다. 그럴 때면 누가 부모고 누가 자식이야? 싶다.

그건 아빠 얘기고 진짜 이상한 사람은 아빠일지 모른다. 집에서처럼 뜬금없이 그것도 불같이 화를 내면 그걸 누가 참아주겠나. 나니까 참지. 누군가를 찾기 위해 시작한 일이었지만 동시에 그것은 생계이기도 했다. 이 도시만 해도 여기저기 널린 게 가이드다. 메디나 골목 몇 군데를 끌고 다니다 단골 가게에서 바가지를 씌우고 나중에 뒷돈을 받거나 터무니없는 비용을 요구하는 삐끼 수준의 가이드도 있고 출처가 애매한 제복을 구해 입고 공식 가이드인 척하는 이들도 있다. 큰 여행사들은 자체 가이드 시스템이 잘 되어 있어 끼어들 틈이 없었다. 경쟁은 심했고 잘못이 누구에게 있든 클레임이 몇 차례 접수되면 여행사에선 다시 연락을 하지 않는다 했다. 그걸 알면서도 활화산처럼 폭발하는 아빠를 생각하면 얼굴 모르는 여행자들이 고맙다는 생각이 들기도 했다.

남겨두고 온 빚을 갚기 위해서 아빠는 언제까지 모래 위에서 잠들어야 할까. 어쩌면 그건 가이드 일을 하고 받는 푼돈으로는 결코 채워질 수 없는 액수일지도 모른다. 다만 누군가를 찾아다니면서 동시에 할 수 있는 일이란 그뿐이겠지. 아무 까닭 없이 발작하듯 화를 내는 걸 볼 때면 지금 아빠는 아픈 거라고, 참을 수 없을 만큼 아픈 거라고 생각했다. 고양이랑 있는 걸 들켰을 때 노린내 난다며 바로 갖다버리라고 소리소리 질러도, 창피한 줄도 모르고 바바 같은 놈하고 말 섞는다고 눈에서 레이저 광선을 뿜을 때도 아무 소리 하지 않고 듣고 있었다. 고개를 푹 숙이고 어서 이 폭발이 잦아들기만을 기다리며.

아프리카란 얼마나 광활한 땅일까. 보라로서는 알 수 없다. 아프리카는 사자와 얼룩말과 누우 떼들이 사는 곳이라 생각했다. 문밖에만 나서면 원숭이를 만나고 미어캣을 볼 수 있을 줄 알았다. 온통 검은 사람들만 사는 곳인 줄 알았다. 세계지도에서 어디쯤 붙어 있는지는 알고 있었지만 보라에겐 그저 막연한 이미지의 덩어리에 불과했다. 막상 도착하고 보니 검은 사람도 보기 드물고 동물의 왕국에 나오는 기린이나 하마 같은 건 아예 없었다. 북아프리카 하고도 사하라의 북쪽, 지중해 연안을 따라 펼쳐진 이 지역을 사람들은 마그레브라고 불렀다. 마그레브란 해가 지는 곳이라니, 여기 사람들이 지은 이름은 아닐 것이다. 누가 제가 사는 곳을 해가 지는 곳이라 부르겠어. 어디나 해가 뜨고 지는 곳이지. 그저 여기도 사람 사는 곳이었다. 어쩌면 서울보다 더 복잡하고 소란한. 천년이 넘은 시장을 품은 도시답게 유로와 달러, 파운드와 엔, 디램과 디르헴, 온갖 돈과 물물교환까지 통용되는 곳이었다. 인종은 더 복잡했다. 유럽인과 아랍 사람, 베르베르 같은 사막의 원주민과 또 그들 사이의 혼혈과 세계 곳곳에서 몰려온 사람들이 뒤섞여 살고 있었다. 숨어버린 두 사람을 떠돌이로 가득 찬 여행지에서 찾아내기란 어쩌면 불가능한 일일 것이다. 불가능한 줄 알면서도 포기하지 못하는 것, 어른으로 산다는 건 그런 것일까.

여행에서 돌아와선, 멀건 흰죽 국물을 몇 모금 마시고 나면 그뿐이었다. 건더기는 한술도 뜨지 않았다. 밥은 싫다고 했다. 왜 싫은지 물어보지 못했다. 그러고 나면 아주 잠깐 눈을 붙이고 일어나 또 밖으로 나갔다. 밤에도 잠들지 못하는 날이 많았다. 보라로서는 잠이 오지 않는 것이 어떤 것인지 알 수가 없다. 혼자 그리 울다가도 어느결에 잠이 들었다. 아침에, 한숨도 못 잔 듯 빨간 눈으로 걸어나오는 아빠를 보면 우리 두 사람이 동시에 잃어버린 것이 무엇인지 선명하게 보였다.

쌀을 씻어서 냉장고에 넣어둔다. 내일쯤 아빠가 돌아올지 모르겠다. 보라가 할 수 있는 건, 아빠가 생활비로 쓰라며 준 돈을 하나도 쓰지 않고 플라스틱 통에 차곡차곡 모으는 일과 흰죽을 끓여놓는 것, 그뿐이다. 냉장고 문을 열자 식탁 아래서 자고 있던 고양이 녀석이 날듯이 옆으로 다가와 올려다본다. 요즘은 제집처럼 들락거리면서 늘어지게 자고 나가는 날도 있다. 오후엔 내보내야지. 멸치 두 마리를 꺼내고 김통까지 꺼내들고 창문 아래 기대고 앉는다. 김을 한 조각 혀에 얹는다. 짭짤하고 비릿한 맛이 퍼진다. 멸치 한 마리를 뱅글뱅글 돌리며 녀석에게 물어본다.

"얘, 아빠는 언제 오실까."

니아오 니아오. 녀석은 멸치를 바라보며 애타게 운다.

"말해봐, 멸치만 바닥내지 말고. 그리고…… 그 사람들은 지금 어디 있을까, 응?"

*

아름다움에 눈멀었다는 은유란 흔하디흔하지만, 아름다움 때문에 실제로 눈이 멀게 된 사연들은 또 얼마나 많은지.

세상의 아름다운 것들에는 비슷하고도 잔혹한 실명의 전설이 따라다닌다. 인도의 타지마할에도, 프라하의 시계탑에도, 모스크바의 바실리 궁전에도. 눈부신 아름다움이 다른 곳에 똑같이 존재할 수도 있다는 사실을 견딜 수 없는 권력자들이 막 건축을 마친 이의 눈을 도려내버렸다는. 바로 눈앞의 미나렛 역시 그 아름다움의 격에 어울리는 참혹한 이야기를 품고 있기도 하다.

걸음을 멈춘 가이드가 손을 흔들며 일행을 기다리는 동안 승은 몇 번이나 둘러보며 사람들 숫자를 확인했다. 대체로 모스크는 메디나 한복판에 있었다. 사람들의 주거지가 커지는 과정에서 자연발생적으로 이루어진 게 메디나이다보니 그건 당연한 일이기도 하다. 하늘을 찌를 듯 솟은 미나렛을 품은 모스크는 학교로도 쓰이고 있어 학생들과 기도를 하러 온 사람들과 여행자들이 뒤섞여 늘 혼잡했다. 이 미나렛은 좁은 골목보다는 메디나 외곽의 언덕 위로 올라가야 비로소 온전한 형태를 볼 수 있지만 아래쪽의 화려한 장식도 놓칠 수 없는 볼거리였다.

태양이 머리카락을 노랗게 바스러뜨리기 전, 더 많은 사람들이 몰려들어 골목길을 메우기 전에 메디나 투어를 마쳐야 했다. 한 사람이라도 놓치게 되면, 그를 찾을 때까지 나머지 사람들은 몸을 열기에 푹푹 찌면서 기다릴 수밖에 없다. 길을 잃으면 움직이지 말고 그

자리에서 기다리라고 몇 번이나 얘길 하지만 혼자 남았다는 공포는 이성을 잃게 하는지, 일행과 떨어졌다는 걸 알아챈 순간 사람들은 형편없는 자신의 직감을 따라 골목을 헤매기 시작한다. 이리저리 뛰다보면 대개 마주치게 되지만 종적이 묘연하면 아이들을 풀어서 찾기도 했다. 그런 일이 생기면 일정은 엉망이 되어버리고 만다. 사람이 많을 땐 편법을 쓸 수밖에 없다. 코스를 짧게 잡고 대신 기념품가게에서 시간을 많이 보냈다. 하나님의 손금만큼이나 불가해한 메디나를 전부 보여주겠다고 욕심을 부리다간 피차 진이 빠졌다.

메디나에선 주로 공식 가이드에 맡기는 편이다. 굳이 그러지 않아도 되지만, 역시 혼자선 무리였다. 돈을 지불하는 만큼 한숨 돌리게 되는 것이다. 공식 가이드는 정해진 시간에 두서너 팀을 합쳐 투어를 했다. 오늘은 모두 두 팀뿐인 대신 인원이 많았다. 북유럽에서 온 다른 팀은 일행이 스물이 넘었다. 승의 팀과는 머리색도 기럭지도 너무 달라 구분은 쉬웠다. 가이드가 영어로 설명을 하기 시작한다. 승은 따로 동시통역을 해주어야 했다. 말이 동시통역이지 미리 준비한 멘트를 일사천리로 쏟아내는 일이다.

"사람들이 모여 사는 곳엔 모스크가 있고 모든 모스크에는 미나렛이 있습니다. 마을이나 도시에서 가장 높은 건축물이라 할 수 있지요. 지금 여러분이 보고 계시는 이 미나렛 역시 사막의 지평선을 넘어오면 보이기 시작합니다. 모스크를 상징하는 탑이다보니 미나렛이란 눈으로 가늠할 수 있는 권력의 징표였습니다. 보석을 박은 칼처럼 말입니다. 술탄들은 그 누구보다 높고 화려한 미나렛을 건축하기 위해 경쟁적으로 재화를 쏟아붓곤 했습니다. 신에 대한 경배를 위해 세웠다지만, 한편으론 실용적인 목적도 컸습니다. 오래전, 사막을 걸어오던 카라반들은 광야의 어둠 속에서 저 꼭대기의 불빛을 바라보며 걸었습니다. 아주 먼 곳까지 비치는 따스한 불빛은 목마른 자에겐 물을, 배고픈 자에겐 빵을, 지친 사람에겐 누워 쉴 수 있는 장소를 의미했습니다. 영혼의 등대 역할을 한 것이지요. 지금도 모스크는 여전히 이곳 사람들의 삶의 중심입니다. 벽과 바닥을 장식한 이 아름다운 타일들은 모두 장인들이 일일이 손으로 그린 후에 구워낸 것들이죠. 자세히 보면 똑같은 게 하나도 없습니다. 어지러울 정도로 끝없이 이어지는 사방연속무늬는, 어디나 존재하며 무한한 신에 대한 경배를 상징하는 것이랍니다."

여자들이 탄식을 하며 손바닥으로 가까운 곳의 벽을 쓰다듬었다.

저 주랑이 늘어선 정원을 영화에서 본 적이 있어. 하렘의 여자들이 저곳에서 춤을 추는 걸로 영화가 시작되었지. 영화 제목이 뭐더라.

머리가 하얀 백인 여자가 이전에 와본 곳을 바라보듯 눈을 가늘게 뜨며 중얼거렸다.

"……이 모스크를 세운 술탄에겐 일곱 명의 왕비가 있었습니다. 셀 수 없이 많은 후궁들도 있었지만, 술탄은 그중에서 오직 한 사람의 왕비만을 사랑했지요. 술탄은 그녀를 위해 이 모스크를 짓기 시작했습니다. 당대 최고의 건축가가 초빙되었지요. 돌을 다듬는 석공과 장인만 칠백 명이 넘었고 백 마리의 코끼리가 노역에 동원되었답니다. 이들을 부리며 세상에서 가장 아름다운 모스크를 짓고 있던 건축가는, 어느 날 자신을 위해 지어지는 미나렛을 구경하러 나온 왕비를 처음 본 순간 그만 사랑에 눈이 멀어버리고 말았습니다.

왕비는 물론 처음엔 그의 구애를 거절했지요. 건축가는 지치지 않고 사랑을 고백했습니다. 벽에 사방연속무늬를 새겨넣듯 끝없이 말입니다. 왕비는 당연히 그때마다 거절했지요. 왕을 사랑했으니까요. 건축가는 마지막으로 말했습니다. 그럼 꼭 한 번만 키스하게 해주세요. 정절 깊은 왕비는 그것마저 거절했어요. 건축가가 말했습니다. 내 마음을 받아주지 않으면, 이 아름다운 사원의 한 구석, 완벽한 균형을 이룬 한 부분, 들여다보고 있으면 최면에 빠져버릴 것 같은 모자이크의 한 점을 일그러뜨려놓겠습니다. 아마 그걸 가장 기뻐하지 않을 이는 세상 어디에나 거하는 신이겠지요. ……마침내 왕비는 한숨을 쉬며 단 한 번의 키스를 허락했습니다. 다음날 먼 곳의 전쟁에서 돌아온 술탄이 무엇보다 먼저, 사랑하는 왕비에게 키스를 하려다 그녀 입술의 멍을 발견했습니다."

누군가는 한숨을 쉬었고, 누군가는 침을 삼켰다.

"왕은 건축가를 그가 막 완성한, 지상에서 가장 아름다운 미나렛의 꼭대기로 끌고 올라간 후 밀어버렸습니다. 물론 그 미나렛 아래 왕비를 가두어, 죽어가는 자의 길고 고통스런 비명소리를 듣게 했지요. 그리고 사흘 후, 똑같은 방식으로 왕비를 떨어뜨렸습니다."

키가 훌쩍 큰, 이차성징이 막 시작되어 팔다리가 기형적으로 가늘고 긴 소년이 중얼거렸다. 키스를 했는데 왜 멍이 드는 걸까? 점막이 지나치게 얇은 소년의 입술은 피가 비칠 듯 아른아른 붉다. 어른들은 못 들은 척 고개를 뒤로 한껏 꺾어 여기서는 보이지도 않는 미나렛의 꼭대기 쪽을 올려다보았다. 승은 주근깨 가득한 소년의 뺨을 쳐다보았다. 왕비는 몇 번이나 키스를 했을까. 키스만 했던 걸까. 행복감과 동시에 죄책감도 느꼈을까. 왕비의 목을 조르는 술탄의 손바닥이 눈앞에 떠오른다. 생각이란 제 몸 안에서 일어나는 일이지만 자신도 어쩔 수 없는 것이어서, 열두 번도 더 되풀이한 이야기지만 매번 처음이듯 그 장면은 눈앞에 떠오른다.

질투는 그렇다. 늘 디테일에서 폭발한다. 술탄을 미치게 한 역치는 배신이라는 추상이 아닐 것이다. 입술이 터질 만큼 서로를 갈망한 멍의 푸른색에서 그는 폭발했을 것이다. 여름 저녁 차가운 물에 샤워를 막 하고 난 아내의 가슴에 손바닥을 댔을 때의 감촉과 사랑을 하고 난 후 땀이 살짝 배어난 살의 냄새. 그 냄새의 기억이 떠오르면, 승은 곧장 지옥으로 떨어졌다. 활활 타오르는 지옥의 불길이 결코 꺼지지 않는 날은 파티마의 집을 찾아갔다. 엄격하게 금지한다지만 술도 여자도 돈만 있으면 살 수 있었다. 살 수 있는 건 몸만이 아니다. 여자는 적절한 시기에 숨이 넘어갈 듯, 달고도 시큼한 목소리로 속삭여준다. 여보, 아 내 사랑. 승이 가르친 말이었다. 파티마는 그 말이 무슨 뜻인지 묻지 않았다. 그녀의 방은 어두워서 베개에 흩어진 머리카락도 보이지 않는다. 입술은커녕 한 번도 팔의 윗부분을 핥아본 적도 없고 손가락에 입맞춘 적도 없다.

무어라 급하게 외치는 소리가 들려온다. 사람들은 벽 쪽으로 몸을 납작 붙인다. 짐을 가득 실은 당나귀가 똥덩어리를 툭툭 떨어뜨리며 지나간다. 골목에 고여 있던 질투와 색정의 세계는 헛것이 되어 흩어진다. 승은 맞은편에 있는 젤류지가게로 사람들을 서둘러 몰아넣었다.

"이 모스크의 기둥을 장식한 타일처럼 수작업으로 만들어진 도자

기들이 있는 가겝니다. 아주 독특하면서도 여행의 추억을 되살릴
수 있는 소품들이 많으니 천천히 구경해보세요."

주근깨 소년이, 처음 들어보는 언어가 신기한 듯 빠르게 말을 쏟
아내는 승의 입을 빤히 바라보았다.

*

"……오래전, 동방의 한 나라에 황제들이 살았단다. 손가락 하나
로 사람을 죽일 수 있었던 술탄마저도 금실로 된 겉옷 안에 속옷을
입지 않고 살던 때였지. 그 머나먼 곳의 황제들은 그 시절에 이미
오색으로 물들인 비단 속옷을 걸치고 살았어. 영광과 호사가 극에
달한 제국이었지."

백인 남자의 말은 아주 느렸다. 오래전의 그곳을 상상하듯 그의 눈
은 초점 없이 아득하다. 바바와 보라를 위해 쉬운 단어를 고르느라
그런 것 같기도 하고, 어쩌면 영어에 그리 익숙지 않은 듯도 했다.

"제국의 영토는 무한처럼 넓었단다. 황제들은 평생 그 경계를 다
밟아보지도 못할 드넓은 제국을 다스리느라 나날이 지쳐갔지. 언젠
가부터 그들은 궁에서 떨어진 외곽에 정원을 가꾸기 시작했단다.
숲과 바람, 물과 고요 안에서 잠깐이라도 쉬고 싶었던 거지. 정사를
보는 왕궁은 단 한 그루의 나무도 키우지 않는 삭막한 장소였거든.
절대권력을 탐하는 자들은 끊임이 없었고 그들이 보낸 자객이 몸을
숨길까 두려워서였지. 돌의 사막이라고 할까. 오아시스는커녕 손에
쥘 한줌 모래마저 없는 곳. 왕궁이란 어쩌면 모래사막보다 더 가혹

한 곳이었겠지. 그 황량함에 염증이 난 황제들은 정원에 빠져들게 되었단다. 그곳을 화려한 꽃과 기이한 풀로 호사스럽게 꾸미는 게 크나큰 낙이 된 거지. 이 정원과는 비교할 수도 없이 넓고 화려한 정원이었지. 너무 많은 인간들에 둘러싸여 외로웠던 황제는 그 아름답고도 고요한 장소를 깊이 사랑하게 되었어. 받드는 척하면서 감시하고 매사에 아니 되옵니다를 외치는 아랫것들이 지겨워지면 그곳으로 훌쩍 달아나곤 했지. 어느새 궁보다 거기 머무는 시간이 점점 많아졌단다. 심지어 일 년 중 열 달을 머물기도 했지."

말을 하는 남자의 눈빛은 어딘가 불안해 보인다.

"사람들은 그곳을 지상에서 가장 아름다운 정원, 정원 중의 정원이라 불렀다. 거대한 추상의 영토에 신물이 난 황제는 그 작아서 사랑스러운 우주를 영원히 지키고 싶어졌다. 큰 우주를 상징하는 열두 동물의 두상을 만들어 정원의 수호신으로 삼기에 이르렀단다."

"황제에게도 수호신이 필요한가요?"

바바가 촐싹거리며 끼어들었다. 저 왕수다쟁이. 남자의 이야기에 푹 빠져 있던 보라는 한숨을 쉬며 바바를 째려보았다. 남자는 살짝 웃고는 이야기를 이어나갔다.

"시대는 달라도 제국의 속성이란 비슷한 거란다. 술탄도 황제도 파라오도, 제가 가진 권력만큼의 두려움에 시달리는 거지. 불가능이 없는 그 권력을 빼앗길지도 모른다는 두려움은 어쩌면 그 제국만큼이나 크지 않았을까. 그래서 살아 숨쉬는 군사들을 장막처럼 두르고 또 두르고도, 흙으로 빚은 군사를 첩첩이 세워두기까지 했단다. 그래도 사라지지 않는 두려움이 남아 정령의 힘을 빌리려 한 거겠지. 사람보단 짐승이 배신하지 않는다는 생각은 동양이나 서양이 비슷해서, 피라미드 앞에 사람의 형상 대신 스핑크스를 세운 것도 마찬가지 이유란다. 그곳 사람들은 태어나면서부터 자신이 속한 짐승의 상징을 얻게 되고, 그건 일생 동안 바뀌지 않아. 태어날 때 이미 우주의 일부로서의 운명이 정해진다고 생각하는 거지."

"쥐, 소, 호랑이, 토끼, 돼지……"

보라의 말에 남자는 고개를 끄덕였다. 바바는 눈을 동그랗게 뜨고 보라를 쳐다보았다.

"자신의 운명이 되면 징그러운 뱀에게도, 더러운 돼지에게도 애착을 가지게 된단다. 그 형상을 따서 열두 개의 조각을 만든 거지. 그리고 쥐는, 그 열두 동물 중에서도 가장 첫번째 것이란다. 쥐는 알파이며 돼지는 오메가가 되는 것이지."

남자는 아무것도 놓이지 않은 유리진열장을, 그 안의 빈 공간을, 자신의 눈에만 보이는 어떤 것이 있기라도 한 듯 눈을 가늘게 뜨고 들여다보며 거의 속삭이듯 말했다.

"그걸 여기 이 자리에 두면, 이제 더이상 어떤 것도 원하게 될 것 같지 않아."

그 말이 채 끝나기도 전에 바바가 고개를 세게 가로저으며 외쳤다.

"그건 아름답지 않아요. 이 정원에도 이 자리에도 어울리지 않아요."

보라는 남자의 얼굴을 살짝 쳐다보았다. 남자는 이제 웃지 않는다.

"아름답지 않다. ……바바, 아름다움이 뭘까?"

제 입으로 아름답지 않다고 해놓고는 정작 대답은 못 하고 서 있다. 저 이상한 고집이라니.

"그렇지, 바바. 언젠가 네가 물어보았을 때 나 또한 대답하지 못했지. 아름다움이란, 설명할 수 없는 거라는 말밖엔. 그저 마음을 끄는 것. 이전에는 보지 못했던 것. 다른 무엇과도 닮지 않은 것. 단숨에 삶의 균형을 뒤흔들어버리는 것. 그것들은 모두 맞기도 하고, 동시에 틀린 대답이기도 하지. ……바바, 누군가에겐 그것과 이 장소가 어울리지 않는 것처럼 보일 수도 있을 거야. 그러나 커다란 아름다움을 이루기 위해선, 추함도 필요한 거라고 말해주고 싶구나."

말을 마친 남자는 이제 지쳐 보인다. 보라는 아까부터 남자의 손을 곁눈질하고 있었다. 적갈색 넝쿨과 꽃과 이파리가 손등과 손가락을 덮고 있다. 이 사람, 정말 모르는 걸까. 제 손등을 억지로 붙들고 이것들을 그린 사람이 나란 것을. 아니면 모른 척하는 것일까. 어쩜 이 사람에게는 아름답지 않은 모든 것은 저녁의 그림자처럼 흐릿한 것일까. 난 아직 저 손가락의 느낌마저 생생한데. 저녁의 자마 알프나에 들어선 사람들은 얼굴은 제각각이어도 손의 느낌은 다 비슷하다. 막 열병에 감염된 사람의 그것처럼 뜨겁고 건조하다. 무심코 저 손을 잡았을 때 자칫 놓을 뻔했는데. 마른 뼈를 쥔 듯했던, 살점 없는 손의 느낌이 손바닥에 되살아났다. 차갑고 악력이 없는 손이었다. 이렇게 만날 줄 알았으면 그렇게 세게 부르지 않았을 텐데. 깎지도 않고 고스란히 줄 줄은 몰랐지.

"그러니까, 그게 아름답다고 생각하는 까닭은 뭔데요?"

바바의 집요하고도 멍청한 질문 못지않게 남자의 이상하기 짝이 없는 대답을 듣는 순간, 보라는 그렇다면 자신이 보지 못한 '그것' 이 정말 아름다운 것일지도 모르겠다고, 비로소 생각한다.

"아름답지 않다면, 누군가는 왜 그걸 이 먼 곳까지 가져왔겠니?"

*

"이리 와서, 이거 좀 같이 들어봐요. 햇반이 없는 게 아쉽네."

어쩔 수 없는 걸까. 때로 한국 사람들은 마치 밥을 그렇게 걸신들린 듯 먹기 위해 이곳까지 허위허위 달려온 것처럼 군다. 깻잎 통조림, 금방이라도 빵 터질 듯 부풀어오른 김치봉지, 멸치볶음이 든 밀폐용기 따위가 간이테이블 위에 즐비하다. 사막에서의 식사라야 뻔하긴 하다. 퉁퉁 불은 국숫가락이 들어 있는 수프와 양고기 노린내가 허기를 싹 가시게 하는 쿠스쿠스. 재료가 조금씩 달라질 뿐 기본 틀은 한 가지다. 그래도 낯선 것들을 찾아 떠나온 길이 아니던가. 한국서부터 실어온 햇반 한 박스는 진즉 사라졌다. 아쉬운 대로 쿠스쿠스에 들어 있는 싸물을 밥 삼아 먹었다. 당최 모래알 볶아놓은 것 같아서, 어쩌구 하면서도 곡물가루로 좁쌀처럼 만든 싸물이 그나마 먹을 만한가보았다. 테이블 끄트머리에 서서 차파티를 뜯고 있는 승이 체면을 차리는 거라 생각하는지 사람들은 몇 번이나 불러댄다. 와서 한술 뜨라니까. 거의 안 드시네. 그렇게 먹고 어떻게 다녀요? 안색이 영 노래서.

"괜찮습니다. 전, 이게 좋습니다. 많이들 드세요."

승에게 이 차파티는 경전과도 같은 것이다. 이게 그랬다. 아무리 허기가 져도, 배고프니 차파티나 먹어야지, 하는 마음은 들지 않았

160

다. 죽자고 이것만 씹어대는 건 그래서이다. 한 조각을 뜯어 입에 넣으면 처음엔 입천장이 찢어질 듯하지만 씹다보면 침에 녹으면서 고소한 맛이 퍼진다. 승도 흰 쌀밥을 신김치와 먹고 싶다. 깻잎을 올린 더운밥을 먹고 싶다. 맨밥에 고추장을 비벼 몇 술 삼키면 발바닥이 허공에 살짝 떠 있는 듯한 이 느낌은 사라질지도 모른다. 그러니 쌀밥이란 지금의 승에게 화약과도 같은 것이다. 밥과 김치, 그것들이 자기 안의 어떤 버튼을 누르는 순간을 감당할 자신이 없다. 마그마가 지표면의 연약한 곳을 뚫고 터져나오듯, 미친 듯 들끓고 있던 것들은 쌀밥의 말랑한 느낌을 뚫고 단숨에 폭발할 것이다. 차파티 한 조각을 다시 입안에 밀어넣고 깨물어본다. 딱딱한 덩어리가 불퉁거리는 잡념들을 그물처럼 휘감아버린다. 식욕이 사라지면 다른 욕망들도 따라서 고요해진다는 걸, 소금과 곡물가루만으로 만든 이 무교병을 씹으며 알게 되었다.

보라 또래의 베르베르 소년이 커피가 든 주전자를 들고 걸어온다. 혼자서 밥이나 챙겨먹고 있을까. 퍼뜩 든 그 생각을 승은 지워버린다. 딸에게는 딸의 운명이 있다. 그 아이가 지금 행복하지 않다면 그것도 제 몫의 운명이다. 그것까지 승이 어찌할 수는 없다. 그렇게 생각하려 한다. 바보처럼 단순해지지 않았으면 자신의 삶부터 이미 부수어버렸을 것이다. 그 파괴가 어떤 형식이 되었든. 소년의 등뒤 하늘이 암청색으로 깊어진다. 잔에 커피를 따르고 돌아서는 소년의 뒤를 따라가 지폐 한 장을 쟁반 위에 올려놓았다. 고맙습니다. 구릿빛 입술이 벌어지면서 이빨이 희게 드러난다.

"그동안, 별일은 없었니?"

승의 손바닥에 놓인 사진을 얼핏 쳐다본 소년은 다시 볼 필요도 없다는 듯 고개를 저었다.

"한 열흘 동양인 여행자는 없었어요."

"그래, 잘 기억했다가 비슷하다 싶으면 연락을 해다오."

"인샬라."

노래하듯 말하고는 소년은 다시 맑게 웃는다. 틀린 말은 아니지. 배부르게 밥을 먹고 난 사람들이 커피를 마시고 있다. 가루원두를 펄펄 끓여서 내는 여기 커피는 중독성이 강하다. 처음엔 너무 독하다며 생수로 희석하던 사람도, 며칠 사이에 그냥들 마신다. 딱 한 잔이면 열기에 지친 몸이 태엽을 바짝 조인 듯 팽팽해진다. 시원하진 않지만 지독히 달콤한 멜론까지 한 쪽씩 먹고 나자 사람들은 기분이 한결 좋아진 모양이다. 누군가의 말이 끝날 때마다 웃음소리가 터져나왔다. 곧 어둠이 사막을 삼킬 것이다. 서둘러 뒷정리를 하고 숙소를 나누었다.

대추야자숲 위로 가늘고 노란 초승달이 떠올랐다. 마치 그 모양으로 어둠을 칼로 도려낸 듯하다. 그 틈을 비집고 들어가면 노랗고 환한 다른 세계로 들어갈 수도 있을 것 같다. 텐트마다 랜턴을 하나씩 나누어주고 침낭을 들고 한참을 걸어나왔다. 오늘은 잠을 좀 잘 수 있을까. 사람들과 다니다보면 종일 떠들어야 했다. 저녁엔 물에 적신 담요처럼 늘어졌다. 몸을 가누기가 힘들 만큼. 그리 피곤한데도 누우면 그때부터 머릿속은 말개졌다. 정말 중요한 무언가를 지금부터 생각해보란 듯. 밤새 한숨 못 자는 것 같아도 설핏 잠이 드는 순간도 있는 듯하다. 이렇게라도 몸이 버텨주는 걸 보면.

침낭을 펼쳐놓고 그 위에 드러누웠다. 큰 별들은 노래라도 부르는 듯 발랄하게 반짝인다. 잔별 무리들이 하늘을 가로지르며 부옇게 돋아나기 시작한다. 밤의 바닷가에서 랜턴으로 모래를 비춘 것처럼 부드러운 베이지빛이 천공에서 일렁인다. 바라보고 있는 사이 은하수는 투명해지며 가까워지고 거대한 조명처럼 지상을 비출 것이다. 혼곤한 잠이 쏟아지는 대신 머릿속은 별빛처럼 명징해진다. 텐트 쪽에서 누군가가 걸어오는 것이 보인다. 탕헤르 여자.

저 여자도 일행들과도 이틀 후면 헤어진다. 한번 헤어진 사람들과 다시 만나는 일은 없다. 그 관계의 가벼움이, 이들이 일으키는 크고 작은 문제들에 너그러워지도록 해주었다. 사막을 떠돌다 사흘을 넘어서면 예정된 수순처럼 갈등이 생긴다. 제대로 씻지 못하고 거친 음식으로 허기를 땜질하고 삼켜버릴 듯 등등한 태양 아래 종일 돌아다니다보면 사람들은 제 본성을 갈무리하지 못하고 날것으로 드러냈다. 어떤 돌발상황이 일어나도 이제 중재하고 달래는 일에도 이골이 났다. 개개인에 대한 호감도 비호감도 갖지 않는다. 나 잘났거든? 나 돈 많거든? 나 출세했거든? 각자의 얼굴에 칼로 새겨놓은 듯 선명한 그 상형문자들에 대해서도 먼저 읽고 말대접을 해준다. 이를테면, 사장님은 젊은 나이에 어떻게 이렇게 성공하셨어요? 성공하신 분들은 어디가 달라도 다르던데요. 요즘은 사진예술이 대세더군요. 카메라 하나 들고 여행 다니면 밥벌이가 되니, 저 지금이라도 사진 배워볼까요? 아무래도 타고나는 재능이 필요하겠지요. 변호사 아무나 되나요? 저는 잠이 안 오면 법전을 꺼내서 읽는데. 존경스럽습니다. 교수님, 사실 제일 부러운 직업입니다. 아니

일흔이라구요. 말도 안 돼요. 제 또랜 줄 알았습니다……

그런데 이 여자는 뭐랄까. 불편하게 하지 않아 불편하달까. 다니는 내내 그녀는 스스로 겉돌았다. 이해할 수 있다. 트고 지내다보면 서른 지난 지가 한참인 그녀에게 물어볼 말들이 뻔했다. 왜 혼자 다니세요? 뭐 하는 분이세요? 여태 결혼은 안 한 거예요? 한국선 어디서 사셨어요? 심지어는 부모님은 뭐 하시나부터 본적까지. 그런 질문 자체도 싫겠지만 그 질문들 뒤에 감추어져 있는 진짜 질문, 그러니 네 삶에서 일어난 남다른 불행이 뭔지 얼른 말해줄래? 이 먼 곳에서 혼자 떠돌게 된 그 사연을 털어놔봐. 벗기듯 들러붙는 그 시선이 싫을 것이다. 사막에서 묵는 밤이면 그녀는 사람들과 어울리는 대신 승이 있는 곳으로 와서 앉아 있다 텐트로 돌아가곤 했다. 승은 일어나 침낭을 접어놓고 모래바닥에 앉았다.

"벌써 주무시는 거 아니죠?"

옆에 털썩 주저앉더니 들고 온 스테인리스 술병을 모래에 꽂아놓는다. 귀찮다. 넌 낮에 잘 수 있지만 난 한순간도 눈을 붙일 수 없거든? 그 말이 목구멍까지 올라온다. 담배를 꺼내물기에 라이터를 켜주었다. 눈앞의 어둠을 바라보며 말없이 담배를 피우고는 꽁초를 모래에 푹 파묻으며 중얼거린다.

"차가운 맥주가 마시고 싶네."

뜬금없긴. 차가운 맥주가 마시고 싶다면, 사막에 들어오지 말아야지. 이런 식으로 사막을 떠도는 여자들은 대략 두 부류다. 사막 자체에 매혹되어 머무는 자와 돌아가봐야 아무것도 없기에 떠나온 곳으로의 귀환을 끝없이 지연하고 있는 자. 그 둘이 겹쳐 있는 경우도 있고.

"여기서 가이드 일하는 한국인은 처음이네요. 누군가 나한테 물
어보면 싫어하면서, 왜 똑같은 걸 묻고 싶어지는 걸까요? 언제 왔느
냐? 왜 왔느냐?"

그렇다. 혀끝에서 던져지는 그런 질문은 너무 싫다. 그럴 때면 대
체로 웃고 넘어가버리지만 대답하지 않는다 하여 그 질문으로부터
풀려나는 건 아니다. 무심하게 던져진 질문들은 승의 머리에 질기
게 남아서 대답을 찾고, 그 대답의 근원을 뒤적이며, 매번 생생한
분노까지 제대로 터뜨려놓았다.

"한 일 년…… 여행 왔다가 눌러앉았죠."

"자기 얘길 통 안 하시더군요."

"워낙 재미없이 살아와서."

"사는 게 참, 그렇죠?"

"그러게요."

여자는 위스키를 조금씩 마시면서 눈앞의 어둠을 바라보다 뜬금
없이 그랬다.

"그러니까 말 안 하는 게 아니라 말할 수 없는 게 있어요, 그죠?"

승은 좀 웃었다. 무언가 들킨 것 같은 기분이었다.

귀찮다 했지만, 그래도 꽤 무람없이 느껴졌다. 누구하고든 이런
식의, 쓸데없는 이야기를 주고받은 게 도대체 언제였지, 싶은 생각
도 들었고. 외롭다는 감정을 느껴본 적은 없다고 생각했다. 그래도,
이렇게 아귀 어긋나는 얘기를 주고받다보니 갈라터진 마음속에 찰
랑찰랑한 물기 같은 게 밀려오는 것 같기도 하다. 뜨거운 물에 몸을

담갔을 때야 비로소 얼마나 추운 바깥에서 떨고 있었나 알게 되는 것처럼.

"어쨌거나, 온 우주가 내게 방긋 웃어주는 것 같아."

여자가 팔을 뻗어 하늘을 가리켰다. 선명한 금빛의 초승달이 입처럼 보인다. 그 위쪽에서 반짝이는, 명도가 다른 별 두 개와 어울려 흡사 웃는 얼굴 같긴 하다. 여자는 권하지도 않고 혼자 홀짝홀짝 마셔댄다.

"오메가 센타우리 같은 가까운 은하들은 겨우 일만칠천 광년 정도 거리라네요. 우리가 빛이 되면 일만칠천 년만 날아가면 저 은하에 도달할 수 있다는 거죠."

"생각보단 가까운 거리군요."

그러니까 마음 다칠 일 없는 우주적 농담.

"은하와 은하끼리 몸을 합하기도 한다는군요. 거대한 별의 무리가 충돌하는 와중에 어떤 별은 죽고 회오리치듯 서로 섞여들고 그러다 이윽고 하나가 된다니. 수억 년의 시간에 걸쳐. 정말 신비하지 않아요?"

"그런가요. 저것들, 보기보다 관능적이네요."

늦도록 여자는 좀체 숙소로 돌아가지 않는다. 왁자하니 떠들어대던 사람들도 어느새 텐트로 돌아갔다. 어쩌면 자신의 몸으로 투어 비용을 때우려는 걸까. 때로 그건, 사막을 떠도는 여자들과 현지 가이드들 사이에선 드물지 않은 일이기도 했다. 그것이 거래든 욕망의 해소든 둘 다든. 버스에서 보았던 분홍색 엉덩이가 눈앞에 떠오른다. 승은, 새벽이 오기 전 지겨워질 몸뚱이를 피 같은 유로와 바꾸는 일 따위는 하지 않는다. 대신 여자가 싫어할 질문을 던져본다.

"오신 지는 얼마나 됐어요? 언제나 돌아갈 생각이세요?"

"얼마나 됐나? 세어본 적이 없어서. 돌아간다 생각하면, 모든 게 암전이에요."

"여기라고 뭐가 있나요?"

"떠도는 동안은 아무것도 없다는 걸 잊을 수 있으니까요. 좌절을 유예하고 있는 셈이죠."

스테인리스 술병을 거꾸로 들어 흔들어보더니 뚜껑을 야무지게 닫고는 살짝 풀어진 목소리로 주절거린다.

"왜 이런 시가 있어요. ……나는 나를 비참하게 만들어 생에 복수하고 싶었다. 당신이 동곡에 간다 하면 나는, 말릴 것이다. 동곡엔 가지 마라…… 그러니까 누가 사막에 간다 하면 나는, 말릴 것이다."

빈손으로 떠도는 건 제 살을 깎는 일이다. 버틸 수 있는 한 현실과 부닥치는 순간을 지연시키고 싶은 것이겠지. 여자는 초승달을 올려다보았다.

"쟤 아니면 누가 날 쳐다보며 밤새 웃어주겠어. 안 그래요? 오늘은 밖에서 잘까봐요. 일만칠천 년을 날아온 별빛을 덮고."

"자는 동안 몸 위로 모래산이 올라와 있을 수도 있습니다."

손바닥을 펼쳐들고 바람의 기색을 살피더니 고개를 젓는다. 어쩌면 사막을 떠돈 이력이 승보다 길지도 모르겠다.

"오늘 밤은 그럴 것 같진 않네요."

심상하게 중얼거리며 가방에서 봉투 하나를 꺼내준다. 그동안 고

마웠어요, 하며. 세어볼 필요는 없겠지. 그나저나, 어찌 먹고사나. 돈 싸들고 떠나오진 않았을 텐데.

여자가 텐트 안으로 들어가는 걸 보고 자리에 누웠다. 기온이 가파르게 떨어진다. 망망한 어둠은 에스프레소 빛깔이다. 내일은 사막의 더 깊숙한 곳으로 들어가야 한다. 사람 수대로 낙타를 준비시켜놓았고 일행에겐 꼭 필요한 짐 외엔 아예 가방을 꺼내지 말라고 일러두었다. 겨우 서너 시간이나 잘 수 있을까. 새벽에 일어나려면 얼른 잠들어야 한다는 강박만큼이나 잠은 아주 먼 곳에 있다. 오늘도 꼬박 새울 것 같다는 예감이 들면 공포와도 같은 감정이 밀려오곤 했다. 잠이 오지 않는 건, 이곳이 현실의 장소로 여겨지지 않기 때문일까. 이곳에서의 날들이, 아무래도 익숙한 꽃무늬 벽지가 낡아가던 그 아파트의 방에서 꾸는 꿈속의 일 같아서, 꿈속에서 다시 잠이 들다니 그게 가당키나 하단 말인가 싶을 때도 있다. 은하가 몸을 섞는 저곳에서 바라보면, 여기가 거기겠지. 먼지 같은 점 위에서 한순간도 못 되는 찰나를 살고 가면서 그 순간을 쪼개고, 울고, 분노하고. 이마 위 큰 별이 퀭한 눈처럼 승을 내려다본다.

알람이 울리기 직전 눈이 떠졌다. 눈만 감고 있었을 뿐 밤새 깨어 있었는지도 모르겠다. 좀 잤어, 제 귀에 들리게 중얼거려본다. 눈을 감고 누워 있는 것과 잠이 드는 것이 그리 다를 게 없다고 마음먹는다. 해는 아직 뜨지 않았다. 텐트를 돌며 툭툭 두들기고는 외쳤다. 일어들 나세요. 대답은 없지만 다들 구물구물 깨어날 것이다. 바깥에서의 잠은 도시인들에겐 두려운 체험이다. 잠을 위해서는 콘크리트 벽과 잠금장치와 두꺼운 커튼이 있어야만 한다. 잠을 설친 게 자신만은 아닐 것이다.

새벽공기는 기분좋게 축축하다. 사물들은 모두 회색으로 보인다. 모래도 하늘도 사람들의 뒷모습도. 팔에 자잘한 소름이 돋는다. 늦지 않게 아침을 준비해달라고 재촉해놓고 짐을 챙겼다. 남자들부터 먼저 모여들었지만 세수와 화장을 포기한 여자들도 윈드재킷에 팔을 끼우며 하나씩 나타났다. 안장을 얹은 낙타들이 벌써 줄지어 서서 큰 눈을 둘레둘레하고 있다.

텐트 틈으로 고개를 내밀어 바깥을 살펴본 소년이 곧 쟁반과 주전자를 들고 나타났다. 뜨거운 커피를 삼키자 쪼글쪼글한 위장이 팽팽히 펴진다. 차파티가 수북하게 담긴 접시도 옆에 놓인다. 빵 인심 하나는 어딜 가도 넉넉하다. 커피와 무교병. 이 단순함이 마음에 든다. 꿀을 듬뿍 섞은 올리브유에 빵을 찍어서 먹으며 누군가 새벽부터 우스갯소리를 하는지 쾌활한 웃음소리가 무채색의 대기 사이로 퍼진다.

간단한 아침을 먹고 바로 출발하기로 했다. 한 명씩 낙타에 태우며 보니 탕헤르 여자가 보이지 않았다. 식사 테이블에서도 보지 못했다는 생각이 들었다. 캠프를 관리하는 베르베르 사내를 불러 물어보았다. 네시 무렵 알헤시라스까지 올라가는 영국인들 지프에 자리가 있어 거기 끼어 돌아갔다고 한다. 아무 말도 없었냐며 오히려 승에게 묻는다. 차편이 있어 갑자기 마음을 바꾼 걸까. 어젯밤 돈까지 미리 받았으니 오히려 홀가분하다, 라고 생각하고 싶은데 마음 한구석에 살짝 서운함이 남는다. 자신을 비참하게 만들어서 누군가에게 복수할 생각 같은 건 하지 말라고, 그 말을 해주고 싶었던 걸

까. 마지막으로 낙타 등에 오르며 밤에 여자와 앉아 있던 곳을 가늠
해보았다.

하루 남은 일정이니, 이미 가본 곳들이라면 다시 가볼 필요는 없
겠지.

*

메디나의 골목들을 이렇게 누비고 다니는 줄 알면 아빠 기절하겠
지. 그것도 바바와. 그 생각을 하자 약간은 속이 후련해진다. 같이
가겠느냐 단 한 번 물어보지도 않고 여기까지 끌고 와서는 가둬놓
기까지 할 셈이었나? 바바마저 없었다면 내 목구멍엔 거미가 줄을
쳤을 텐데. 이것도 안 된다 하면 사람 미쳐버린란 얘기지. 우씨, 새
삼스럽게 끓어오르네.

이 골목들을 발가락뼈가 아려올 때까지 헤매고 다니는 동안은, 머
릿속을 떠도는 질문들을 잊을 수 있었다. 답이 없는 질문들이 뒤엉
켜 지끈거리기 시작하면, 뛰쳐나와 이 골목들을 헤매고 다니기도 했
다. 낯선 가게 앞에 우두커니 서서 모르는 사람들이 일하는 모습을
한참 지켜보기도 했다. 어두컴컴한 골방에 웅크리고 앉아 비단 옷에
스팽글이나 모조진주를 달고 있는 소녀도 있었고, 형광핑크빛 구두
굽을 줄지어 세워놓고 본드로 붙이는 작업만 내내 하는 청년도 있었
다. 누군가는 볼 때마다 대패질을 하고 있었고 어떤 사람은 자욱한
연기와 열기 속에서 종일 양꼬치를 굽고 있었다. 그런 것들을 보고
있으면, 이상하게 위로가 되었다. 사는 건 다 비슷하다는 생각이 들

기도 했다. 언제부턴가 보라는 반짝이는 스팽글이나 형광핑크빛 구두보다는, 그것들을 만지고 있는 남자와 소녀를 바라보았다.

당나귀 똥과 물러진 야채와 양고기 냄새에다 온갖 향신료들의 냄새까지 범벅되고 발효된 기이한 냄새에도 이젠 익숙해졌다. 올리브 가게를 지날 땐, 얼른 안초비에 절인 올리브 한 알을 훔쳐먹을 만큼 여기 음식들과도 친해졌다. 그렇게 메디나 안의 온갖 곳을 쏘다니고 다녀도 단 한 군데 예외는 있다. 테너리라면 근처도 가기 싫었다. 양의 생가죽을 가공하는 그 근처를 가로지를 일이 있으면 좀 멀더라도 빙 돌아가곤 했다. 메디나의 냄새에 익숙해진 지 오래지만 테너리의 악취는 차원이 다른 것이었다. 근처에만 가도 숨이 저절로 얕아지고 짧아졌다. 가죽에 붙은 털과 살점이 썩는 냄새만도 장난이 아닌데 거기다 염료 냄새까지 뒤섞인 그것은 무어라 이름 지을 수 없는 끔찍한 것이었다.

큰마음 먹고 며칠 전 혼자 근처에 왔다가, 가게 앞에 나앉아 있던 남자가 엉덩이를 만지는 바람에 기절할 듯 놀라 한달음에 도망쳐나왔다. 칼, 찌른다, 푹은 써먹지도 못했다. 히잡을 두르지 않고 혼자 돌아다니기엔 이제 너무 자랐는지도 모르겠다. 테너리에 갈 일이 있는데 같이 갈래? 선심이라도 쓰듯 물었을 때 바바가 그렇게 신나할 줄은 몰랐다. 이 자식은 콧구멍이 망가졌나. 낙타처럼 벌름거리긴.

"테너리라면, 내가 좀 알지. 구경하기에 가장 좋은 가게를 알아."

잘난 척 앞장서서 투스텝으로 걸어가는 바바 뒤에 바짝 붙어서 따라갔다. 여긴 또 처음 와보는 길이다. 온통 여자옷 가게들이다. 꽃분홍, 빨강, 보라, 하늘색까지 하나같이 튀는 색깔인데 그 위에 모조진주나 색색깔의 스팽글 들이 빼곡히 달려 있다. 지나치게 요란하다. 맨정신으로 이걸 어떻게 입지? 머리부터 발끝까지 가리는 검은 천 안에 갇혀 살아야 한다면, 한편으로는 저렇게 발광을 하고 싶기도 하겠어. 외출도 마음대로 못 하니. 아무리 그래도 형광핑크는 좀 그렇다.

"바바, 너네 엄마도 저런 옷 입어?"

"그럼, 우리 엄마도 저렇게 예쁜 옷이 많아."

"흠좀무⋯⋯!"

"무슨 말이야?"

"무섭도록 예쁘다구."

바바가 반색을 하며 물어본다.

"내가 하나 사줄까?"

"흥, 네가 왜 내 옷을 사주니?"

화려한 옷가게들을 지나자 꼬리고리한 냄새와 함께 가죽제품을 파는 가게들이 시작되었다. 골목의 중간쯤에서 걸음을 멈춘 바바가 따라 들어오라는 듯 돌아보고는 안으로 쑥 들어간다. 작은 입구와는 달리 실내는 넓었다. 가방이나 신발, 여행용 트렁크 따위가 전시되어 있는 모퉁이 옆에 위층으로 오르는 계단이 보였다. 폭이 좁아서 몸을 옆으로 뉘어야 할 지경이다. 어디선가 숨을 쉴 수 없을 만큼 지독한 냄새가 밀려온다. 계단을 다 오르자 의자에 앉아 있던 남자가 바바에게 아는 체를 한다. 둘이 빠르게 주고받는 말을 보라는 알아들을 수가 없다.

"아빠 친구야."

남자가 이번엔 보라에게 무어라 떠들어대며 제 손에 쥐고 있던 민트 가지 중 하나를 건네준다. 이걸 왜? 싶은데 받는 순간, 남자가 보라의 손을 꼭 움켜쥔다. 두툼하고 뜨끈한 손바닥이다. 기름기 도는 눈빛으로 보라의 가슴을 재빨리 훑어보고 나서야 손을 놓았다. 째려볼 사이도 없이 민트 가지를 콧구멍에 바싹 갖다대야 했다. 냄새는 무뎌지긴커녕 점점 독해졌다. 여기야. 한쪽 벽이 툭 트여서 하늘이 넓게 보이는 난간에서 바바가 손짓을 했다.

"토할 것 같아."

민트잎을 비벼 콧구멍에 밀어넣으며 찡그리는 걸 보고 바바는 웃는다.

"그나마 오늘은 맑아서 덜한 거야. 흐린 날은 냄새가 고여서 진짜 기절을 할 지경이지. 이 자리가 메디나에서 테너리를 가장 잘 볼 수 있는 곳이야."

의기양양해서 설명하는 바바에게, 너희 아빠 친구는 나쁜 놈이라고 말하기도 참 그렇다. 난간에 기대어 서자 툭 트인 하늘과 테너리가 한눈에 보인다. 메디나 안에서 잘게 조각나지 않은 하늘을 볼 수 있는 곳도 있구나. 이 안에 운동장만큼이나 넓은 터가 있는 줄도 몰랐는데. 내려다보이는 바닥엔 큰 통들이 빼곡히 줄지어 늘어서 있다. 빨강, 파랑, 노랑, 검정, 색색의 물감이 담겨 있는 통도 있고 생가죽을 산더미처럼 쌓아놓고 피와 살점을 삭히는 거대한 통도 있다. 그건 처음 보는 광경이 아니었다. 언젠가 잡지에서 저걸 본 적이 있다. 통마다 선명한 원색의 염료가 들어 있어 거대한 팔레트처럼 보였지. 그 멋진 광고사진을 볼 땐 이런 냄샌 짐작도 못했는데.

바바는 자랑스럽게 떠들어댄다.

"소의 오줌, 사프란, 비둘기 똥, 정어리 기름 같은 천연염료를 사
용하는 고급 염색이야. 이 가죽들로 옷이나 신발을 만들면 엄청 비
싸게 받는대."

구름 한 점 없는 하늘에서 햇살은 가차 없이 쏟아져내린다. 웅덩
이엔 반바지만 입은 남자들 몇이 엎드려 있다. 보라는 젖은 가죽을
힘겹게 끌어올려 통의 가장자리에 몇 번씩 후려패고 있는 한 남자
를 바라보았다. 웅덩이에 담긴 물은 뿌연 회색이다.

"바바, 저건 뭐야?"

"가죽을 삭히는 약물이지. 저렇게 두드려야 보드랍게 길들일 수
있어."

번들거리는 어깨와 등, 땀에 들러붙은 머리카락. 남자의 움직임
은 빠르지도 느리지도 않다. 그 움직임이 나쁜 운명의 시계추 같다
는 생각이 든다. 처다보고 있는 동안 그는 한 번도 고개를 들지 않
는다. 아프도록 세찬 햇살을 등짝으로 고스란히 받아내며. 무엇보다
이 냄새. 하늘에서 찍은 이 염색터의 풍경은 참 신비롭고 아름다웠
는데.

"바바, 저 사람들은 얼마나 받는 거야?"

"한 달에 백 유로는 받을걸? 대박이지."

세상에. 저 독한 물에 몸을 담그고 냄새를 맡으며 가죽을 패대기
치는데 고작 십오만원? 보라는 콧구멍이 비틀어지도록 밀어넣었던
민트잎을 슬그머니 파냈다. 숨을 천천히 들이마셔보았다. 아이고,
앞으로 사는 동안 어떤 악취를 맡아도 다시는 코를 찌푸리지 않을

것만 같다.

"바바, 여긴 나쁜 곳이야. 인간이 일할 곳이 아니야."

바바가 눈을 동그랗게 뜨고 쳐다보았다.

"이걸 보러 여행자들이 얼마나 밀려드는데? 이걸로 먹고사는 사람들이 얼마나 많은데?"

"그래, 일을 하는 건 나쁘지 않아. 그렇지만, 일하는 장소를 견딜 만한 곳으로 바꾸려는 노력은 해야 한다구."

바바는 무슨 소린가 묻듯 눈을 깜박인다.

"인생이 단 한 번뿐이란 걸 생각하면 저건 너무 슬픈 일이야. 저런 일을 매일 한다는 건, 자신을 조금씩 잘라서 버리는 일이야. 네가 그러지 않았으면 해서. 내가 돌아간 후에라도, 어른이 된 네가 저기서 일하는 건 싫어. 바바, 약속해줄래?"

그런 생각을 해본 적이 한 번도 없었던 듯, 고개를 갸웃하더니 이윽고 고개를 끄덕인다.

보라는 기름을 발라놓은 듯 번들거리는 남자의 등을 내려다보았다. 먹먹한 슬픔이 갈비뼈 사이에 차오른다. 젖은 가죽 같은 슬픔. 악취나는 슬픔. 피와 살점을 삭히는 슬픔. 어쩌면 다 똑같을지도 몰라. 어디에 있든. 땀과 악취와 내려놓을 수 없는 고통을 안고 살아가는 거지. 아빠 지금 무얼 하고 계실까. 사는 일이란 땀에 전 갈색 등짝, 차가운 무교병, 저녁마다 쓸어내야 하는 모래, 모르는 사람의 손목을 붙들고 그리는 타투, 쇠공을 거짓으로 삼키는 일 따위를 사방연속무늬처럼 새겨놓은 모자이크 같은 건지도. 다시는 저걸 보고 싶지 않아.

아래층으로 내려와 여자 신발을 구경했다. 첫눈에 마음에 든 겨잣빛 로퍼를 꺼내 신어보았다. 아무 장식이 없고 발이 편했다. 예뻐? 묻자 바바는 바보같이 입을 벌리고 응 너무 예뻐, 한다. 왼쪽 발에는 큐빅이 박힌 흰색 샌들을 신고 발을 나란히 보이며 물어보았다.

"어느 게 더 예뻐?"

"둘 다 예뻐."

얜 도움이 안 돼. 흰색은 깔끔하고 겨잣빛은 살짝 미소를 떠오르게 하는 유머가 있다. 웃을 수 있다는 게 얼마나 좋은 건지 이제는 안다.

"이걸로 한 사이즈 작게 주세요."

"왜? 꼭 맞는데?"

"응, 선물하려고."

"누구에게?"

"넌 몰라도 돼."

"보라, 네 것도 사. 정말 예뻐."

그러잖아도 똑같은 걸로 하나 사고 싶기도 하다. 그러나 돈의 무게에 관한 한 서울과 다른 중력을 느낀 지 오래되었다. 친구들과 군것질하고 쉽게 티셔츠를 사입곤 하던 돈이 여기선 여섯 배쯤 무겁게 여겨진다. 이만큼 모으려면 낯선 사람을 나무상자 위에 앉히기까지 몇번이나 속을 태워야 하는데. 손목을 붙들고, 흥정을 하고, 비위를 맞춰가며 등골에 조르르 흘린 땀을 모으면 한 바가지야.

가게 주인은 바바와 왔다고 신발값을 절반으로 깎아주었다. 남은 돈으로 메디나 최고의 맛이라며 바바가 광분하는 가게에 들러 시시 케밥을 사먹었다. 자욱한 연기 속에서 기다리는데 덮쳐오는 열기는 거의 환상적이다. 고수 냄새가 살짝 거슬리긴 했지만, 맛은 있었다. 거부하던 맛들, 현실감 없는 열기 같은 것에 하나씩 익숙해진다는 생각이 들자 가슴이 조이는 듯하다.

바바와 헤어져 집에 돌아와 발부터 꼼꼼히 씻었다. 카메라를 꺼내와 먼저 신발부터 찍었다. 가게의 조명 아래서 볼 때보다 색깔이 약간 진한 듯하다. 거기서보다 덜 예뻐 보여 속이 살짝 상한다. 집 안의 불을 다 켜보았지만 조명으로선 턱없다. 다음엔 왼발 옆에 왼쪽 신발을 나란히 놓고 찍었다. 사진 속 발등에 샌들 자국이 선명하다. 윽, 이렇게 탔단 말이야? 이번엔 맨발을 가지런히 모으고 또 한 장을 찍었다. 귀 옆에 신발을 대고 찍은 사진을 들여다보았다. 이게 내 얼굴이었나? 셀카는 바로 지워버린다. 같이 보낼까 하는 마음도 있었지만, 아무래도 구차한 것 같다.

사진을 다 찍고 나니 갑자기 마음이 급해진다. 신발은 다시 잘 싸서 서랍 아래칸에 넣어두고 바깥으로 나왔다. 인터넷카페가 있는 거리까진 빨리 걸어도 꼬박 이십 분은 가야 한다. 마차를 탈까? 흥정하기 나름이지만, 일단 관광객용은 모두 비싸다. 그냥 걷기로 한다. 중심가라 해봤자 거리는 한눈에 들어올 만큼 짧다. 옷가게나 기념품가게 들 사이로 가장 높은 건물이 호텔이다. 인터넷카페는 시간당 이용료가 무려 십 유로! 매번 뼈저리다. 너무 비싸. 그래도 돈이란 이럴 때 쓰려고 버는 게 아닌가? 한 달에 단 한 번. 시간을 조금이라도 절약해보겠다고 카메라부터 연결해놓고 접속을 했는데 이

게을러터진 속도라니. 엔터키를 마구 두드려보지만 꿈쩍도 않는다. 그나마 중간에 정전이나 안 되면 고맙겠다. 옆에 앉은 여자도 마우스를 신경질적으로 클릭하고 있다. 접속이 되자마자 새로 도착한 메일이 있는지부터 보았다. ……없다. 뭐 괜찮다. 자업자득이지. 친구들이 보내온 메일들을 단 하나도 열어보지 않고 먼저 지워버린 건 자기였다. 그래도 그렇지, 나쁜 계집애들. 그렇다고 연락을 끊어? 보라가 진짜 기다리는 건 다른 메일이다. 외우고 있는 주소를 하나하나 확인하며 찍어나갔다. 사진파일부터 붙여넣고 편지를 썼다. 영어로 쓸 수밖에 없는 게 얼마나 다행인지. 너무 많은 말들이 제 안에 있어서, 너무 많은 형용사와 부사 들이 게임판의 두더지처럼 머리를 내밀어서, 한글로 쓸 수 있었다면 끝도 없이 자판을 두드리고 있을지도 모르지. 알파벳을 하나씩 누르기 시작했다. 아빠 얘긴 쓰지 않는다. 여태 한 번도 쓰지 않았다. 늘 그랬듯이 썼다가 지워버리는 줄이 더 많다. 중2 영어교과서 같은 문장의 틈 사이로 진짜 하고 싶은 말은 새나간다. 익숙하지 않은 언어는 망이 성글다. 마지막으로 남은 몇 줄은 그래서 맘에 들지 않는다.

난 여전히 잘 지내고 있어.

멸치라면 환장을 하는 그 아이와는 더 친해졌어. 어젠 드디어 내 다리에 등을 기대고 한숨 자고 갔다? 생각중인데 이름을 지어줄까 싶기도 해.

지나가다 우연히 이 신발을 보았는데 엄마한테 어울릴 것 같아서 샀어. 예쁘지?

어디로 보내주면 돼?

·사이즈 비교해보라고, 내 발이랑 찍은 사진도 보내. 그동안 이 센티나 자란 거 있지. 제발 더 커지지 않았으면 좋겠는데.

내 발, 보고 싶지 않아?

만져보고 싶지 않아?

다시 읽어보고 마지막 줄을 지운다. 지운 문장은 가슴속에 그대로 와서 박힌다. 다시 한 줄을 더 지웠다. 온몸에 힘이 다 빠지고 아프기 직전처럼 머릿속이 텅 빈다. 이럴 줄 알고 있었다. 딜리트키와 엔터키 사이를 검지로 문지르며 몇 번이나 다시 읽는다. 다 지우고 돌아가 구두는 쓰레기통에 집어던져버리면 속이 시원할 것 같다. 전송버튼을 누르고 나자 한숨이 나온다. 한 번도 본 적이 없는 고양이 이야기나 들려주어야 하는 우리 관계를 무어라 불러야 할까, 엄마.

*

낙타 걸음으로 두 시간.

타고 가는 사람도 쉽진 않지만, 낙타에게도 고통스러운 시간이다. 몸이 출렁일 때마다 사람들은 비명을 지르는데 낙타는 가끔 가쁜 숨을 푸르르 내쉴 뿐 묵묵히 걸음을 내딛는다. 서둘러 출발한다고 했지만 어느새 모래는 급격히 달아오르고 대기도 덩달아 뜨거워진다. 눈에 빤히 보이면서도 쉽사리 다가오지 않는 목적지가 신기루 같다.

걸어가는 낙타의 속도로, 풍경이 주춤주춤 다가오며 선명해진다. 흡사 SF영화의 세트처럼 기이해 보이는 광경이다. 사막 주민들은 거대한 암반의 표면을 개미굴처럼 위에서 파내려 그 안에서 살아가고 있다. 아이들과 닭 두어 마리가 소란스럽게 달려나온다. 낙타와 함께 걸어온 몰이꾼이 사람들의 손을 잡아 내리는 걸 도와주었다. 막 사람을 내려놓은 낙타 한 마리가 기묘한 울음소리를 내지르며 모래 위로 벌러덩 몸을 던지고는 다리를 버르적거린다. 너무도 지쳤다는 듯. 몰이꾼이 넘어진 놈을 채찍으로 호되게 휘갈긴다. 가죽에 닿는 채찍 소리가 아주 차지다. 낙타는 말썽꾸러기 아이처럼 몸을 뒤틀고 비명을 지르며 온갖 엄살을 부리다 종내는 매를 못 이기고 뭉그적대며 일어난다. 지쳐 드러눕기라도 하면 주인들은 가혹하다 싶을 만큼 채찍질을 했다. 그러지 말라 하면, 사람을 등에 태운 채 누워버리면 뼈가 부러지거나 심지어 죽을 수도 있다며 고개를 저었다. 저놈들 울음소리는 참 특이하다. 우어어어, 우어어어. 내지르듯 외치는 게 저리 슬픈 짐승의 울음은 들어본 적이 없다.

뚫어놓은 입구는 작지만 내려가면 넓직한 공간이 나온다. 빙 둘러 방사형으로 파들어간 방들은 개미굴처럼 연결된다. 맷돌을 돌려 곡식을 빻고 닭을 키우며 사는 단출한 삶을 들여다보면 공간보다 시간이 더 낯설다. 이 신석기적인 삶이라니. 일상의 도구들도 간결하기 짝이 없다. 그릇 몇 개와 이불 한 채. 이렇게 살 수 있다면 얼마나 좋을까. 다들 말은 쉽게 하지만 사흘이면 달아나겠지. 물도, 전기도, 텔레비전도, 무엇보다 백화점이 없는 이곳에서. 몇 닢의 돈을 떨구고 가는 유세로 여행자들은 무례하다. 내려뜨린 카펫을 젖히고 방 안을 들여다보기도 하고 부엌에 들어가 석기시대 유물 같은 가재도구에 카메라를 들이대기도 한다.

흩어져서 구경을 하던 사람들이, 근처에 있는 좌판으로 모여들었다. 작은 사막 뱀이나 전갈이 산 채로 갇혀 있는 유리병을 들여다보며 여자들은 비명을 질렀다. 비명을 지르면서도 그 안에서 꿈틀거리는 것들을 오래 쳐다보았다. 낙타 뼈로 깎은 장신구나 플라스틱 목걸이 따위 기념품을 고르던 사람들, 말린 대추야자를 사고 차를 마시려던 사람들의 입이 딱 벌어졌다. 아! 이게 무슨 일이야? 어머 어머. 지갑을 들고 비명을 지르거나 하얗게 질려 가방 속을 미친 듯이 뒤지는 건 모두 여자들이었다. 라시드와 민트차를 한잔 마시고 있던 승이 달려갔다. 유로든 달러든 지갑에 들어 있던 지폐들이 모두 사라졌다 한다.

착오라고 생각했다. 다니다보면 별일이 다 있긴 하지만 여태 도난사고는 없었다. 사소한 일로 사람 미치게 갈구는 사이코는 더러 있었지만 도둑은 없었다. 웅성거리던 사람들은 오래지 않아 그녀를 지목했다. 승 역시 그 생각을 하지 않은 건 아니다. 그래도, 그럴 리가 싶다. 설마. 가능한 추리는 결국 두 가지였다. 지난밤 묵었던 캠프에서 잔심부름을 하던 소년이나 사내들 중 누구. 아니면 탕혜르 여자. 사막에 들어올 때마다 그 캠프에서 묵었다. 제집 안방처럼 가방을 던져놓곤 했지만 그동안 이런 일은 한 번도 없었다.

"남자들은 아니고, 우리 텐트에서 잤던 사람들 것만 전부 다 없어졌어요."

차여사가, 그러니 당연하지 않냐는 듯 말하고는 승의 기색을 살핀다. 정말 분위기 싸하다.

"그 여자, 어디서 온 사람이에요?"

물어보는 여의사의 표정이 묘하다. 혹시 한패는 아니야? 어쩌면 다들 그렇게 생각하고 있을지도 몰랐다. 어떻게 해야 하나. 승은 사람들에게 얼마를 분실했냐고 물어보지 못한다. 한국에서 들어오는 사람들은 특히 현금을 선호했다. 돈 쓸 일도 별로 없는 사막에 들어오면서 지갑의 실밥이 터지도록 지폐를 채워서 온다. 술집도 명품 매장도 없는 사막에서 그렇게 많은 돈을 쓸 일은 없었다. 사막 한가운데서 도난사고라니. 어쩌면 사막이란, 방심한 여행자의 지갑을 훔쳐내기에 가장 좋은 곳일 터. 사람이 있는 곳엔, 사람이 일으킬 수 있는 모든 문제가 발생할 수 있는 것이겠지. 달아날 참이었으면 어젯밤에 가이드비를 준 건 또 뭐란 말인가. 그야말로 동업자란 얘긴가. 찾기만 하면 이년을 당장. 그러나 대체 어디서 찾아. 미쳐, 내가.

예약해놓았던 점심식사는, 다들 몇 술 뜨는 둥 마는 둥 하고 말았다. 일정을 바꾸었다. 원래는 카사블랑카까지 바로 올라갈 계획이었지만, 일단 새벽에 떠나온 캠프를 다시 들르기로 했다. 도장을 찍어놓은 것도 아닌 돈의 행방을 찾을 수 없다는 건 안다. 형식에 불과하더라도 노력하는 모양새는 갖추어야 했다. 여자가 다시 그곳에 나타나면 연락해달라고 부탁하겠지만 사하라에 흩어져 있는 캠프의 숫자를 생각하면 어리석은 일이다. 돈을 가져간 게 맞다면, 더구나 그곳에 다시 나타날 리는 없다. 차가 달리는 내내 미치도록 화가 북받쳐올랐다.

캠프에 들러서 사정 얘기를 하고 일하는 사람들에게 신경을 좀 써달라고 이르고 돌아서는데 뒤통수가 뜨끔했다. 이 멍청한 짓이라니. 차에서 지켜보는 사람들이나, 캠프관리자나 자신을 어찌 볼지 뻔했다. 차에 타서는 이렇다저렇다 더이상 아무 말도 하지 않았다. 입도 떨어지지 않았지만, 솟구치는 화를 삭이느라 진이 다 빠져버렸다. 일찍 일어난데다 낙타 등에서 안간힘을 쓰느라 고단했던지, 이내 사람들은 꾸벅꾸벅 졸거나 얕은 잠에 들었다. 라시드 역시 졸음에 빠져든다. 졸지 마. 안 졸아요. 승 역시 눈을 뜨지 못할 만큼 피로가 몰려왔으나 잠들지 못한다. 바닥에 놓인 비닐봉지를 뒤져 차파티를 꺼내 물어뜯었다. 이 빵이 없었더라면, 미쳐버렸을지도 몰라. 까끌한 빵조각이 바짝 마른 입천장을 찌른다. 라시드. 다시 나직하게 부르자 두툼한 목을 쑥 빼며 눈꺼풀을 치켜올리고는 안 졸았다는 듯 말짱한 목소리로 말했다.

그게, 바닥에 떨어져 있던데.

손가락으로 가리키는 콘솔박스를 열어보니, 흰색과 붉은색 체크무늬의 세슈가 떨어진다. 사막으로 들어오던 첫날, 기념품가게를 겸한 카페에 들렀을 때 이걸 샀지. 바그다드 카페라고 손글씨로 쓴 나무로 된 입간판을 가리키며 여자는 물어보았다.

저 영화 봤어요?

오래전이죠.

한번 보면 잊을 수 없는 영화가 있어요.

여자가 말할 때 영화 속 풍경 하나가 떠올랐다. 검은 정장을 입고 황량한 벌판 한가운데 멈춘 버스에서 막 내린 뚱뚱한 여자. 버스는 먼지를 일으키며 떠나가고 여자는 혼자 남았지. 여자는 영화 속에서 얼마나 많은 얼굴들을 보여주었던가. 승의 머릿속을 들여다보기라도 한 듯 여자가 말했다.

어쩌자고 그렇게 단추를 목까지 채웠나 몰라. 어쨌거나 그만큼 영화 속 풍경과 어울리는 주제가는 또 없을걸요.

근거 없는 친밀감은 그때부터 시작되었던가. 여자는 주제가를 부르거나 하진 않았는데도 콜링 유우우, 길게 늘어지는 몽환적인 노래가 승의 귀엔 환청처럼 들리는 것 같았다. 정오를 지난 사막은 노랗게 달아올랐고 카페는 조악하기 짝이 없었다. 여기저기 찢어진 텐트 아래서 박하차를 한 잔씩 마셨고 다 마신 찻잔 바닥에 모래알갱이가 몇 알 남았나 서로의 잔을 기웃거렸지. 여자는 잡화점처럼 이것저것 늘어놓은 좌판에서 세슈를 뒤적이면서, 무슨 색을 살까 승에게 물어봤다. 아무래도 붉은색이 오리지널이죠. 사막에선 이게 필요하다는 승의 말에 다른 사람들도 모두 하나씩 집어드는 바람에 좌판은 잠시 활기를 띠었다. 이걸 머리와 목에 휘감아 눈만 내놓고는 활짝 웃던 얼굴이 떠오른다. 잊어요, 장례식을 바라보며 나즈막이 속삭이던 목소리도 들린다. 정말 그녀가 털었을까.

"이거 봐, 사내들이란 모두 거짓말쟁이들이야. 너도 그렇고, 나 역시."

라시드 녀석. 무슨 소리를 하는 거야. 뜬금없이.

"남자의 구십 퍼센트는 거짓말에 아주 능숙하지. 여자는, 그렇지 않아. 열 명 중 겨우 하나만 거짓말에 능숙해. 그러나 그 십 퍼센트 여자들의 거짓말은 매우 독해. 거기 속아넘어가지 않을 남자는 하나도 없어."

승과는 오십 개쯤의 단어로 소통하는, 아주 단순한 라시드의 영어. 그래서 그의 말은 때로 화두처럼 들리기도 한다. 한 번도 말해준 적이 없지만 라시드는 승이 가지고 다니는 사진 속의 얼굴이 누구인지, 왜 승이 온몸으로 대륙에 지도를 그리며 떠도는지 알고 있을 것이다. 눈에 모래알을 뿌린 듯 쓰라려 눈을 감아버린다. 누구도 믿지 않기로 했었지. 신뢰의 속도가 빠를수록 상처 역시 더 크고 깊다는 걸 뼈에 새긴 지 얼마나 됐다고. 깨닫는 건 쉽다. 넘어질 때마다. 다만 그 깨달음을 지속하지 못할 뿐. 하루에도 일백 번 깨달음에 이르고, 돌아서면 멀어지는 이 어리석음이 내 운명일까.

왜 그리 얼굴 보기가 어렵냐는 동창회 총무의 전화를 받고도 모임에 나가지 않았으면 어땠을까? 디자인을 전공한 K가 전공 대신 무역업 쪽으로 일찍 뛰어들어 벌어놓은 돈 쓰기도 바쁘다는 얘길 듣지 않았으면 어땠을까? 승이 문구류 제조업을 하고 있다고 했을 때, 옆에 앉은 친구가 우리나라에서 제조업은 안 돼. 어떻게 버티냐? 기적이네, 라며 진정 놀라지 않았으면 어땠을까? 술 취한 나를 K가 집까지 배달하는 일이 없었다면 어땠을까? 너무 늦었다며 사양하는 K를 기어이 끌다시피 해서 집으로 들어가 아내에게 먹다 남은 발렌타인을 내오라고 호기롭게 소리치지 않았으면 어땠을까? 투자를 하기로 결심했을 때, 주거래 은행에서 대출을 거절당했으면 어땠을까?

우연들이 모여 운명이 되는 거겠지. 그리고 그것이 운명이라면, 그 우연들의 까닭이란 내 안의 질긴 욕망들이 종기처럼 무르익어

터져나온 거겠지. 되짚어보면, K의 사업에 한 다리 끼워넣지 못해 먼저 안달한 건 승이었다. 아내에게, K를 고등학교 때 가장 친한 친구라고 먼저 말한 것도 승이었다. K는, 가장 친했다고는 할 수 없는 사이였다. K의 사업도 마찬가지이다. 그것이 과연 실체가 있었던 것인지 그의 혀끝에서 피어난 신기루에 불과한 것인지도 이제 알 수 없다. 무슨 근거로 그토록 확고한 신뢰를 품고 최소한의 사실 확인도 없이 자신이 가진 전부를 그 구멍에 쏟아부을 수 있었는지, 그 무렵의 자신을 지금은 이해하지 못한다.

후끈 달아 있던 시절 K를 바라볼 때의 기분, 그건 이런 것이었다. 옆에 붙어 있는 버튼을 살짝 누르기만 하면 풀 수 있는 버클을, 손톱이 망가지도록 긁고 있었다는 걸 뒤늦게 깨달은 것 같다고 할까. 손톱이 망가진 채로, 뒤늦게 나타난 자가 작은 버튼을 누르고 아주 쉽게 그걸 푸는 걸 보았을 때의 기분. 그랬다. K와 있으면 자신이 참 무능한 사람이라는 생각이 저절로 들었다.

컨테이너 운반선을 한번 움직이면, 이삼억은 남으니까.

놀라는 승의 표정을 보며 K는 고개를 저었다.

에이, 대단하다곤 볼 수 없지. 안정적이긴 하지만. 배 한번 움직이는 데 드는 비용이 얼만데. 한번 다녀오는 데 두 달이 걸리는데다 연속성이 있는 것도 아니야. 그동안 루트를 뚫느라 쏟아부은 비용도 만만찮고. 우리나라도 한때 그랬지만 거긴 리베이트 없인 한 발짝도 못 움직여. 함 들어갈 때와 비슷해. 돈을 아주 바닥에 깔아야 길이 생기더라. 요즘에야 겨우 손익분기점에 다다랐지. 너 아프리카에 모두 몇나라가 있는지 알아?

글쎄, 세어보지 않아서. 스물? 너무 많나? 열일곱?

자신 없이 대답하자 K는 그럴 줄 알았다는 듯 파하하 웃었다.

자그마치 60개 국이나 되지. 만년설과 사막을 동시에 품고 있는, 얼룩말과 펭귄이 어울려 사는, 무수한 스펙트럼의 피부색이 공존하는, 수많은 언어가 통용되는 용광로 같은 곳이야. 기후도 인종도 언어도 취향도 너무나 다양하지만 공통점은 하나 있어.

그게 뭔데?

생필품의 블랙홀이라는 거지. 생각해봐. 그곳에선 하루 다섯 번 시간 맞춰 기도를 하러 가야 하는데, 제조업이란 가능하지가 않아. 그러면서도 거기 사람들은 막 문명의 편리함과 화려함에 중독되기 시작했지. 피부색 외엔 모든 게 너무 빨리 바뀌고 있어. 이제 아프리카에서 옷을 벗고 사는 종족을 찾으려면 헬기를 타고 오지로 들어가야 해. 유선전화 시대를 건너뛰고 사막 한가운데서도 휴대폰이 터져. 휴대폰부터 때수건까지, 스낵류부터 의류까지. 새로운 것들을 보면 환각제보다 더 환장을 하고 덤빈다니까.

K의 말투는 늘 조용했다. 그에게 아프리카는 너무도 익숙해서 지루한 장소인 듯 보였다.

이제 플라스틱이 들어가지 않은 곳이 없어. 사막에 바람이 불면 비닐봉투가 새떼처럼 날아다니지. 선사시대 유적지 앞에서도 중국산 배트맨 인형을 팔고 있으니 뭐. 추위나 더위가 아니라 치장을 위해 옷을 고른 지 오래되었어. 거기다 달콤한 맛을 끔찍이도 좋아하지. 뭐든지 싣고 가기만 하면 돼. 수요는 끝이 없어. 그곳 여자들은 갖고 싶은 게 생기면 돈 생각은 안 해. 빚을 내서라도 사는 거지. 전기만 들어가면 한 칸짜리 방에 살면서도 세탁기를 사들인다구. 이건 블루오션 정도가 아니야. 핵폭발이라고 봐야지. 특히 섬유 쪽은 경쟁력이 있어. 어찌나 화려한 걸 좋아하는지. 우리 물건이 유럽산보다 품질은 약간 떨어지지만 가격의 매력이 있거든. 어음, 외상 그런 건 없어. 선금을 가장 많이 쥐여주는 곳에 배를 끌고 가면 되는거야. 배가 하나뿐인 게 너무 안타까울 뿐이지. 지구촌 마지막 시장이라고 보면 되지 않겠어?

그러니까, 자분자분 끝없이 이어지는 K의 말을 눈치껏 자르며 그 제안을 먼저 꺼낸 건 승이었다.

배를 하나 더 리스하면 어때?

K가 승의 눈을 쳐다보았다.

너 배 한 척 리스 비용이 얼만지 아나?

얼만데, 하고 물어보자 그 대답은 않고 무슨 생각이 떠올랐다는 듯 고개를 미세하게 끄덕였다. 고개를 갸웃한 채로 아내는 두 사람을 쳐다보고 있었다.

하긴, 프라이빗 펀드를 하나 만드는 것도 나쁘진 않겠네. 그러잖아도 같이 해보고 싶다는 사람이 주위에 몇 되더라. 안정적으로 봐서 연간 두 배 수익이면 나쁘지 않지?

승은 제가 해온 일을 돌아보았다. 혼자 힘으로 그나마 일으킨 걸 대견하게 생각해왔지만 늘 손익분기점 근처에서 허덕거렸다. 몇 되지도 않는 직원들 월급 주고 제 식구 먹고사는 게 전부였다. 앞으로 달라질 것 같지도 않았다. 제조업의 전망은 어두웠다. 그러려니 하고 살아왔는데, K를 보면 자신은 사업가적 재능은 물론이고 운마저 없는 것 같았다.

아내는 K가 들려주는 아프리카 이야기를 좋아했다. 언젠가 아내에게 탄자니아 원산이라며 초록빛 원석목걸이 하나를 건네주기도 했다. 비싼 건 아니라고 했지만, 승은 결혼 후에 비슷한 것도 선물한 적이 없었다. 언제 기회가 되면 패키지 관광으로는 절대 볼 수 없는 곳들을 구경시켜주겠다는 장담에, 아내는 그때가 언제냐고 눈을 반짝이며 묻기도 했다. 그 목걸이는 늘 아내의 목에 걸려 있었다. K는 술버릇마저 깨끗했다. 투자자들과 술 마실 일이 있어도 룸살롱 같은 곳은 싫다 했다. 볼수록 괜찮은 친구였다. 아내도 그랬을까. 어느 날 집에 놀러 와 녹차를 마시며 승의 사업을 이것저것 물어보며 경영상의 문제점을 지적하던 K가 시원스레 정리를 했다.

골치 아프게 끌지 말고 정리해라. 부스럼 놔둔다고 생살 되겠냐?

울고 싶던 차에 뺨맞은 격이었다. 어쩌면 꿈에서도 한번 와보지 않은 채, 이 대륙에 대한 K의 말을 그렇게 고스란히 믿어버릴 수 있었을까. K에 의하면 거대한 화물선은 짐을 풀고 돌아올 때도 빈 배로 돌아오지 않았다. 시세차익이 큰 원목, 광석 같은 원자재부터 커피 원두, 올리브오일 따위 돈 될 거리는 무궁무진하다 했다. 황마자루에 가득 든 프리미엄 등급 원두 매입가가 칠, 팔만원이니 제수씨는 커피숍을 하나 차리면 괜찮겠어, 그런 말을 한 적도 있다. 유럽의 앤티크가게에서 수백만원을 호가한다는 흑단 추상조각 하나를 선물로 주기도 했고 종이봉투에 담은 커피 원두를 가져와 입맛에 맞는지 먹어보라고 하기도 했다. 통조림 올리브와는 비교할 수 없는 신선한 올리브절임을 가져다주기도 했다.

투자 후 배가 첫 항해에서 돌아오고 나서 일주일 후 K는 배당금을 정확히 입금시켰다. 숫자가 찍힌 통장을 들여다보고 있자, 진작 이 일을 시작 못 한 게 너무도 후회스러웠다. K라는 친구의 가치를 이 나이 되서야 알게 된 자신이 얼마나 사람 보는 눈이 없나 한탄스러웠다. 내 사업이라고 벌여놨을 땐, 어음이 회수될 때까지 속을 바작바작 태우다보면 아무리 돈이란 게 서서 주고 앉아서 받는 요물이라지만 더러워서 못해먹겠다는 소리가 저절로 목구멍을 넘어왔다. 배가 두번째 항해에서 돌아올 무렵 사업체를 정리했다. 사소한 것은 포기한 정리였다. 작은 손실에 연연하다 투자시기가 늦어지면 소탐대실이라는 초조감이 컸다. 세번째 출항 전에 더 많은 현금을 쥘 수 있어야 했다. 그 무렵 K는 승이 한국 쪽 업무를 아예 맡아주면 제일 좋겠다는 얘기도 했다.

너라면 나도 믿고 맡길 수 있는데. 현지를 자주 들러봐야 하는데 가까운 거리도 아니고, 골치가 아프던 참이거든.

K가 준비해온 서류는 빈틈이 없었다. 법무법인에서 나온 대리인은 승이 서류에 사인을 할 때 옆에 다소곳이 앉아 승이 마지막 줄 읽는 걸 여우같이 알아채곤 다음 장으로 넘겨주었다. 서류상 대표는 승이 맡기로 했다. 누구 명의면 어때. 자신은 아무래도 왔다갔다 하며 현지에서 뛰는 게 효율적이라며 권하는 K의 얼굴을 잠시 바라보았다. 오래된 우정이란 정말 아름다운 것이라고 생각했다. K의 말이라면 모래로 메주를 빚는대도 믿을 참이었다. 회사를 정리한 돈과 그동안 불어난 배당금은 고스란히 재투자했다. 두 달 후에 두 배가 되는 간단한 산술이었다.

세번째 배가 도착해야 할 날에 K의 전화는 꺼져 있었다. 회사의 대출금과 투자자들의 출자금 채무자는 모두 승으로 되어 있었다.

배와 K와 아내는 사라졌다. 흔적 없이.

말하지 않아도 알게 되는 것이 있다.

그 셋은 동시에, 같이 사라졌다.

*

설마 칭찬을 기다리는 건 아니겠지?

플라스틱 접시에 담긴 건 당근과 양배추, 구운 닭다리 한 토막.

접시를 들고 와 보라와 제 앞에 하나씩 내려놓은 바바가 눈을 깜박인다. 요리를 만들어주겠다며 놀러 오라 했을 때, 뭐 먹는 것에 낚여서 그러겠다고 한 건 아니지만, 모처럼 제대로 된 음식을 먹어보겠구나 하는 기대감은 있었다. 바바의 집을 알고 있긴 했지만 들어와본 건 처음이다. 갖고 있는 옷 중 그나마 예쁜 원피스를 빨아뒀다가 입고 조그만 꽃다발까지 준비해서 들고 왔는데 뜻밖에 바바는 혼자 있었다. 엄마는? 물어보자 그제야 엄마는 친척 결혼식에 가서 내일이나 돌아오실 거라고 했다. 그때부터 약간 불길한 예감이 들긴 했다. 이 녀석과 빈집에서 단둘이? 그런 불안은 아니다. 중학교에 입학할 무렵 아빠는 수상한 짓을 하는 놈을 한 방에 보낼 수 있는 필살기를 가르쳐줬다. 뭐 실습을 해본 적은 없지만 무조건 그곳을 걷어차면 될 것이다. 불길한 예감은 다른 것이었다. 그럼 내 밥은 누가 해주지? 아마도 제 엄마가 해놓은 걸 데워주려나 싶었다.

그런데 이게 뭐야. 달랑 닭다리 하나에 내가 가장 싫어하는 날당근. 그보다 더 싫어하는 양배추. 게다가 발로 썰었나. 크기는 들쭉날쭉. 닭은 지나치게 구워서 발목 부분이 새카맣게 타버렸다. 다리 하나가 징그럽게 크다. 칠면조야, 뭐야? 심란해라.

"이게 너희 전통요리니?"

"응, 다 내가 만든 거야."

남의 속도 모르고 빤히 쳐다보는 눈이 천진난만하기도 하다.

그래, 얘가 없었다면 얼마나 외로웠을까. 이 도시에서 가장 아름다운 석양을 볼 수 있는 장소라며 카페 이층 화장실 옆으로 주인 몰래 데려갔던 이도 바바. 헤나 염료 파는 곳을 몰라 헤맬 때 가게로 데려다주고 흥정까지 해준 사람도 바바. 쓸데없는 말 시키는 게 귀찮아 아프다고 거짓말했을 때 저희 엄마가 끓여놓은 녹두수프 한 냄비를 몰래 퍼다준 것도 바바. 말린 과일은 싫다고 하자 모래가 덕지덕지 묻은 무화과를 주워다 집 문 앞에 두고 간 이도 바바다. 먹고 났을 때 귓구멍이 다 간질거리던 그 지독한 단맛이라니. 어딜 가더라도 생존할 수 있을 만큼의 외마디 같은 베르베르 말을 가르쳐준 사람도, 쇠공으로 생쑈를 해서 날 웃게 만드는 사람도 바바…… 라고 생각하려 했지만 그래도 이건 너무했다. 살점 한 조각을 찢어서 먹어본다. 이 정체불명의 갈색 소스만 끼얹지 않았어도 그나마 나을 텐데. 차린 성의를 봐서 두툼한 부분만 몇 점 잘라 겨우 삼키고는 포크를 내려놓았다.

"그만 먹는 거야? 왜? 맛이 없어?"

"응, 나쁘진 않아. 그렇지만 아무래도 삼키는 데는 좀 문제가 있어."

"무슨 문제?"

검고 숱이 촘촘한 속눈썹을 깜박이며 간절하게도 묻는다. 멍청한 자식. 꼭 맛없다고 얘길 해야 아나? 애꿎은 차파티를 뜯어 꾹꾹 씹고 있자 약간 상심한 얼굴이더니, 멋진 걸 보여주겠다며 또 방정을 떤다. 주전자에 물을 끓이고 차통을 꺼내고 찻잔을 내놓는데, 이 찌든 때는 또 뭐람. 얘네 엄만 자기 집 찻잔에 때 낀 것도 모르면서 무슨 남의 운명을 알아맞힌단 거야. 속으로 이것저것 트집을 잡고 있는데 바바가 주전자를 들어 차를 따른다. 긴 팔을 쭉 펼쳐들고는 달걀만한 찻잔에 정확히 찻물을 따르는 재주라니. 허공에 뜬 포물선을 보며, 우와 감탄을 해주자 우쭐해서는 팔을 점점 멀리 뻗치다가 기어이 바닥에 흘리고야 만다. 까칠했던 마음이 살짝 풀어진다. 뭐가 좋은지, 뜨거운 차에 잣을 한 움큼 넣어주면서도 이를 활짝 드러내며 웃는다. 얘가 성격은 나쁘지 않아. 정오의 사막처럼 그늘이 없지. 그러고 보니 아카시아껌을 끓여놓은 것처럼 영 익숙해지지 않던 민트 향에도 많이 익숙해졌다.

여기 사람들은 거친 짚자리 같은 걸 바닥에 깔아놓고 지냈다. 좀 까끌거리긴 해도 거기 앉아 있으면 꽤나 시원했다. 흙벽에 등을 기대고 짚자리 위에 나란히 앉아 차를 홀짝홀짝 마시며 바바를 바라보았다. 멍청하고 무식한 놈. 단순하고 생각 없는 놈. 세상에서 가장 요란한 색깔의 바지를 입고 다니는 놈. 만나면 대놓고 구박부터 하지만 한편으론 놀랄 만큼 순수한 구석도 있다. 쳐다보는 시선을 느끼자 어쩔 줄을 모르는 표정이라니. MP3를 꺼내 바바의 귀에 이어폰을 꽂아주었다. 기분 내킬 때면 가끔 MP3를 들려주는데, 바바 녀석은 아주 침을 흘린다. 들을 때마다 매번 처음인 듯 눈을 동그랗게 뜨고 입을 다물지를 못했다. 이어폰을 하나씩 나누어 꽂고 듣고 있노라면 코 막힌 것처럼 입으로 숨을 쌕쌕거리는 건 또 왜인지. 구닥다리지만 돌아가게 되면, 이거 애 주고 갈까? 그런 마음도 조금은 든다. 제 주제에 배터리 값을 어떻게 감당하나 싶긴 하지만. 바바는 금세 리듬을 타며 몸을 흔들어댄다. 타고난 박자감각이다.

"까불지 말고 들어봐. 내가 제일 좋아하는 오빠들이야. 어때?"

"오빠? 오빠가 있었어? 사촌이야?"

"말하자면 좀 긴데, 특별한 오빠들이야."

"이름이 뭔데?"

"빅뱅. 우주의 대폭발이란 뜻이지."

"너희 동네는 이름을 좀 세게 짓는구나."

"가사는 음, 들어봐. 대충 이런 뜻이야. ……나 여기서 보내는 시간들, 견딘다는 생각 같은 건 안 할 거야. 그냥 살아낼 거야. 내 몸으로. 울지 않아. 슬플 때도 힘들 때도 있지만 그것들을 내가 끌고 나가는 거야."

"알아, 다 알아."

느닷없이 외치는 바바.

"바보. 그냥 노래가사야. 넌 맨날 다 안다지. 네가 뭘 알아. 넌 아무것도 몰라, 바바."

"모르지 않아. 그냥 살아낼 거야, 내 몸으로. 이건 바로 내 얘기잖아. 다 알아. 보라 네 얘기도 해봐."

길고 촘촘한 속눈썹을 깜박이며 보라의 눈을 빤히 쳐다본다. 바바, 말을 해도 넌 알아들을 수 없어. 너무도 큰 구멍이 있어. 캄캄하고, 죽을 것처럼 무서운 구멍. 나는 그 안에 있어. 이런 말은 하고 싶지 않다. 보라는 대신 제 귀에서 이어폰을 빼며 말했다.

"나, 언제가 될지 모르지만 돌아가게 되면 이거 너 주고 갈게. 대신, 넌 이걸 볼 때마다 날 기억해줘."

뜻밖에 고개를 싹싹 저었다.

"아니, 싫어."

"싫으면 관두고."

샐쭉해서 흘겨보는 눈자위가 어째 축축하다.

"이런 거와 상관없이 언제까지나 널 잊지 않아. 영원히, 잊지 않아."

으이구, 오버쟁이. 그런데 이 어색한 기분은 뭐지? 가까이서 보니 얘 눈이 내 눈보다 예쁘게 생겼네. 헛기침을 하며 침을 몰래 삼키고는 고개를 돌려 집 안을 둘러보았다. 이게 집이구나. 나오미 방처럼 화려한 장식장도 없고 한구석이 무너져내릴 듯 낡았지만 집이란 건 이런 거구나. 지금 내겐 없는 집. 내가 그 안에서 지낼 때는 몰랐는데. 몇 사람의 몸냄새가 사이좋게 뒤섞여 있는 공간. 잡지에서 뜯어낸 축구선수의 사진이 붙어 있는 옷장 속엔 비슷한 냄새를 풍기는 옷들이 섞여 있을 테고. 말끔히 정돈되지 않은 부엌. 그러니까 뚜껑을 열면 냄비 속에 조금 남아 있는, 먹다 남은 녹두수프 같은 것. 벽돌과 유리와 나무만으로는 결코 지을 수 없는.

"바바, 너 만약, 엄마가 돌아오지 않으면 어떡할래?"

"엄마가 왜? 엄만 사촌의 결혼식에 갔어. 늦어도 모레면 돌아올 거야."

"그러니까, 만약 말이야."

"일어나지도 않은 일을 왜 생각해야 하지?"

"바보! 그게 인생이니까. 내겐, 일생 동안 일어나지 않으리라고 생각했던 일이 일어났거든."

"그게 뭔데?"

"뭐, 어느 날 갑자기 이곳까지 와서 너하고 이렇게 얘기를 하는 일, 그런 거지."

"보라의 엄마는 어디 있어?"

"엄마는, 죽었어."

바바는 눈을 동그랗게 떴다.

"보라, 왜 여태 그 이야기를 하지 않았어?"

"물어보지 않았잖아."

"마음이 아프면 아프다고 말해. 말만 해도 아픔은 절반쯤 날아가 버리는데."

"넌 아무 생각 없이 말할 때 그나마 쓸 만한 말을 하는구나. 마음이 아프다는 생각은 해본 적이 없었어. 그런데, 네 말을 듣고 보니 마음이 아프다."

거짓말을 하는 건 싫지만 엄마가 죽었다는 말을 하면서 보라는, 언젠가 아빠가 네 엄마는 죽었다, 고 말했던 그 마음을 알았다. 차를 다 마신 바바가 고개를 숙이고는 가만히 있다.

"너 졸린 거야?"

바바는 대답 대신 제 검지를 보라의 손등에 올려놓는다. 타투를 하듯 손등 위에서 둥근 선을 그리던 손가락은 새끼손가락의 뿌리와 마디를 아주 천천히 훑어내려가 손톱 위에서 멈춘다. 이 무슨 시추에이션? 보라는 예사로 바바의 손을 잡거나 손목을 움켜쥐었다. 어쩌다보니 그랬다. 타투 연습을 하는 내내 팔뚝을 쥐어짜듯 붙들고 있기도 했고 발목을 무릎 위에 턱 올려놓기도 했다. 그랬는데, 새삼스럽게 간지러운 이 느낌은 뭐지? 얘 손가락이 내 손톱 위에 올려져 있을 뿐인데.

"보라, 나도 마음이 아파. 가슴이 아픈데, 그게 싫지는 않아."

바바가 고개를 들어 보라를 바라보았다. 처음 보는 사람의 얼굴을 바라보듯. 네가 왜? 묻는데 목이 꺾이듯 고개를 숙이더니 쇄골 사이에 입술이 와 닿는다. 뜨거운 국물을 삼킨 것처럼 가슴이 후끈했다. 입술이었다면 당장 뺨이라도 때렸을 텐데, 이건 도대체 뭐야. 입맞춤도 아니고 아닌 것도 아니고. 얘하고 첫 키스라니 말도 안돼. 그런데 화가 나는 대신 가슴속에 물처럼 고여오는 이 따뜻한 느낌은 낯선 것이지만, 이러고 있을 때가 아니지. 주먹으로 머리통을 야무지게 쥐어박고는 발딱 일어났다. 따라 일어서는 바바를 쩨려보며 쏘아붙였다.

"넌 나오지 마. 나 혼자 갈 거야."

이상하다. 걸어가는데 팔다리가 제멋대로 움직이는 것 같다. 지독한 뜨거움은 바깥이 아니라 몸 안에 있다. 스피커에서 이맘의 목소리가 들리기 시작한다. 어느새 세번째 아잔인가. 생각보다 오래 있었구나. 어쩌면 네번째일지도. 시간과 공간이 휘어지고 그 틈을 가까스로 걷는 것처럼 좀 어지럽기도 하다. 반찬가게 앞에는 여느 오후처럼 정어리 상해가는 냄새가 풍겨오고 있다. 달리는 대신 싫어하던 그 냄새를 찬찬히 들이마시며 또박또박 걸었다. 비릿한 냄새가 다정하게 느껴졌다. 머리 잘린 양들이 거꾸로 매달려 있는 정육점 앞을 지날 때도 숨을 멈추지 않았다. 오늘은 이상하게 노린내가 나지 않네. 다만 제 심장 뛰는 소리가 저녁의 북소리처럼 툭툭 온몸을 두드린다. 손 닿지 않는 어딘가가 아릿하게 간지럽다.

익숙하게 다니던 길인데, 집으로 가는 골목은 어디에 있나. 풍경이 뒤섞여버리고 분홍빛 흙집들이 몽글몽글 거품처럼 부풀어오른다. 다리에 힘이 하나도 없다가도, 또 끝없이 걸어갈 수 있을 것도 같다. 돌이 박힌 골목길을 타박타박 걸어 이젠 눈을 감고도 찾을 수 있는 집 앞을 스쳐 지나는 것을 몰랐다. 꺾어진 길을 지나 막다른 골목 앞에 서서야 집을 지나쳐왔다는 걸 깨닫는다. 막 뒤돌아서는데, 내 인생에 처음 일어난 이 엄청난 사건에 대해 얘기 할 사람이 세상에 하나도 없다는 생각이 든다. 엄마보다 내 비밀을 더 많이 알고 있던 내 친구들. 그 아이들은 너무 먼 곳에 있구나. 아직 내 생각을 할까. 밤을 새워 수다를 떨어도 다 못 했던 이야기들. 그러나 이제 다시 만난다 해도 어색한 인사 외엔 더 할 얘기가 없을 것 같다.

빈집에 혼자 앉아 있으면 가슴이 펑 터져버릴 것 같다. 갈대밭을 찾아간 이발사의 심정이 이해되었다. 어쨌거나 이 일은 임금님의 당나귀 귀 이상으로 엄청난 사건이 아니겠어. 이 붉은 도시에서 보라가 아는 사람이라곤 나오미와 바바 단 두 사람. 그러니 바바와 나 사이에 생긴 이 일을 누구한테 얘기하겠어. 나오미 외에.

문을 열어주는 나오미의 입술이 진홍빛이다. 옷차림을 보니 막 외출에서 돌아왔나보다. 가부키 배우처럼 아주 희게 화장한 얼굴을 골목에서 갑자기 맞닥뜨리면 무서울 때도 있다. 분칠을 너무 많이 하면 입가의 자잘한 주름은 더 선명해진다고, 조금 남은 인생마저 온통 금간 것처럼 보인다고 말해주고 싶었다. 그런 마음을 먹은 게 미안할 만큼, 그러잖아도 차를 마시려던 참이라며 깜짝 반가워하며 맞아준다. 파리에서 태어나 거기서 살다 서른일곱에 여기 왔다니 고향보다 여기서 보낸 시간이 더 많은 셈이지만 나오미는 이곳에서 여전히 이방인이다. 닭 반 마리 사러 정육점 가면서도 나 잘났거든? 하고 이마에 새기고 있으니 누가 좋아하겠어.

언젠가 꼭 한번, 처량한 소리를 한 적이 있다. 보라, 재미있는 일이 없어. 이제 그만 죽어야 할 텐데. 뭐 그때도 입술을 빨갛게 바르고 있어서 그리 걱정은 되지 않았지만. 애야, 뭘 먹어야 죽을 수 있는지 좀 알아다주련? 물어보는데 아무것도 먹지 않아야 죽을 수 있다고, 그렇게는 말해줄 수 없었다. 대신에 박스를 챙겨들고 와서 손등에 타투를 해주었다. 이걸 하면 기분이 훨씬 좋아질 거야. 얼굴 사진을 찍어서 비교해봐. 비포와 애프터가 확 달라. 정말이야. 출장 문신을, 그것도 큰맘 먹고 공짜로 해주었는데도 선이 삐뚤다, 선명치 않다, 어찌 보면 지저분하다, 품위가 없다는 등 별 트집을 다 잡았다. 그러니 사람들이 싫어하지. 마른 손등의 가죽이 이리저리 밀려 작업하기가 얼마나 힘들었는데.

그래도 차를 줄 때면 꼭 찻잔 아래 손뜨개 레이스를 깔아준다. 뭐, 기분이 나쁘진 않다. 어쩌면 오늘은 이렇게 레이스 받친 찻잔을 앞에 놓고 얘기를 하고 싶기도 했다. 나 이제 막 어른이 되었어, 하고. 나오미가 케케묵은 이야기를 꺼내기 전에 먼저, 목소리를 착 깔고 물어보았다.

"나오미, 있잖아. 첫사랑은 몇살 때였어?"

뜨거운 홍차를 한 모금 삼킨 나오미가 보라를 쳐다본다. 자글자글한 눈가가 또 살짝 가늘어지며 초점이 사라진다. 아이고 무서워.

"첫사랑…… 오래전 일이구나. 아무튼 보라야. 너만했을 때 난 걸어다닐 수가 없었단다. 바게트 하나 사러 나가기도 무서웠다니까. 어찌나 남자애들이 따라오던지."

또 시작이야. 이제 언제였는지 기억도 잘 못하면서.

"그랬을 거야. 나오미는 예쁘니까. 그런데, 따라온다고 전부 사랑은 아니잖아. 욕정일 수도 있고."

"전부는 아니겠지만, 약간은 사랑이라고 생각해."

"나오미, 종교도 다르고 인종도 다르고, 언제 헤어질지 모르는데다 말도 잘 통하지 않는 사람과도 사랑을 할 수 있는 걸까?"

말로 하다보니 꽤나 비극적인 상황이라는 생각이 들었다. 나오미가 고개를 천천히 끄덕였다.

"물론이지. 사랑이야말로 도저히 섞일 수 없는 영혼들마저 연결해줄 수 있는 유일하고도 신비한 감정이니까."

꿈꾸듯 속삭이는 걸 보니 몸만 의자에 앉혀두고 마음은 그사이 아주 먼 곳으로 달아난 지 오래다.

"그럼 누군가를 사랑하는지 아닌지는 어떻게 알 수 있어?"

"보라, 얼마나 사랑하는지는 아침에 눈을 뜨면 알 수 있지. 잠에서 깨어나 눈을 막 뜨기 전, 맨 처음 떠오르는 얼굴이라면 그를 사랑하는 거란다. 사랑이 내 전부를 가득 채워버린 거지."

그렇구나. 보라는 안도의 숨을 내쉬었다. 다행히 잠에서 깨어날 때 바바가 떠오른 적은 한 번도 없었다.

"보라의 첫사랑은 누구였니?"

짙은 눈썹, 마음을 벨 듯하던 콧날, 손으로 쓸어보고 싶던 입술. ……우린 너무 빨리 녹아버린 솜사탕. 그 입술로 쏟아내던 노래가사와 함께 떠오르는 오빠들의 얼굴이 있긴 하다. 팬질 하느라 쏟아넣은 돈을 합하면 도대체 얼만지 모르겠다만 지금 생각하니 그건 사랑이라곤 할 수 없겠다. 같은 초등학교를 나오고 맥도날드에서 셰이크를 먹거나 분식집에서 같이 떡볶이를 먹은 남자아이도 있지만, 그야말로 친구일 뿐이었다. 그렇다고 아직 첫사랑도 못해봤단 말은 하고 싶지 않아 쓱 다른 얘기로 넘어간다.

"사랑은 언제까지 하는 거야? 나오미의 마지막 키스는 언제였는데?"

"사랑은 언제까지나 할 수 있는 거지. 마지막 키스라니. 그건, 아직 몰라."

보라는 나오미의 빨간 입술을 바라보았다. 아직도 마지막 키스가 남았다고 생각하는 걸까. 설레고 부풀어오르던 마음이 조금 쓸쓸해졌다.

"나오미, 가까운 사람에게 너무나 큰 고통을 끼치는 사랑도 사랑일까?"

나오미는 고개를 저었다.

"사랑이란 말이다. 사람의 일 중에서 가장 이기적인 거란다. 그 사랑이 아니면 나는 아무것도 아니어서, 남의 고통을 헤아리지 못

하는 거지."

"사랑 때문에 누굴 죽일 수도 있을까?"

"그건 너무 흔한 일이지."

"나오미는 사랑하는 사람에게 버림받은 적이 있어?"

"난 누구에게도 버림받은 적이 없어."

그래서 이토록 철이 없는 거구나. 나오미의 등뒤, 흰 레이스 커튼은 주황빛 노을에도 물들지 않는다. 오히려 더 선명한 흰빛 그물이 되어 나오미를 감싸고 있다. 이제 어스름 속에서 나오미 뺨의 주름은 보이지 않는다. 바바 얘기를 하기엔 나오미는 너무 멀다.

집으로 돌아와 샤워를 하고 책을 펼쳐들었으나 머리에 들어오지 않았다. 그나마 정전이 되었고, 늦게까지 불은 들어오지 않았다. 촛불을 켜고 컵라면을 하나 끓였다. 컵라면은 특별한 음식이다. 여행자들은 남은 밑반찬이나 컵라면 따위를 두고 갔고, 아빠는 그것들을 집에 가져다놓았다. 여기서는 구하기 어려운 것들이었다. 몸이 아프거나 마음이 못 견디게 아프거나, 둘 중 하나일 때만 컵라면을 먹었다. 뚜껑을 열어 뜨거운 물을 붓고 젓가락으로 눌러놓은 채 손바닥으로 용기를 감싸고 있으면, 제 속의 깨지고 떨어져나간 부분이 메워지는 것 같았다. 약도 그런 약이 없다. 아빠가 들고 오는 라면과 햇반의 상표는 제각각이었고, 미세하게 맛들이 달랐다. 서울에선 못 느끼던 차이였다. 밥맛이 다른 건 쌀 때문일까? 물 때문일까? 반토막짜리 초가 다 녹아서 심지가 촛물에 익사할 지경이 되어서야 팅 소리를 내며 불이 들어온다. 다시 수학책을 몇 페이지 들여다보았으나 숫자도 글자도 눈에 들어오지 않았다. 불을 끄고 자리에 누웠다. 지금 수학공식이 머리에 들어온다면, 진짜 독한 년이겠지. 잠은 쉬 오지 않았다. 바바는 누구인가, 내게.

이튿날 아침, 잠을 깨었고 눈을 뜨기 직전이었다. 감은 눈꺼풀 위로 수줍게 웃는 바바의 얼굴이 떠올랐다. 흰 이빨이 보기 좋다는 생각이 들었다. 잠과 의식, 그 경계의 틈이었다. 그렇다면? 소스라쳐 눈을 뜨는 순간 바바의 얼굴은 사라졌지만 보라는 시트를 움켜쥐며 애절하게 소리쳤다.

"안 돼. 안 돼애……"

*

어둠의 끝자락이 툭 터지듯 도시의 불빛은 갑작스럽게 돋아난다.

이럴 때면 여태 달려온 것이 공간이 아니라 시간인 것 같아 고개를 돌려 캄캄한 뒤쪽을 바라보게 된다. 차창을 내리자 얼굴에 와 닿는 바람이 축축하다. 덥긴 마찬가지지만 습기 머금은 짭조름한 공기가 곤추선 신경을 가라앉힌다. 귀가 먹먹할 지경으로 쉬지 않고 달려왔는데도 아홉시가 가까웠다. 시내의 좁은 도로는 정체가 극심했다. 식민지 시절 지어진 호텔은 지중해를 바라보고 서 있으나 이미 바다는 보이지 않는다.

방을 배정하고 먼저 짐만 넣어두고, 식당에서 늦은 저녁부터 먹어야 했다. 저녁시간이 한참 지난 식당은 비어 있었다. 호텔의 천장은 높고 홀도 까마득히 넓다. 식탁을 치우면 무도회를 열 수 있을 정도였지만, 자세히 보지 않아도 쇠락의 흔적이 역력하다. 대체로 여행의 마지막 식사는 일정 중에 제일 호사스럽게 준비하는 편이다. 가장 오래 가져갈 기억이기 때문이다. 풀코스의 식사가 나왔지만 지친 사람들은 샐러드와 전채만 조금씩 먹고 고기에는 손도 대지 않았다. 식사 후에도 두어 시간은 정신없이 뛰어다녀야 했다. 에어컨이 고장난, 욕실 배수가 안 되는, 전구가 나간 방들을 확인해서 호텔측에 말해 서비스를 부탁해놓았다. 그날 고쳐지는 일은 거의 없지만 일단 그렇게 처리해놓고 사람들을 달래는 수밖에 없다. 여긴 아프리카니까.

모닝콜까지 부탁해놓고서야 승은 호텔 바깥으로 나왔다. 술을 한잔할 수 있는 인터넷 바까지 가려면 제법 걸어야 한다. 이 도시에선 맨정신으로는 하루를 버틸 수가 없다. 쓰러질 만큼 피곤한 날에도 밖으로 나와 독한 술을 한잔하고서야 호텔방으로 돌아오곤 했다.

험프리 보가트와 잉그리드 버그먼이 나왔던 영화의 배경지로 알려져 있지만 사실 그 영화는 이 도시에서 촬영하지 않았다. 비슷한 것이라면 영화 속 안개처럼 도시를 자욱이 덮고 있는 매연 정도일까. 낮에 보는 도시는 금방이라도 무너져내릴 듯한 쇠락을 태양 아래 고스란히 드러낸다. 지어진 지 백 년이 훌쩍 넘는 건물들의 우중충한 잿빛 외벽은 검은 눈물을 죽죽 흘린 것처럼 얼룩이 져 있다. 지중해의 물색을 닮은 덧창들만이 조악한 덧칠 자국을 드러낸 채 저 혼자 짙푸르다.

승은 이 도시가 싫다. 이 대륙에 도착해서 처음 발을 디딘 도시. 그래서인지 들를 때마다 첫날의 그 기억이 고스란히 되살아난다. 별 볼거리도 없는 곳이지만 비행기로 귀국하는 사람들은 이 도시를 거쳐야 했고, 숭은 매번 그날의 캄캄함을 떠올려야 했다. 잔인한 일이었다.

이른 새벽이었지. 도착을 알리는 안내방송과 함께 모니터에 전방의 활주로가 라이브 뷰로 떠올랐다. 유도등이 줄지어 선 활주로는, 거대한 짐승의 내장을 초음파로 찍어놓은 것처럼 검게 번질거렸다. 금방이라도 화면 속으로 검은 복면의 테러리스트들이 뛰어들 듯한 두려움. 그건 숭의 무의식이었을까. 한 무리의 거친 사내들이 다량의 폭약을 안고 달려나와 자폭하고, 비행기와 그 안에 탄 사람들마저 산산이 바수어지기를 바랐던.

그때 상황이라면, 어디에 던져져 있든 마찬가지였다. 이 대륙만큼이나 거대한 제 몫의 채무를 생각하면 결론은 간단했다. 무엇을 찾아서도, 그 누구를 찾아서도 아니었다. 그딴 건 핑계였고, 도피일 뿐이었다. 냉정하자면, 자신을 이곳으로 이끌어온 폭약 같은 증오란, 유예된 시간을 벌기 위한 자구책이었고 합리화였다. 뻔하디뻔한 자기기만이었다.

필사적으로 떠나온 곳의 기억들을 지우고자 했지만 꿈은 마음대로 할 수 없는 것이어서, 그곳은 가끔 옅은 잠의 틈을 비집고 들어오곤 했다. 가위눌리듯 무어라 벙어리처럼 웅얼거리다 한 꺼풀 눈을 떠보면 거기가 여기였다. 사하라의 깊숙한 곳에서, 등을 찌르는 차가운 새벽기운에 눈을 뜨면 여기가 거기였다. 거기서 속는 자는 여기서도 속았다. 허겁지겁 도망쳐오느라 그곳에선 미처 못 보았던 제 삶의 황폐가 또렷이 되살아났다.

사람들을 이끌고 사막을 떠돌며, 처음 보는 이 땅이 왜 이리 익숙한지 의아했다. 메마름도 뜨거움도 낯설지 않았다. 여기가 그곳이었다. 속고 속이는 그 강철과 소음의 콘크리트 사막은, 모래의 사막보다 더 메마르고 더 가혹했다고, 승은 혼자 중얼거리곤 했다.

그 무렵의 하루하루는 참담했다. 모래알을 하나씩 들추어서라도 찾아내겠다는, 마주치는 순간 모래 속에 파묻어버리겠다는 전의가 우스꽝스럽도록 어리석다는 걸 선명하게 깨닫는 나날이었다. 탕혜르, 카사블랑카, 마라케시, 페즈…… 미친놈처럼 도시마다 점을 찍고 다니며 행적을 수소문했다. 한동안은 여행자들이 주로 들르는 카페나 유적지의 직원들에게 사진을 보여주는 게 일이었다. 연락을 부탁하며 대가로 건넨 돈도 적지 않았다. 거짓을 모를 듯한 눈동자로 빤히 마주 보며 이렇게 말해주는 사람들도 여럿 있었다. 당신을 닮은 두 사람을 보았어. 어디로 갔는지는 모르겠어. ……쉬누아 빌라쥬에서 방을 세내어 살고 있었어. 아름다운 바닷가의 야외 테라스에서 식사를 하는 모습이 행복해 보이던데. ……라바트의 관공서 거리에서 걸어가던 그 사람들이 틀림없어. 누가 봐도 눈에 띄는 용모였지. 약간의 수고비만 주면 그곳으로 데려다줄 수도 있어. ……마그레브 어느 도시의 기차역에서 이 사람을 보았어.

그 말들을 믿다니. 그 투명한 눈빛들을 믿었다니. 그 사람들과 같이 가보기도, 혼자 달려가 헤매기도 했다. 보았다는 건 사실일까. 흔적이 없더라는 얘기를 하면 그 인간은 그제야 노르께한 검은 눈을 깜박이며, 모든 게 신의 뜻이라고 중얼거렸다. 낙심한 승을 바라보며, 당신에게 평화를, 주절거린 놈도 있었다. 아무래도 세우타로 가는 배를 타고 떠난 것 같아, 어쩌구 해대며.

그렇게 대륙에 지도를 그리며 헤매다니는 동안, 손으로 누르면 만져질 듯 갈비뼈 사이에 자리잡고 있던 덩어리는 분노가 아니었다. 목젖이 떨려오는 두려움이었다. 그들을 맞닥뜨리게 되는 순간에 대한. 누군가를 찾아 헤맨다는 명분마저 사라져버리는 순간, 그후엔 어찌해야 하는가. 거짓말쟁이들이 가리키는 손가락의 끝을 따라 모래언덕 사이를 헤매고 다니던 어느 날 알았다. 이 길은 그들의 부재를 확인하고 싶은 제 마음이 만들어낸 길이라는 걸.

딸만 아니라면, 승이 자폭해버릴 이유는 너무도 많았다. 내 딸. 보라는 아직도 제게 일어난 일을 받아들이지 않고 있다. 소리쳐 울거나, 돌아가고 싶다고 떼를 쓴다면 이토록 쓰라리진 않겠다. 입을 열어 물어보는 순간 그것이 현실이 된다는 걸, 보라는 알고 있다. 그곳에서도 여기서도 한 방울의 눈물도 보이지 않았고, 갑자기 왜 이곳으로 와야 했는지 묻지 않았다. 마치 아무 일도 일어나지 않았다는 듯 태연한 딸이, 단 한 번도 엄마를 찾지 않는 딸이 승을 미치게 한다.

자정이 막 지났다.

그곳 시간은 벌써 오전 여덟시 오분. 부지런을 떤 날은 남은 커피 한 모금을 마저 털어넣고 현관으로 달려가 급하게 구두를 꿰어신던 시간. 시계를 볼 때마다 여덟 시간을 더해보는 습관은 좀체 사라지지 않는다. 모자란 놈. 그토록 넌더리를 내고 떠나왔으면서. 그곳은 생 이전의 죽음이라 여기겠다 해놓고선.

결코 어제로 돌아갈 수 없는, 그런 하루가 있다.

그날 사무실에 나가서, 제게 도대체 무슨 일이 벌어졌는지 알고 난 후 바깥으로 나왔을 때 승은 자신의 눈이 멀었다고 생각했다. 뜨고 있으면서 아무것도 보지 못한 눈알을 파내고 싶었다. 밖으로 나와 미친 사람처럼 헤매고 다녔던 그날의 기억은 이상하게 시간이 흐를수록 더 날카롭게 되살아났다.

테헤란로 한 블록 뒤의 이면도로였다. 강남역 쪽인지 선릉 방향인지 알지 못했다. 어두워오는 건지 여전히 한낮인지도 알 수 없었다. 고급한 레스토랑과 카페와 부티크 들이 늘어선 거리였다. 거리 쪽으로 이어진 테라스에 앉아서 사람들은 무언가를 마시며 웃거나 담소를 나누고 있었다. 그릇 부딪치는 소리, 웃음소리, 주문을 정정하는 목소리들이 또렷하게 귀에 들려왔다. 뒤에서 차가 가볍게 경적을 울렸을 때는 착실한 보행자처럼 가장자리 쪽으로 걸음을 조금 옮겼다. 맞은편에서 오는 여자의 쇼핑백에 그려진 로고를 보았을 땐 머릿속으로 그 브랜드 이름이 떠오르기도 했다. 공기는 시원한 듯도 했고 따뜻한 것 같기도 했다. 식은땀을 흘렸고 오싹 소름이 돋아나기도 했다. 어떤 것엔 지독히 예민해졌고, 대부분의 것들엔 죽은 사람처럼 둔감했다. 짧은 치마를 입은 여자가 남자의 팔에 매달리듯 하며 걷는 것을 보았을 때 가슴속에서 단도처럼 튀어나오는 격한 증오에 흠칫 놀라기도 했다. 걷고 있는데 가슴이 답답해왔다. 어쩌면 영원히 걸어갈 수 있을 것처럼 힘이 넘쳤다가, 이내 휘청거리기도 했다. 카페 앞의 야외테이블에 주저앉아 차가운 물을 한잔 마시고 싶기도 했다. 계속 걸어갔다. 웃거나 잡담을 나누며 맥주를 마시는 사람들이 세상에서 가장 행복한 사람처럼 여겨져 그 얼굴을 하나하나 새기듯 바라보며 지나쳤다. 얼굴이 화끈 달아올랐다가 귀에서 우웅우웅 소리가 들리기도 했다. 그대로 계속 걸었다.

남은 선택은 하나뿐이라고 생각했다. 그 생각을 하자, 몸의 어딘가가 너무 아팠고 숨쉬기가 어려웠다. 어디쯤에서부터 제 발소리에 집중했다. 떠오르는 죽음의 방법은 그리 많지 않았다. 맹인용 신호음이 들렸다. 디디디디디. 눈을 감았다. 어깨를 툭툭 건들며 사람들이 지나갔다. 다음 신호음이 들리기 시작했을 때, 사람들 사이에 섞여 횡단보도를 건넜다. 디디디디디. 저 소리를 들으며 횡단보도를 끝없이 걸어갈 수 있다면 얼마나 좋을까.

좋긴 뭐가?

그날 어디를 얼마나 걸었는지 모른다. 걸으면서 상상을 했다. 약을 삼켰고, 왼 손목에 면도칼을 댔으며, 소실점처럼 계단이 회오리치는 건물의 꼭대기층에서 뛰어내렸다. 달려오는 차 앞으로 뛰어들었고 난간 아래 까마득한 강물 위로 몸을 날렸다. 그러면서도 횡단보도가 나오면 멈추었다가 사람들이 움직이면 함께 길을 건넜다. 앞으로는 어떤 아픔도 느끼지 못할 거라는 생각이 들었다. 그러나 곧 발목이 시큰거렸고 발바닥이 아파왔다. 눈먼 사람처럼 헤매고 다녔으나 한밤에 발걸음이 멈춘 곳은 낯익은 숫자가 적힌 아파트 문 앞이었다.

헤매고 다니던 거리의 어느 지점에서, 이전의 자신은 죽어버렸다고 생각했다. 한 조각 덕목도 남아 있지 않은 인간으로 살아가리라고 결심했다. 세상은 원래 끔찍한 곳이었고 인간은 자신조차 믿을 수 없는 존재라는 걸, 늦었지만 알게 되었다고 생각했다. 그 누구보다 비열하게 살리라고 다짐했다.

처음엔 보라 때문이라고 생각했다. 이 아이 때문에 죽지 못하고 이 참혹을 견딘다는 생각이 들면 아빠 하고 부르는, 끝이 살짝 올라가는 목소리마저 끔찍했다. 자주 격한 감정에 사로잡혔다. 잠든 얼굴을 내려다보다 목을 조르는 상상을 한 적도 있다. 죽겠다는 생각을 버리고 나서야 알게 되었다. 죽음으로서 모든 걸 끝내버리지 않게 한 건 보라가 아니었다. 승을 붙들어준 건 희석되지도 반감되지도 않는, 마른 빵을 달게 씹게 하는, 다이아몬드 같은 증오였다.

환한 빛을 뿜는 카페가 잿빛 거리의 출구처럼 보인다. 인터넷을 할 수 있는 곳이 도시 전체에 몇 군데 되지 않아 늦은 시간에도 카페는 늘 붐볐다. 빈자리를 찾아 위스키를 주문하고는 곧바로 접속부터 했다. 기어가는 듯한 이 속도에도 꽤나 익숙해졌다. 이 도시에 머무는 날이면 어김없이 여기로 나와 메일을 보냈다. 답장을 기다리는 것은 아니다. 제 안의 무언가를 더 단단하게 벼리기 위해, 그마저 허물어지면 버틸 수가 없을 것 같아, 가슴을 꽉 채운 말들을 쏟아 아내에게 날려보냈다. 손이 기억하는 자음과 모음의 자판을 따라 입력하면 그것들은 알파벳의 암호로 바뀌어 떠오른다.

그걸 표현할 어떤 문장도 가질 수 없는 마음이 있다. 그렇다면 어떤 키를 누른들, 그것들이 떠올리는 기호가 무엇인들, 무슨 상관이란 말인가. 이 해독불능의 문장들은 눈에 보이지 않는 은빛 길을 날아가 존재하지 않는 주소지에 내려앉을 것이다. 왜 도착하지 않을 거라고 생각한 후에야 진심을 토로할 수 있는 것일까.

모니터를 물끄러미 바라보며 위스키를 홀짝이고 있는데, 왼쪽에서 누군가의 시선이 느껴진다. 눈동자가 쏟아질 듯 커다란 눈이다.

눈이 마주치자 여자는 웃으며 묻는다. 눈가에 잔주름 하나 잡히지 않는 웃음.

"무얼 하고 있나요?"

지나치게 아름다운 눈이다. 얼굴의 다른 부분을 흐릿하게 만들어버리는. 얼굴을 가리지 않고 이런 바에 혼자 있는 여자는 수상하다. 이들은 사막 한가운데에도 기도처를 마련해놓았지만 코란의 뒤에 몸을 감추고는 또 인간이 저지를 수 있는 온갖 짓을 다 한다. 신은 계명을 돌판에 새겼지만 사람은 일주일이면 떨어져나갈 각질 위에 새길 뿐이다. 빈 술병에조차 손을 댈 수 없다고 펄쩍 뛰지만 돌아서서는 몸을 팔기도 한다. 별짓 다 하다가 결정적인 순간엔 검은 천으로 얼굴을 가리며 내숭을 떠는 여자들은 모래알처럼 많기도 하다. 인간은 얼마나 다르고도 같은 존재인가. 이런 여자를 거절하는 일은 이제 익숙하다. 모니터를 손가락으로 가리켰다.

"애인에게 편지를 쓰고 있어요."

여자는 크게 소리내서 웃는다. 이번엔 눈가에 부챗살처럼 자잘한 주름이 잡힌다. 그러고선 언제 웃었냐는 듯 말끔한 표정으로 승의 눈을 깊숙이 들여다보며 속삭인다.

"당신은 참 행복한 남자로군요."

*

"이건 피카소, 이건 마티스, 저건 브랑쿠시."

보라가 이름을 하나씩 말할 때마다 바바의 눈에 경탄의 빛이 넘처흘렀다.

"우와, 어떻게 다 알아?"

"여기 아래쪽에 적혀 있잖아. 게다가 워낙 유명한 사람들이기도 하고."

어쩐 일인지 이 바보, 라는 말 대신 꽤나 다정한 목소리다. 보라는 이 푸른 집과 정원을 좋아했다. 나무 아래 서늘한 그늘이 좋다 했다. 무엇보다도 분수 근처에 서 있으면 비를 맞는 것 같아 행복하다고 했다. 흩날리는 물방울이 만든 무지개를 쳐다보며 아아 하고 탄식할 때 보라의 얼굴은 그 모든 풍경보다 더 눈이 부셨다. 언제라도 놀러 오라 했지만 들어서기가 만만치 않았다. 정말 문을 열어줄까 싶었는데, 바바를 보자 수위는 두말없이 문을 열어주었다. 남자는 외출중이라 했다. 보라는 그림을 보고, 바바는 옆에서 그 얼굴을 쳐다보며 따라 걸었다. 보라가 문득 고개를 돌려 왜냐고 묻듯 빤히 쳐다본다. 바바는 얼른 그림을 바라보는 척했다. 그림들은 그사이 모두 바뀌어 있었다. 이곳의 수장고에는 쌓아놓은 작품들이 아주 많아서 매달 교체해도 몇 년이 지나야 같은 작품을 볼 수 있다 했다. 푸른 집의 바깥으로 나오자 문 앞에 서서 기다리고 있던 수위가 문을 잠근다.

파피루스 숲 사이로 난 좁은 흙길을 따라 한참을 걸어가자 그 끝에 아담하고 동그란 빈터가 나왔다. 그 빈터의 한가운데 바바 키보다 살짝 큰 기둥이 하나 세워져 있다. 끝부분의 부러진 흔적을 그대로 드러낸, 붉은 사암기둥이었다. 기둥의 모양이나 질감은 낯설지 않다. 언젠가 사막에 들어갔을 때, 몸 전체에 가는 세로줄무늬가 일정하게 새겨진 그 기둥들이 줄지어 서 있는 걸 본 적도 있다. 그런데 왜 이걸 여기다 세워놓았을까. 보라는 기둥을 손바닥으로 쓸며 한 바퀴 빙 둘러보더니 거기에 등을 기대고 앉아 다리를 죽 뻗으며 바바를 올려다보았다.

"앉아봐."

보라처럼 흙바닥에 엉덩이를 대고 앉아보았다. 조금 더 가까이 앉을걸 하는 후회가 든다. 주먹 세 개가 들어갈 만큼이나 떨어져 앉다니. 바닥의 흙은 서늘하고 촉촉하다. 그 느낌만으로도 기분이 좋아졌다.

"바바."

"응?"

"물어볼 게 있어."

"뭔데?"

"너희 집에 갔을 때, 너, 그거, 사랑이었니?"

그거라면, 입 맞춘 걸 말하는 걸까. 이렇게 대놓고 물어볼 줄은 몰랐다.

"음, 약간. 그러니까, 넌 한 번도 사랑해본 적이 없구나."

숨이 가빠지면서 이마가 뜨거워졌다. 더듬더듬 말을 하면서도 이건 아니잖아, 싶었는데 과연 보라가 노려보았다. 딱히 뭔지는 모르겠지만, 하여간 잘못한 게 틀림없다. 가늘고 긴 눈을 흘기니 엄청무섭다. 바바는 서둘러 말했다.

"나도 없어."

무언가 다른 말을 했어야 하는데. 어떤 말이 지금 마음속에 가득

차 있으나 바바가 써오던 일상의 말로는 표현할 수 없는 것이었다. 그 말은, 널 사랑한다는 말은 아닌 것 같다. 제 마음을 온전히 표현할 수 있는 단어를 찾아보았지만 떠오르지 않았다. 바로 그 말이 아니면 하고 싶지 않고, 바바는 생각한다. 매섭게 흘기던 기세와 달리 보라는 더는 말이 없이 눈앞의 나무둥치를 가만히 바라보았다. 돌의 서늘한 기운이 등으로 흘러들어온다. 한참이나 말없이 앉아 있던 보라가 묻는다.

"들리니?"

고개를 돌리자 보라의 눈이 너무 가까이 있어 깜짝 놀랐다. 귀를 기울여보았다.

"아무 소리도 들리지 않아."

"귀를 기울여봐. 바람 소리 같기도 하고, 땅 속에서 누군가 소곤거리는 것 같기도 해. 들어봐."

그랬다. 몸이 커다란 귀가 된 것처럼, 몸 전체로 어떤 소리가 흘러들어왔다. 소리 아닌 소리. 들리지 않으면서 몸을 두드리는 소리. 슬프지도 않은데, 울고 싶어진다. 보라와 같이 있으면 세계는 늘 다른 얼굴을 보여준다. 언제까지나 이렇게 앉아 있고 싶다. 보라가 주위를 휘 둘러보더니 감탄하듯 혼잣말을 했다.

"풍수가 정말 좋아."

"그게 뭔데?"

"그건, 약간 설명하기 어렵네. 그러니까, 물과 바람이라는 얘긴데, 자연과 영혼의 교감을 믿는 거야."

제 말이 마음에 들지 않는 듯 보라는 눈썹을 살짝 모았다.

"간단하게 말하자면 사람들이 죽을 때 가장 좋은 곳에 묻히고 싶은 마음 같은 거지."

"갑자기 왜 그런 얘길 해?"

"여긴, 무덤이니까."

"무슨 소리야?"

"너 참 신기하구나. 저기 있잖아. 어떻게 말은 곧잘 하면서 하나도 읽진 못하니?"

보라가 기둥의 아래쪽을 손가락으로 가리켰다. 거기 글자가 새겨진 작은 금속판 하나가 붙어 있는 줄은 몰랐다.

"그 사람이 죽으면, 이 아래 누울 거래. 빈 무덤 같은 거지. 여긴 자신이 가장 사랑하는 장소라고."

*

공항의 출국장 앞은 수속을 끝낸 승객들과 환송 나온 사람들로 발 디딜 틈이 없었다. 여기 사람들은 잠시 헤어져도 다시 못 볼 것처럼 애절하게 이별을 하고 짧은 여행 끝의 귀향에도 수십 년 만의 만남처럼 격하게 끌어안았다. 나쁘지 않지. 그런 장면을 볼 때면 자신의 몸이 옆구리 터진 빈자루처럼 헛헛하긴 하지만. 여권과 티켓을 나눠주고, 헤어지기 전에 다시 한번 정중히 사과했다. 점잖은 사람인 박사장이 봉투 하나를 따로 내밀었다. 일정액의 팁은 관행이지만 진심으로 손사래를 쳤다. 그래도 박사장은 승의 점퍼 주머니에 봉투를 기어이 밀어넣는다.

"살다보면 별일이 다 있어요. 다들 건강하게 돌아가니, 액땜한 셈 치지요."

승은 봉투를 접어 돌아선 그의 손에 쥐여주고 손아귀로 꽉 눌렀다.

"음식 때문에 고생 많이 하셨는데, 돌아가시면 좋은 곳에서 뒤풀이 한번 하세요. 사진도 교환하시고, 시원찮았던 가이드 흉도 보고, 그러셔야죠. 가시는 거 안 보겠습니다."

그러고는 돌아서 달리기 시작했다. 최선생, 크게 부르는 소리가 몇 번 들렸으나 돌아보지 않았다. 봉투 때문만은 아니다. 떠나는 일행의 뒤통수를 지켜보다보면 그 뒤를 따라 자신도 허겁지겁 탑승구로 들어가야 할 것 같은 순간이 있다. 일정 동안에 어떻게 지냈건 돌아서는 순간이면 다 잊으려 한다. 저 사람들과의 관계는 여기까지다. 유난히 좋은 사람들이었든, 골을 때리는 쪽이었든 마찬가지다. 남은 게 있다면 그 여자와의 관계. 찾아내야 할 사람이 또하나 늘어났고 어쩌면 그건 자신이 이 대륙에 내린 또하나의 실뿌리 같은 것이겠다.

차를 달려 시내로 들어와 케밥으로 점심을 때우고 라시드 몫의 돈을 건네주었다. 돈 얘기 꺼냈을 때 더는 안 된다고 단칼에 잘랐지만 백 유로를 더 얹어주었다. 헤벌쭉한 녀석에게 한 시간쯤 후에 보자 하고는 지난밤의 그 카페로 들어갔다. 말이 때론 사람을 찢어발긴다. 당신은 참 행복한 남자군요. 어젯밤 여자의 그 말을 듣고 나서도 메일을 계속 쓰고 있을 수가 없었다. 승이 알파벳을 거꾸로 하나씩 지우고 있을 때 여자는 입구 쪽을 쳐다보며 다른 사냥감을 찾고 있었다. 세상 전체가 자신을 조롱하는 것을 저만 모르고 있었다는 기분이었다.

낮의 카페엔 대부분 여행자들이 자리를 차지하고 있다. 커피를 주문하고 나자 피로와 두통이 꾸역꾸역 밀려온다. 머리가 나쁜 사람은 아니니 알파벳을 자음과 모음으로 바꾸는 일쯤은 간단히 해낼지도 모르지. 어쨌거나, 메일을 보낼 때면 똑같은 말을 반복하지는 않는다. 늘 지난 메일에 적었던, 그다음의 일들을 적어서 보냈다.

이제 막 한 팀을 떠나보냈군. 눈을 멀게 할 듯 독한 태양과 피할 길 없는 뜨거움을 생각하면 사람들을 이끌고 사막에 들어갈 일이 아득하다가도, 간격이 뜸하면 어느새 그곳을 그리워하는 나를 발견하곤 해. 모래 섞인 침을 욕설처럼 뱉어내며 열기에 진저리치던 일은 까맣게 잊고. 어리석은가? 황량한 풍경에 이끌린다면 내 안에 그 황량함과 조응하는 부분이 있다는 것이겠지. 문둥이가 문둥이와 어울리고, 눈먼 자는 눈먼 자들과 있을 때 편안하듯, 내 안의 독기는 사막 안에서 수굿해지네. 태양이 너무 강한 시각에는, 오히려 눈앞이 온통 캄캄해지긴 해. 일은 어렵지 않아. 사막이 두려운 초행의 여행자들은 병아리떼처럼 날 따르지. 그들에게 사실은 나도 매번 사막이 무섭다고 말해주지는 못해. 뜻밖의 모래폭풍을 만나 꼼짝없이 캠프에 갇혀 있는 날은 이상한 평화가 밀려오기도 해. 너나없이 한 치 앞을 내다볼 수 없긴 마찬가지라는, 그 못난 위로라니.

무너질 듯한 일상을 버텨주는 게 내 안이 아니라 바깥의 것이라는 걸 알아. 보라 얘기야. 다시 생리를 시작한 것 같아. 여기 와서는 도통 안 하는 것 같았는데. 저에겐 세계가 부서지는 일이었겠지. 마음이, 아프더군. 안절부절못하는 것 같아 큰 도시에 나온 길에 마트에서 쓸데없는 것들 이것저것 사고 생리대도 같이 넣어두었어. 네가 그 어느 때보다, 처음 사라졌을 때보다 더 미워지더라. 인간은 결국 원하는 걸 갖기 위해, 그걸 선택한 자신을 합리화하기 위해, 갖은 핑계를 만들어내곤 하지. 우선 자기부터 설득해야 하니까. 나를 향한 너의 핑계가 무엇인지, 그게 아직도 궁금하다면 사람들은 내 끝없는 어리석음을 비웃다 못해 미친놈이라 부를까. ……생각해봐. 어리석지 않다면, 내가 어떻게 미치지 않고 견뎠겠어. 내가 찾아내기 전에 연락을 준다면 좋겠는데. 내가 먼저 찾아낸다면, 말했듯이 나는 가장 나쁜 선택을 할 수밖에 없을 것 같다. 우리가, 한번은 만나야 한다고 생각해.

해독 불가능의 알파벳은 볶은 개미를 늘어놓은 것처럼 보인다. 전송버튼을 누르고 나자 독하게 단 것이 먹고 싶어진다. 식어버린 커피에 설탕을 하나, 둘, 세 스푼 퍼넣는다. 커피가 작은 잔 위로 봉긋하게 솟아오른다. 달다. 그러나 끝엔 맹렬히 쓴맛이 남는다. 한 방울도 남김없이 털어넣은 후 점퍼 주머니에 빈 잔을 쓱 집어넣고 일어났다. 어릴 때부터 승은 어떤 것도 모아본 적이 없다. 친구들이 용돈을 모아 우표나 프라모델 따위를 모으는 걸 이해할 수 없었다. 그랬던 승의 부엌에 색색의, 모양도 제각각인 에스프레소 잔이 서른 개쯤 될까. 모두 이렇게 훔쳐온 것들이다. 강도가 약한 젤류지로 된 것들이 대부분이어서 하나씩 들여다보면 온전한 건 하나도 없고 어느 한구석이 날아가 노릇한 속살을 드러내고 있었다. 부딪치면 바로 상처가 나는 것들. 상처를 감출 수 없는 연약한 것들. 뭐가 됐든 마음을 주고 그것이 허깨비 같은 일상을 붙들어주길 원했지만 그게 무엇인지 알 수 없었기에, 승은 매번 빈 잔을 주머니에 집어넣었다.

카페 앞에 라시드가 와서 기다리고 있었다. 어제 받은 돈으로 여자친구에게 줄 화장품 선물을 샀다며 커다란 쇼핑백을 열어 보인다. 속옷에다 초콜릿까지, 봉투가 터질 듯 담겨 있다.

"언제까지나 돈을 벌 수 있는 건 아니야. 저축도 해야지."

"갖고 있는 건 내 돈이 아니야. 써야 비로소 내 돈이 되는 거지."

네가 맞아, 하고는 웃어버렸다. 행복하려면 저 지독한 현세성을 체득해야 할지도. 무스타파의 전화번호를 누르다 폴더를 닫아버렸다. 통화를 해볼까 싶은 마음과, 하지 않는 게 낫다는 생각이 엇갈렸다. 무심한 듯 맡겨놓은 그것의 안부를 새삼 묻는다면, 돈 앞에선 슈퍼컴퓨터처럼 빠르게 회전하는 녀석의 머리가 무슨 상상을 펼칠까 두려웠다.

잠시 졸다 눈을 떴더니 차는 어느새 사막으로 들어서 있다. 길은 멀어서 휘발유 게이지는 벌써 바닥에 가깝다. 멀리 웃통을 벗은 소년이 서서 손을 깃발처럼 흔들고 있다. 모자도 없이. 갤런들이 플라스틱 통을 몇 개 늘어놓고 휘발유를 팔고 있는 소년에게서 한 통을 샀다. 가격은 거의 두 배다. 어쩔 수 없지. 모래를 삼키며 태양과 종일 맞서 있는 괴로움을 생각하면 합리적인 바가지다 싶다. 아주 단순한 풍경 속으로 차는 나아간다. 달리는 내내 승은 이제 무스타파

에게 맡겨놓은 그것, 에 사로잡혀 있다. 정작 둘만 남자 라시드의
종교적 과속을 한 번도 말리지 않은 채.

*

케밥가게 화덕에서 뿜어져나온 연기와 고기 냄새가 골목을 가득
메웠다. 숨을 멈추고 달려가 모퉁이를 돌고서야 숨을 길게 내쉬었
다. 말린 물고기와 과일, 열기에 늘어진 야채 들이 나타난다. 숨 한
번 쉬는 사이 풍경과 냄새는 또 달라진다. 달콤한 냄새가 나기 시작
하면 피라미드처럼 쌓아놓은 과자들이 보인다. 엄청 커다란 솥 안
에서 끓어오르는 기름은 진득하니 검은데 거기서 건져내는 과자는
또 놀랍게 말끔하다. 채반 위에 가지런히 쌓인 과자를 보면 기분이
좋아진다. 메디나엔 어제의 슬픔이 깃들일 구석이 없다.

보라는 쟁반을 어깨 위로 치켜든다. 사각쟁반엔 둥글넓적하게 모
양을 낸 반죽 여섯 개가 놓여 있다. 서둘렀지만 메디나는 벌써 초입
부터 붐볐다. 좁고 꼬불꼬불한 골목이 끝없이 이어지는 이곳의 모
든 길을 알고 있기란 불가능할지도 모른다. 그래도 이제 어지간한
곳은 헤매지 않고 찾아갈 만큼 익숙해졌고 공동화덕으로 가는 길은
눈 감고도 찾을 수 있게 되었다. 내일쯤 아빠가 돌아올 것이다. 김
치찌개, 매운탕 같은 걸 그렇게 좋아하던 아빠의 식성은 어디로 갔
을까. 밥이 싫다 했다. 멸치를 넣고 끓인 미역국이나 양배추에 고춧
가루와 안초비 다져넣은 걸 상에 올려도 아빠는 젓가락질 한 번 하
지 않았다. 어쩌면 보라가 끓인 미역국은 미역국이 아닐지도 모른

다. 양념에 버무린 양배추 역시 김치 근처에도 가지 못했다는 건 알고 있다. 하지만 꼭 그래서만은 아닌 것 같다. 아빠는 이게 좋다며 차파티만을 뜯었지만 맛있어서 먹는 표정은 아니었다. 시장엔 차파티를 산처럼 쌓아놓고 파는 가게가 흔하지만 거기엔 늘 파리가 새카맣게 들러붙어 있었다. 처음엔 검은 깨를 뿌려놓은 줄 알았다. 아빠에게 그걸 먹일 수는 없지. 이걸 만드는 건 생각보다 쉽다. 가게에서 곡물가루를 사와 넓적하게 반죽을 해서 화덕에 굽기만 하면 끝이다. 아무 맛이 없는 것 같아도 갓 구운 걸 먹어보면 묘한 맛이 있긴 하다. 그래도 절대 밥만큼은 아니다. 주로 살림집들이 모여 있는 이쪽 골목으로 들어서면 메디나의 한구석이라곤 믿을 수 없을 만큼 한적해진다. 독특한 가락을 가진 호객꾼의 목소리도, 요란한 나귀방울 소리도 듣기 어렵다. 떠들썩한 흥정 소리들이 들리지 않는 이 뒷골목이 보라는 마음에 든다. 가까스로 혼자 지날 만큼 길은 더욱 좁아지지만, 나귀 똥을 밟을까 신경을 곤두세우지 않아도 되고 짐수레를 피해 벽에 거미처럼 바짝 들러붙을 일도 없다. 드물긴 하지만 한국인 여행자와 맞닥뜨려 언제 왔느냐는 호기심 어린 질문을 받을 일도 없다. 그건 정말 보라가 끔찍이 싫어하는 시추에이션이다.

아빠는 집을 떠날 때마다 절대 메디나에 혼자 들어가선 안 된다고 다짐을 받지만, 그러겠다 냉큼 대답해놓고는 이렇게 곧잘 헤매고 다녔다. 사람 사는 게 미로를 헤매는 일이지. 어느 날 문득 그런 생각이 들었을 땐 도에 이른 듯한 기분이 들기도 했다. 물론 그 도는 다음 순간 사라져버리긴 했지만. 구천 개의 골목이 여기뿐이겠어. 눈에 보이지 않는다뿐, 그건 보라가 떠나온 곳 역시 마찬가지였다. 그곳에 비하면 이 메디나란 차라리 단순한 이차원의 미로일 뿐이라는 생각을 언제부턴가 하게 되었다. 정작 미로를 읽는 일에 실패한 사람은 아빠면서. 그 생각을 하게 되면, 아빠의 보호자가 된 기분이 든다. 신경질을 내도, 벌컥 화를 내도, 이유 없이 짜증부리는 걸 봐도, 에휴 성질 하고는, 그런 마음이 되는 것이다.

산다는 건, 날마다 모르는 길을 걷는 일이지. 처음 메디나에서 길을 잃었던 날 바바를 만났는데.

날 따라와. 네 집을 알아.

내가 길을 잃은 걸 어떻게 알았을까. 카스바가 어딘지 물어보았을 뿐인데. 다짜고짜 따라오라며 앞장서 걷는 바바의 뒤를 졸졸 따르면서, 매우 이상한 바지를 입은 이 녀석이 어딘가로 데려가 영원히 가두어둘지도 모른다는 생각도 들었다. 그래도 따라갈 수밖에 없었다. 혼자서는 길을 찾을 자신이 없었다. 보라가 들어갔던 곳과는 다른 길이었지만 바바는 그날 정확히 보라의 집 앞으로 데려다주었다. 이제는 메디나 어디에 던져진다 해도 두렵지 않지만 요즘도 가끔 처음 보는 골목을 만나곤 한다.

생나무 냄새를 풍기는 문틀을 죽 늘어놓은 목공소를 끼고 왼쪽으로 돌아 전봇대가 나오는 곳까지 걸어가야 한다. 거기서 세 개로 나누어지는 길의 가운데로 접어들어 수공예품 공방들을 지나자마자 왼쪽으로 꺾어져 몸을 옆으로 뉘어야 지나갈 수 있는 길이 끝나는 곳에서 오른쪽으로 둥글게 휘어지는 길 중간쯤에 공동화덕은 있다. 말로 설명하긴 어렵지만, 몸은 길에 익숙해져 쟁반을 들고 나서면 어느새 이 골목을 지나고 있는 것이다. 이제 길은 두렵지 않으나, 길에 익숙해진 자신을 느끼는 건 두렵다. 그 생각을 하면, 발걸음이 약간 느려진다.

멀고 가까운 곳에 사는 사람들이 차파티를 구워가는 이 공동화덕엔 종일 불이 지펴져 있다. 반죽을 집어넣고 기다리기만 하면 먹음직한 갈색으로 구워졌다. 빵 굽는 심부름은 대체로 여자아이들 몫이다. 아이들은 치켜든 손바닥에 반죽을 담은 쟁반을 올리고는 아슬아슬하게 균형을 잡으며 신나게 달려오곤 했다. 이 골목 안 어디에서 태어나 자라나고 초경을 하고 머리를 기르고 이 안에서 남자를 만나고 저와 똑같은 아이들을 낳고 팽팽하던 피부에 주름을 만들며 늙어갈 저 아이들에겐 이 메디나가 우주겠지. 빵이 익어가는 동안, 골목에 쪼르란히 앉아 구김 없이 웃고 조잘대는 소녀들을 보고 있노라면 제가 아주 나이가 많은 것처럼 느껴지기도 했다.

반죽을 화덕 안에 넣고 바깥으로 나와 아이들 옆에 앉아 하늘을 쳐다본다. 낡은 지붕들 사이로 보이는, 골목만큼이나 가늘고 긴 하늘이 쨍하게 푸르다. 꼭 유리창처럼 보인다. 답답하긴 하지만 저렇게 작은 조각이라도 없는 것보다는 낫지. 날씨에 따라 하늘빛은 노랑, 혹은 주황빛으로 달라질 때도 있다. 이렇게 골목에 쪼그리고 앉아 있으면 가끔 삭아서 금방이라도 부서질 듯한 나무창틀 사이로 바깥을 내다보는 눈을 마주칠 때도 있다. 처음엔 정말이지 기절하는 줄 알았다. 수면 위로 나온 잠망경처럼 골목 쪽으로 불쑥 튀어나온 그 나무창틀은 집 안에서 갇혀 지내야 하는 여자들을 위해 만들어놓은 것이었다. 요즘은 우연히 눈이 마주치면 보라가 먼저 활짝 웃어주었다. 믿을 수 없으리만치 크고 아름다운 눈은 애니메이션 속 공주의 그것처럼 현실감이 없다. 이곳 여자들은 여전히 집 안에 갇혀 살았다. 장을 보는 것도 남자들이 했다. 가구처럼 집에 붙박여 있는 엄마를 가진 이 골목의 아이들이 살짝 부러워질 때도 있지만, 저건 옳지 않아. 보라가 크고 예쁜 눈을 부러워하지 않게 된 것도 창틀 사이 저 눈빛과 마주친 뒤부터다. 빵이 구워지는 냄새가 풍겨 나오자 아이들이 일제히 일어나 화덕으로 달려간다. 맛있다는 소리 한번 해주지 않지만, 그래도 아빠에게 해줄 수 있는 건 이것밖에 없다. 집에 가져다놓고 잠시 광장에 나갈 짬이 날지 모르겠다. 가게에서 사오는 줄 알고 있는 아빠에게 이 공동화덕 얘긴 언제까지 비밀로 해야겠지.

*

인샬라라니. 제 손바닥으로 어루만질 수 있는 감각의 세계에 이토록 집요하게 매달리면서.

현세의 삶을 이들만큼 사랑하는 종족이 다시 있을까. 내부와 외부 세계의 경계인 대문을 이만큼 극단적으로 치장해놓고 사는 사람들은 세상 어디에도 없을 것이다. 손가락으로 따라 그리다보면 최면에 걸릴 듯한 사방연속무늬에 아로새긴 무한과 완전에의 갈망. 신이 원한다면. 이들이 입에 달고 사는 인샬라는 자신의 갈망을 신의 갈망으로 바꾸어놓는 교묘한 언사가 아닌가. 무수한 조각의 수제 타일로 화려한 아라베스크 문양을 새긴 문을 들어설 때마다 궁금해진다. 이 징그러울 정도로 끈적한 삶의 애착은 어디서 유래하는지. 인생이란 세상을 둘러싼 모래알갱이와 똑같다는 걸 알아버렸기에 더욱 다채롭고 화려한 일상을 만지작거리며 살고 싶은 걸까.

문을 경계로 바깥세계와 안은 뚜렷이 달라진다. 정오의 태양이 빚어내는 빛과 그림자처럼. 검은 히잡을 벗으면 반전처럼 드러나는 화려한 옷과 장신구처럼. 등뒤로 문이 닫히는 순간, 이슬람식 가옥의 내부는 자족적이며 폐쇄적인 하나의 이상향이 된다. 고요한 정원과 분수. 입구로 이어지는, 낡았으나 우아한 주랑. 그 길을 천천히 걷는 사이에 바깥의 세계, 무채색의 사막은 비로소 아득히 멀어진다. 그건 승도 마찬가지다. 자신이 찾아오는 것이 파티마라는 여자뿐일까. 아주 잠깐이지만, 이곳은 승이 삶의 중력으로부터 달아나 긴 숨을 내쉴 수 있는 유일한 공간이었다.

주랑을 지나 입구로 들어서면 이층으로 오르는 계단이 나온다. 모서리가 닳은 계단을 다섯 개 오르면 계단참이 나오고 다시 여섯 개의 계단이 이어진다. 이들은 집조차 미로구조로 만들어놓았다. 내부자의 머릿속엔 온전히 열려 있지만 타인들은 끊임없이 닫힌 벽 앞에 서게 한다. 좁은 복도엔 촛대를 올려놓는 받침대가 벽에서 튀어나와 있을 뿐 따로 등이 없다. 눈이 어둠에 익을 때까진 캄캄하다. 파티마의 방은 이층의 마지막 칸이다. 문에 달린 둥근 놋쇠 손잡이를 두어 번 치면 기다렸다는 듯 문이 열린다. 요란한 환대는 없다. 그저 살짝 웃으며 승이 들어서길 기다린다. 툭툭 잘라 던지는, 생필품 수준의 영어 몇 마디로 겨우 소통할 뿐 둘이 마음을 나눌 수 있는 언어는 없다. 필요하다고 생각한 적도 없다. 뒤로 문을 닫고서야 승은 긴 숨을 내쉬었다.

　유난히 피곤했던 이번 팀을 보내고 지칠 대로 지쳐 돌아오면서
도, 오자마자 여길 들르겠다는 생각은 없었다. 일단 무스타파에게서
그걸 찾아서 집으로 갈 생각이었는데, 도착하자마자 생각지도 못했
던 난리를 치르고 달아나듯 여기로 오게 된 것이다.

　무스타파의 가게로 가기 위해 무심코 걸음을 재촉하던 승은 기절
할 뻔했다. 생과일주스를 파는 리어카 옆에 쪼그리고 앉아서, 제 또
래의 노랑머리 소녀를 나무박스에 앉혀두고 그 손등에 코를 박듯
하고 있는 건 분명 보라였다. 땀에 엉긴 머리카락들이 뺨에 들러붙
어 있었다. 수그린 이마와 코는 놀랄 만큼 까무잡잡하게 그을려 있
었다. 승은 그 자리에 서서 보라를 노려보았다. 헤나 튜브를 움직이
는 손놀림이 하루이틀 해본 본새가 아니었다. 눈이 마주치기를 기
다렸다. 숨을 쉴 때마다 화가 부풀었다. 고개를 들고 아양 떠는 미
소까지 지으며 무어라무어라 이야기를 하는 꼬락서니라니. 속에서
불이 확 일어났다. 옆에 가서 내려다보고 섰는데도 몰랐다. 말없이
손목을 틀어쥐었다. 잡아챈 힘이 무색하게 보라는 빈 자루가 펼쳐
지듯 일어났다. 손을 대주고 있던 여자아이가 놀란 눈을 크게 떴다.
보라는 놀라지 않았고 비명도 지르지 않았다. 쥐고 있던 헤나 튜브
도 꼭 쥔 채였다.

　집 근처 골목으로 들어서면서 손목을 놓고 걸었다. 그때쯤 승은
딸이 뒤돌아서 도망쳐버리길 바랐는지도 몰랐다. 마지막 모퉁이를
돌아설 땐, 집에 들어와서 벌일 일이 스스로도 막막했다. 보라는 뒤
를 그림자처럼 총총 따라왔다. 승을 놓치면 버림받기라도 할 듯.

톡, 톡, 톡, 톡. 발소리도 이쁜 것이. 무슨 좋은 일이 기다린다고 이렇게 바지런히 따라온단 말인가. 변명 한마디 늘어놓지 않는 미련함이라니.

모르는 사람의 손을 붙들고 헤나문신을 하는 꼬락서니가 싫었던 것이 아니다. 제발 눈앞에서 훅 사라져버렸으면 했던 무의식이, 떼어낼 길 없는 배낭 같은 저 짐덩어리를 어쩌나 하는 캄캄함이, 발화점을 찾던 분노가 터져나올 틈을 발견한 것이다. 우스꽝스럽도록 요란한 색깔의 바지를 입고 다니는 그 녀석과 어울리지 말라고 몇 번 주의를 주었다. 그래놓고는 둘이 이야기를 하는 꼴을 멀리서 보아도, 그럼 누구랑 놀아? 말대꾸라도 할까봐 못 본 체 지나친 적도 많았다. 먹고사는 일만 아니면 노란 피부의 인간들은 꼴도 보고 싶지 않다고 생각하지만, 지지든 볶든 승은 여행 오는 이들을 통해 어떤 부분의 갈증을 풀어가며 사는지도 몰랐다. 승이 없을 때 딸이 어떤 시간을 보내는지, 승은 물어본 적이 없었다. 생각하고 싶지 않았다.

엄마가 어디 갔느냐 꿈결에도 묻지 않는 딸년. 제 인생에 일어난 일을 받아들이지 않겠다는 저 고집. 딸에게서 아내의 흔적이 보일 때마다 그것들은 승을 너무 아프게 찔러댔다. 부러 떠올리려 해도 아물거리던 윤곽선을 딸의 턱 혹은 쓱 돌아보는 목덜미에서 너무나 선명하게 발견할 때, 무심히 물건을 집어 건네는 손가락에서 볼 때마다 매번 처음이듯 심장이 툭툭 뛰었다. 그래도, 무작스럽게 때리진 말았어야 했다. 때렸다 해도 이렇게 도망쳐나오진 말아야 했다. 처음 손을 대는 게 어려웠다. 집에 들어와 문을 닫고는, 먼저 등을 후려쳤다. 엎드린 채 오그린 어깨를 낚아채며 뺨을 오지게 때렸다.

웅크리고 주저앉는 허리를 부수듯이 찼다. 그다음은 어디를 어떻게 했는지 모르겠다. 그렇게 참혹하게 때린 건 내가 아니라 하고 싶다. 손바닥엔 보드라우면서도 팽팽하던 뺨의 느낌이 아직 차지게 달라붙어 있다. 비명을 지르지도 울지도 않는 딸이, 한 대도 안 맞은 것처럼 끝내 고르게 숨을 내쉬는 딸이 무서웠다. 내 딸. 열다섯에 제 엄마는 흔적 없이 사라지고 친구들과는 작별인사도 없이 헤어졌다. 땅끝으로 끌고 온 아빠는 바람 따라 떠돌아다니고 혼자 잠드는 밤이 더 많았다. 불쌍한 만큼이나 꼴 보기 싫었다.

누군가에게 제대로 버림받은 것들은, 초라해지고 누추하며 하찮아진다. 운명이 누락시킨 자가 되어버린다. 광채가 사라지고 생기도 없다. 맞고 자란 개처럼 눈치만 빠삭하다. 딸이 바라보는 나도 마찬가지일 것이다. 우리는 때리고 맞으며 거울을 보듯 서로를 보았고, 서로에게 비친 제 모습이 눈을 감고 싶을 만큼 끔찍했을 것이다. 그래서 도망쳐왔다, 이 방으로.

파티마를 처음 연결해준 이도 무스타파다.

이 근처에서 제일 예쁜 여자지. 백인 여자는 맛이 없어. 여자는 사마르칸트 여자가 최고야. 그렇다고 더 비싸지도 않아. 실크로드의 끝이 아닌가. 땅의 끝에서부터 그곳까지 목숨 걸고 가져온 고귀한 것들을 돈으로 막 바꾼 대상들의 주머니를 털기 위해, 사막도시의 여자들은 사내들의 숨을 막히게 하는 테크닉을 갖고 있거든. 여자를 안고 있는 동안만은 죽어도 좋다는 생각이 들 만큼. 그곳 여자들의 구멍은 바닥이 없어. 흐흐. 돌이켜보면 나도 꽤나 많은 돈을 벌었지만, 여자를 너무 좋아했어. 그 구멍 속에 다 털어넣었지. 후회하진 않아.

여자가 간절히 필요했던 건 아니다. 처음 이 방을 찾아왔던 날, 머무르는 내내 아내를 생각하고 있었다. 가는 허리 아래로 풍만하게 확장되는 골반을 어루만질 때도, 커다란 눈을 바로 앞에서 들여다보면서도, 사정을 할 때도 아내 생각을 하고 있었다. 무언가를 갚아주겠다는 마음이었을까. 모르겠다. 복수라니. 원수를 갚음이란, 그에게 몸에든 마음에든 상처를 돌려주는 것이라면, 종적을 알 수 없는 사람에게 복수가 가당한 일인가. 알고 있다. 파티마를 찾아오는 건, 제 삶에서 도망치기 위해서란 것을. 하루하루가 두려운 자가 할 수 있는 것이 달리 무엇이 있을까.

사막에서 돌아오는 길이냐고, 모래 냄새가 난다고 여자가 말할 때에도 승은 아무 말 하지 않는다. 목이 타는 심정으로 허리를 움직여보지만 절정은 좀체 오지 않는다. 여자의 손이 승의 엉덩이를 아프지 않게 움켜쥔다.

"아아, 여보, 내 사랑."

숨이 넘어갈 듯한 순간이면 여자는 승이 가르쳐준 말을 잊지 않는다. 하필 그 말은 미약한 흥분마저 싸늘하게 식혀버린다. 아내는 절정에선 꼭 여보, 하고 불렀다. 땀 한 방울 솟지 않는 이 여자의 오르가슴은 진짜일까. 몸을 던지듯 여자의 옆에 누워버린다. 천장에 매달려 세찬 소음을 내는 선풍기 바람은 조금도 시원하지 않지만 나무덧창이 만든 어둠만은 편안하다.

침대에서 일어난 파티마가 다정하게 묻는다.

"차를 줄까?"

"그냥 차가운 물을 한잔 줘."

포트에 물을 붓던 파티마가 승을 쳐다보며 살며시 웃음을 짓는다. 놀랍도록 예쁜 얼굴이다. 그리고 너무 먼 아름다움이다.

"당신은 왜 차를 마시지 않아? 차는 피곤을 씻어주고 머리를 맑게 해주는데."

"난 머리를 맑게 하고 싶지 않아. 박하 냄새가 너무 싫어."

파티마가 고개를 저었다.

"당신 눈알은 너무 빨개. 늘 피가 흐를 것 같아. 피는 부끄러운 것, 남에게 보이면 안 되는 거야. 차는 심장의 열기를 식혀주지. 사막에선 이게 약인데."

"네가 뭘 알아? 늘 이 방에 갇혀 살면서."

벽의 사방연속무늬로 눈길을 던지며 승은 퉁명스럽게 중얼거린다.

"조심해요, 제발. 난 여기 사람이야. 방 안에 앉아 있어도 도시 전부를 읽을 수 있어. 이 붉은 도시가 얼마나 무서운 곳인지 당신은 몰라. 이 도시의 나이는 천 년도 넘지. 많은 사람들이 돈을 따라 여기로 모여들었어. 아주 먼 곳으로부터. 희고 노랗고 붉고 검은 사람들. 가진 것 전부를 낙타에 싣고 목숨을 걸고 사막을 오가던 사람들의 탐욕이 모래도 녹일 것처럼 끓어오르는 땅이라구. 당신은 여기 살지만 여기 사람이 아니야. 그걸 알아야 돼. 사라져도 흔적이 남지 않는 존재지."

여자가 평소와 달리 말이 많다.

"흔적을 남기지 않고 사라질 수 있다면, 그러고 싶군."

"당신 집은 어디야?"

"집 같은 거 없어."

"흥, 하는 소리마다. 자기 손으로 제 뿌리를 뽑아 길 위에 나선 사람인 줄은 처음부터 알았지. 그래도 딸이 듣는다면 서운해할 거야. 정말 귀여운 소녀던데. 당신이 사는 곳은 알아. 복잡한 것 같아도 이 메디나 근처가 얼마나 빤한데. 여기서 머무는 집 말고, 어느 나라 사람이냐구."

승은 이마에 팔을 올린 채, 이제 여기도 그만 와야겠다는 생각을 하며 눈을 감아버린다.

"나도 몰라. 어디서 왔는지."

츳, 짧게 혀 차는 소리가 들린다.

"당신, 중국 사람이야? 어떤 사람이 당신에 대해 물었어."

승은 벌떡 일어나 앉았다. 주전자에 생 민트잎을 막 떨어뜨린 파티마가 눈을 동그랗게 떴다. 그 눈동자를 똑바로 쳐다보았다. 여길 드나든 이후 처음으로.

"언제? 그리고 또 무얼 물었지?"

물으면서도, 머릿속이 복잡했다. 아까 이곳으로 오는 길 위에서 아지자의 전화를 받았다. 아지자는 다짜고짜 도착하는 대로 자기 가게로 오라고 했다. 승은 왜냐고 묻지 않았다. 심상한 목소리로 알았다고만 했다. 이어질 그의 대답이 어쩐지 두려웠다. 무스타파에게서 그걸 가져다 숨겨놓은 다음에 그에게 들를 생각이었다.

"어제. 인상을 얘기하는데 당신이더군. 언제 오냐고 물었어."

"그래서?"

"모른다고 했어. 아주 가끔 들른다고 했지. 사실이니까."

승은 여자의 말이 끝나기도 전에 일어나 옷을 주워입었다. 그것 때문이겠지. 이 게임을 시작한 건 승 자신이었다. 어쩌면, 간단히 끝날 일은 아니라는 예감이 따라다녔다. 그걸 처음 손에 넣었던 순간부터.

*

보라가 울고 있다. 소리없이.

볼을 타고 내려와 조그만 턱 아래서 모인 눈물은 멈칫거릴 사이도 없이 똑똑 떨어져내린다. 한동안 울기만 하기로 작정한 사람처럼 아예 유칼리나무 그늘에 내려놓은 나무박스에 쪼그리고 앉아 이렇게 눈물을 떨어뜨리기 시작한 지가 어언 한 시간이다. 왜냐고 물어도 대답은커녕 아예 없는 사람 취급을 한다. 오늘은 나오지 않을 줄 알았다. 아까 광장에서 바쁘게 걸어가는 보라의 아빠를 보았다. 아빠가 있는 동안엔 보라는 일을 나오지 않았다. 그러잖아도 짧아서 우스꽝스러운 머리를 흐트러뜨린 채 울고 있는 보라의 뺨과 입술이 많이 부어올랐다. 퉁퉁 부은데다 코끝이 빨개져 거의 못생긴 보라가 울고 있다. 못생긴 보라가 여전히 좋다. 이어폰을 꽂은 채, 통 알아들을 수 없는 말로 된 노래를 들으며 고개를 까닥이는 보라가 좋은 것처럼. 찐 달팽이 봉투를 열자마자 이 바보, 외치며 집어던지던 보라가 여전히 좋았던 것처럼. 타투가 잘못됐다며 까탈을 부리고 가버린 못된 소녀의 몸짓과 말투를 흉내내며 헤헤 웃어버리던 보라가 눈물나게 좋았던 것처럼. 넌 몰라 하며 잘난 척할 때마저

232

대책없이 좋은 것처럼. 저는 아니라지만, 얘네 아빠도 만만찮게 때리는 게 틀림없다. 어제 없던 저 붉은 멍이 맞은 자국이 아니라면 뭐란 말인가. 드디어 코를 훌쩍이는 소리. 반갑기도 해라. 바바는 기다렸다는 듯 물어보았다.

"괜찮니?"

"괜찮지 않아."

울면서도 대답은 금방이다.

"아빠가 때린 거야?"

"니네 아빠 같은 줄 알아?"

뭐 아니라고 우기고 싶겠지만 얜 거짓말엔 영 서툴다. 기가 푹 꺾인 이 목소리라니. 왜 세상의 아빠들은 모두 자식을 패는 걸까?

"그럼 왜? 돌아가고 싶어서 우는 거야?"

가만히 쳐다보는 눈자위가 붉다. 누군가 우는 걸 지켜보는 일이 제가 울 때보다 더 마음 아픈 건 왜일까.

"돌아가고 싶어, 바바. 돌아가고 싶은 데, 그건 장소가 아니고 시간이야."

이번엔 바바가 한숨을 쉰다. 누군가를 좋아하면, 이렇게 그의 갈망과 나의 갈망이 부딪치는 순간이 있구나. 장소가 아니라 시간이라고 말하지만, 그 시간이란 어떤 장소 속에서의 기억을 말하는 것이겠지. 보라는 떠나온 곳으로 돌아가기를 간절히 원하고, 나는 보라가 여기 머물면서 내 인생에 간섭하기를, 언제까지나 바보라고 외쳐주길 원한다. 신이 하나의 소원만을 들어주겠다 하면, 나는 누구의 갈망을 우선하게 될까? 어쩌면, 신이란 모스크 안에 있는 게 아니라 사람들의 엇갈리는 소망 언저리에 존재하는 걸까. 붉고 푸른 멍이 선명한 팔목을 들어 보라는 그새 솟아난 눈물을 훔친다. 아이고, 아주 물주머니야.

"괜찮아?"

아까부터 몇 번이나 이렇게 물어보는 것 외엔 해줄 게 없는 자신이 바보 맞다는 생각이 들긴 한다.

보라는 헝겊을 꺼내 팽 소리가 나도록 코를 풀고는 빨개진 눈으로 쳐다보았다. 이번엔 바바의 눈알이 아릿해진다. 보라의 목소리는 맹맹하지만 뜻밖에 야무지다.

"이제 괜찮아. 네가, 괜찮냐고 물어봐줬으니까."

*

지상과 천상의 통로를 유영하는 소리의 강물. 저녁의 예배를 알리는 아잔의 곡조가 골목 사이로 연기처럼 스며든다. 귀의 감각은 몸의 어딘가에서 촉감으로 변한다. 소리는 몸을 사로잡고 쓰다듬고 살갗 속으로 가볍게 스며든다. 내장의 갈피마다 비계처럼 들러붙은 욕망의 찌꺼기까지 녹여낼 듯 청아하고 유연한 감각. 악보 없이 다만 입에서 입으로 구전되어온 저 독특한 송가를 듣고 있노라면, 저 사원을 드나드는 사람들은 지상에서 가장 영적인 인간이라는 생각이 든다. 육신을 지탱하기 위한 최소한의 끼니만 해결되면 끊임없이 자신의 죄를 자복하고 나머지 시간은 정원에 핀 꽃향기를 맡으며 지낼 것 같은.

그러나 저것은 자신들의 신을 기만하는 그들 나름의 방식일 뿐이다. 저 유연한 곡조가 채 사라지기도 전, 가장 열심히 기도한 자들은 바깥세상을 향해 대포를 오래오래 쏘아댄다. 인간에게 선과 악이란, 나와 너의 다른 말이다.

난 저 소리를 혐오해. 매우.

아잔의 곡조와 승의 걸음은 엇박자를 놓는다. 혐오와 불안이 자리를 바꾼다. 달리다시피 하다가 가게 근처에 이르러서야 걸음을 천천히 하며 숨을 골랐다. 다급한 호흡이 가라앉을 때까지 몇 번이나 긴 숨을 토해내고는 문을 열고 들어갔고, 문에 달린 동종 소리를 듣고 위층에 있던 무스타파가 좁은 계단을 내려올 때엔 진열된 색유리잔을 무심한 듯 어루만지고 있었다. 옆에 와 서는 무스타파에게, 깜박 잊을 뻔했다는 듯 맡겨두었던 그것을 달라고 했을 때 무스타파는 침도 한번 삼키지 않고 매끄럽게 대답했다. 묻지 않았어도 막 그 얘길 하려던 참이었다는 듯.

"어떻게 이런 일이 있을 수 있지? 어젯밤 이 가게에 도둑이 들어왔다네. 없어진 건 그것뿐만이 아니야. 외상으로 들여놓은 암모나이트 화석도, 며칠 전에 들어온 사암 부조까지 모두 가져갔다네."

젖은 손가락을 콘센트에 집어넣은 듯 두피가 바짝 조여들었다. 이건 예상치 못한 대답이다.

교활과 이중성이 없다면 살아 있는 인간이 아니라는 걸, 무스타파 덕분에 또 깨닫는다. 이놈은 거짓말을 하고 있다. 그게 사실이라면, 도둑이 들어와 물건들을 훔쳐간 게 맞다면, 승이 묻기도 전에 떠들어댔을 것이다. 입에 열두 개의 나팔을 달고 있는 무스타파가 아닌가. 무언가 잘못되고 있다. 여러 경우의 수들이 승의 머릿속을 오갔다. 번개처럼. 어쨌거나, 거짓말을 하는 사람에게 최소한의 진실이라도 얻어내려면 그걸 눈치채지 못한 것처럼 굴어야 한다. 승은 깜짝 놀란 듯 입을 딱 벌렸다.

"그래? 어젯밤에?"

"그래, 어젯밤에. 아침에 나와서 너무도 놀랐다네."

"무스타파, 넌 여기 오래 살아왔고 이곳의 모든 걸 손바닥의 손금처럼 들여다보고 있어. 오늘 막 도착한 여행자 외엔 이 바닥에 네가 모르는 사람이 없잖아. 누군지, 짐작하고 있을 텐데."

비열하긴 하지만 나쁜 놈은 아니라고 생각했다. 평소의 무스타파는 이렇게 슬쩍 추어주면 금세 흥분해서 온갖 소문이나 비밀을 털어놓았다. 파티마와의 잠자리 이야기까지 승의 눈을 빤히 쳐다보며 시시콜콜 쏟아내는 일이 예사였다. 그랬던 녀석이 눈을 두어 번 깜박이고 나서야 입을 조그맣게 움직이며 말했다.

"그걸 내가 어떻게 알겠어. 어떤 놈인지 알기만 하면 칼로 목을 따버릴 텐데. 날 아는 놈이라면 이런 짓은 안 하지. 내가 누구야? 이 무스타파의 가게를 털다니, 날 전혀 모르는 놈이라구."

"안 돼, 무스타파. 그건 찾아야 되는 물건이야."

"인샬라! 너무 걱정 마. 조금만 기다려보자구. 다시 매물로 흘러들어올 테니. 대신 내가 다른 걸 하나 줄게."

무스타파는 주위를 휘휘 둘러보는 시늉을 하더니 발치에 있던 화석 하나를 집어든다.

"이건 어때? 내 가게에서 없어졌으니, 내 마음도 편하질 않아. 이

건 내가 가장 아끼는 거야. 다리 숫자를 세어봐. 훼손된 게 하나도 없어. 완벽한 거라고. 완, 벽. 이 더듬이를 살짝 건드리면 바로 기어 갈 것 같지 않아? 오늘 당장 팔아도 이만 유로는 받을 수 있어. 제 발, 사양하지 마. 이거라도 주어야 내 마음이 편할 것 같아……"

승은 끝도 없이 떠벌리는 무스타파의 입술을 쳐다보았다. 앞니가 빠져나간 구멍에서 썩은 내와 니코틴 냄새가 뒤섞여 밀려나온다. 여기 와서 처음 알게 된 사람이 무스타파였다. 이 가게에서 다루는 품목은 별 보잘것없는 조악한 것들이 대부분이었지만 자리가 좋았다. 뜨내기 손님들이 많았고 소소한 잡일거리도 끊임없었다. 가이드 의뢰가 겹치면 그중 영양가 없어 보이는 쪽은 승에게 넘겨주기도 했다. 그 계산속이야 어떻든 그건 사흘 굶은 자에게 던져지는 마른 빵 한 덩이였다. 승 역시 손님들을 데리고 메디나로 올 땐 꼭 무스 타파의 가게를 코스에 넣어 낙타 뼈로 만든 조잡한 보석함 하나라 도 더 팔아주려 마음을 썼다.

무스타파가 아니었다면, 여태 버틸 수 있었을까. 아랍어나 베르 베르어 같은, 생존언어를 가르쳐준 것도 무스타파다. 난 말이야, 외 계인에게도 물건을 팔 수 있어. 그 자신의 말처럼 단 한 줄 읽지 못 하는 외마디 영어로도 장사에는 막힘이 없었다. 옆에서 듣고 있으 면 영어와 불어가 뒤섞이고 문법도 엉망이지만 낯이 뜨거워지는 그 떠벌림에 불편해하는 손님은 정작 없었다. 베리 나이스 베리 치프. 상대방의 팔을 살짝살짝 건드리며 소곤거리는 그의 태도는 누구에 게든 경계심을 허물고 급격한 친밀감을 불러일으키게 했다. 술을 구하기 어려운 이곳에서, 깨어날 때면 머리가 빠개질 듯한 싸구려

밀주를 쥐여준 사람도, 여행자들의 지갑 두께를 살펴서 메디나 투어를 두 가지로 달리 하라고 가르쳐준 이도 그였다. 커미션을 두둑이 챙겨주는 기념품가게를 연결해준 것도 무스타파였다.

말을 마친 무스타파는 손에 삼엽충 화석을 들고 입을 헤 벌린 채 고개를 가로저었다. 자신은 세상에서 가장 아둔한, 그저 푼돈 몇 푼의 가치 외엔 아무것도 모르는 장사꾼일 뿐이라는 듯. 여기까지가 전부라는 듯. 카트를 씹어대서 검누렇게 변한 앞니 사이 검은 구멍을 이렇게 무방비로 보여준 적은 없었다. 한참 흥정을 하다가도 아잔이 들려오면 카펫 위로 달려가 엉덩이를 치켜들고 엎드리는 이 상인이 승은 처음으로 두려워진다.

어쩌야 할까.

단 한 가지 생각을 단도처럼 품은 채 여기로 떠나올 때는 그 일이 그리 어렵지 않으리라고 여겼다. K가 짧은 기간 동안이라도 여기서 무역을 한 게 사실이라면. 밤낮으로 떠들어댔던 이야기들이 완전한 상상만은 아닐 것이라고 믿었다. 그렇게 믿고 싶었다.

미친놈처럼 여기저기를 뛰어다니고 뒤지고 찔러보며 한참을 허송세월하고서야 깨달았다. 그 추적이란 게 정오의 사막에서 자신을 물고 달아난 독뱀 한 마리를 찾는 것과 다를 바 없다는 걸. 맹독을 앓으며 헤매고 다니면서야 이 대륙의 경계는 무한하다는 걸 알았다. 해안선을 따라 셀 수 없을 만큼 많은 항구가 있다는 것도 알게 되었다. 모래의 길을 따라 수천 년의 시간이 뒤섞여 있다는 것도 알게 되었다. 암담한 깨달음이었다.

어느 밤에 딸을 재워놓고 환전해온 유로를 꺼내 세어보았다. 셀

것도 없었다. 한심하기 짝이 없는 한줌. 이것마저 다 써버린다면 떠나온 곳으로 다시 돌아갈 길마저 끊어져버릴 것이었다. 이걸 쥐고 무얼 하겠다고. 한 가지 생각만 하고 날아왔었다.

그들을 찾아낸다.

돈으로 청부업자를 산다.

······그외의 일에 대해선 생각해보지 않았다. 쥐고 있는 돈으로는 당장 찾아 목을 조르고 나면, 뒤따라 굶어 죽어야 할 형편이었다. 자신의 삶에 대해선 그랬다. 그 이후의 욕망은 없었다. 마음에 걸릴 것도 없었다. 여기까지 끌고 온 딸 외엔. 우기의 파피루스처럼 밤 동안 쑥쑥 자라나는 딸이 무서웠다. 운명의 족쇄처럼 생각되었다. 언제가 될진 모르지만 돌아가야 한다고 생각했고 그동안은 버텨야 한다고 이를 악물게 하는 것도 딸이었다. 돈을 버는 일은 쉽지 않다. 그걸 누가 모르는가. 버리진 못했지만 왕복항공권의 유효기간은 이미 지나갔다. 뿌리 없는 자가 할 수 있는 일이란 뻔했다. 여기는 곧 거기였다. 그가 승에게 했듯 빼앗을 수 있을 때 빼앗아와야 했다. 기회가 오면 우선 움켜쥐어야 했다. 옳고 그름, 선과 악, 도리와 의리, 그따위. 돌이켜보면 자신은 그곳과 너무도 닮은 이곳에 아주 빠르게 적응해왔다. 마치 오래도록 달려온 사람이, 움직이는 기차에 유연하게 올라타듯이. 처음에 아주 약간 비틀거렸을 뿐, 몸은 빠르게 적응했고 능숙하게 발을 내디뎠다.

무스타파나 아지자는 선한 사마리아인이었다. 불과 며칠 전까지.

그들을 먼저 속인 건, 어쨌거나 자신이다. 불에 덴 듯 파티마의 집에서 뛰쳐나와, 여기로 오기 전 아지자에게 먼저 달려갔었다. 본

능이 가르치는 지도였다. 좁은 골목은 찜솥처럼 뜨거워 정신이 나
갈 지경이었다. 사람들과 어깨를 부딪치며 달리고 있는 건 승뿐이
었다. 파티마까지 찾아갈 정도라면 누구란 말인가. 게다가 중국인이
라니. 혹시 K가 날 찾아온 건 아닐까? 터무니없다는 생각이 뒤를
이었다. 그나저나 아지자는 왜 보자 했을까? 값을 더 쳐달라는 걸
까? 눈치 빠른 놈 앞에서 너무 침을 흘렸나? 만약 더 부르면 얼마까
지 받아줘야 하나? 아예 되돌려달라 하면 뭐라 받아칠까? 골똘히
생각하느라 마늘을 가득 싣고 종종걸음을 치던 나귀와 부딪쳤다.
곧이어 누군가의 발을 밟았고 아지자의 가게로 빠지는 길을 지나쳐
버려 되돌아와야 했다. 가게로 들어서는 승을 보자 아지자는 깜짝
반가워했다. 좋지 않은 예감은 대체로 맞는 편이어서, 아지자는 입
술 끝에 웃음이 사라지기도 전에 떠들어대기 시작했다.

미안해서 어떡하지? 지난번 그건, 돌려받아야겠어. 그게, 그러니
까 말하자면 좀 골치 아픈 거야. 이런 일이 원래 그렇잖아. 복잡한
사정이 있어. 거래할 게 아닌데 실수로 묻어온 거야. 고스란히 돌려
줘야 되게 생겼어.

아지자는 손에 들고 있던 세밀화 장식 거울을 내밀었다.

대신 네 딸에겐 이걸 줄게. 기가 막힌 거야. 삼백 유로는 받아야
되는 건데, 그냥 선물로 주는 거야. 뒤를 살펴봐. 적어도 백오십 년
은 된 거라구. 채색이 어찌나 선명한지 눈을 뗄 수가 없어. 그 나이
라면 이걸 훨씬 좋아할 거야. 봐, 거울아 거울아 이 세상에서 누가
제일 예쁘니, 물어보면 대답을 한다니까!

마지막 말이 뻔한 농담인 줄 알면서도 둘 다 웃지 않았다. 승은

담담한 낯빛으로 눈을 몇 번 깜박였다. 그런 일은 생각도 못 했다는 듯.

어떡하지? 차에 싣고 다니던 그걸, 사막에 들어갔던 영국인 부부가 탐내기에 그냥 줘버렸는데. 어쩐지 흉한 느낌이 들어서. 목이 뎅겅 잘라진 그걸 어디 쓰려고?

그 사람들은 지금 어디 있는데?

아침에 탕헤르에 내려줬으니 세우타엔 벌써 도착했을 테고, 그 어디쯤 돌아다니고 있으려나?

연락처는 알고 있겠지?

그야 모르지. 탕헤르 부두에서 우연히 엮인 사람들이니까. 늘 같이 돌아다녔으니 통화할 일이 없었어.

아지자의 얼굴이 눈에 띄게 굳어지며, 목이 다 뻣뻣하다는 듯 고개를 뒤로 젖혔다가 세웠다. 그사이 다른 얼굴을 갈아끼운 듯 뻘겋게 달아오르기까지 했다. 한숨을 내쉬더니 목이 졸린 듯 쌕쌕거리며 호들갑을 떨기 시작했다.

이건 보통 일이 아니야. 그건 장물이야.

승은 아지자의 얼굴을 새삼 쳐다보며 생각했다. 네가 장물 취급한 게 하루이틀인가.

도대체 이게 무슨 일이야. 그 물건이라면 난 제대로 만져보지도 못했는데. 어떻게 생겼는지도 모른다구. 돌려주지 않으면 죽이겠대. 그러고도 남을 놈들이야. 그 사람들한테 네 얘기를 할 수밖에 없었어. 내가 손도 대보지 않은 건 사실이니까.

탕헤르 쪽 여행사에 수소문은 해보겠지만 기대는 하지 말라고 얼

버무려놓고는 가게를 나왔다. 언제나 낙천적인 뺑쟁이 아지자의 완전 낙담한 모습은 처음 보는 것이었다. 그렇다 해도 가게를 나온 승의 마음은 여전히 반반이었다. 이제 어쩔 것인가. 무스타파에게 맡겨놓은 걸 찾아서 아지자에게 돌려줄 것인가. 끝까지 오리발을 내밀고, 가장 먼저 연결되는 컬렉터에게 넘겨버릴 것인가. 방방 뛰어봤자지. 장물이 맞다면, 저희들도 어디다 하소연할 데도 없을 테고.

그렇게 잔머리를 굴리며 무스타파의 가게까지 달려오는 동안, 승의 마음은 오리발 쪽으로 기울어 있었다. 찾아서 돌려줘봤자, 이미 그게 대단한 무엇이라는 걸 눈치챈 아지자가 순진하게 반납할 리도 없다는 게 승의 짐작이었다.

그랬는데, 이 반전은 예상치 못한 것이다. 도둑이라니. 승이 아지자에게 내세운 영국인 부부처럼, 어젯밤의 도둑 역시 가공의 인물일 것이다. 누군가에게 떠안기고 온 똥덩이를 막 되돌려받은 격이다. 무스타파는 조금은 미안한 듯, 어쩔 수 없다는 듯, 두터운 입술 사이 검은 구멍을 무방비상태로 내보이며 이제 승을 조용히 쳐다보고 서 있었다.

아까 아지자가 그랬듯 승도 목을 뒤로 한껏 젖혔다. 승의 얼굴은 뻘게지는 대신 노랗게 질린다. 똑같은 어리석음을 천 번이나 되풀이하는 자신. 탐욕의 끝엔 지옥불을 맨발로 걸어야 한다는 걸 알게 된 지 얼마나 지났다고. 아무도 믿지 않기로 했지. 여기까지 끌고 온 딸년 외엔. 속이는 자가 될지언정 속는 자는 되지 않겠다, 혀를 깨물며. 인생 전부를 훼손당한 채 여기까지 도망쳐왔지. 그래놓고도. 탕헤르 여자에게, 또 무스타파에게 보기 좋게. 앞으로 얼마나 더. 승은 진저리를 친다. 그러니까, 나는 가장 뒤늦게 깨닫는 자. 가장 뒤늦게 깨닫는 자란 언제까지나 속는 자.

"안 돼, 무스타파. 무슨 일이 있어도 그건 돌려받아야만 해."

승의 간절한 말은, 무심한 듯 벌어진 무스타파의 입술 사이, 오래전 빠져나간 이의 구멍, 검은 공간 속으로 흩어진다. 소용없이.

*

"보라!"

막 문을 나서는 참이었다. 돌아볼 필요도 없이 나오미다. 어딜 다녀오는 길인가. 하얗게 센 머리만 아니라면 선이 가늘고 꼿꼿한 몸매가 처녀처럼 보인다. 부겐빌레아 꽃을 으깨어 바른 듯 빨간 입술이 천 살짜리 무채색의 골목 사이에 동동 떠 있다. 지금 보라의 마음은 춥다. 너무 추워서 그 빨간색에 마음이 살짝 끌린다.

"키가 자라는 게 눈에 보이는구나. 나도 그럴 때가 있었지. 너 나이였을 땐 내가 봐도 눈이 부셨는데. 사람들이 어찌나 쳐다보던지 길거리에 나가기가 두려웠단다. 초콜릿이 있는데 홍차 마실래? 신선한 크림도 있단다."

왕따 할머니. 목소리가 은근할 걸 보니 무지 외로운 게지. 홍차는 별로지만, 초콜릿이라면 거절하기 어렵다. 나오미의 초콜릿은 양초처럼 이에 들러붙지도 않고 혀에 올려놓고 있으면 저절로 녹아 목구멍으로 넘어갔다. 비싼 거라고 잔뜩 생색내는 걸 듣고 있어야 하는 괴로움과 맞바꿀 만한 맛이다. 갑갑해서 나서긴 했지만 딱히 할 일도 없었다. 보라는 생색내듯, 뭐 그럴게요, 하고는 따라 들어갔다.

나오미는 찻물을 끓이는 일도, 접시에 초콜릿 세 쪽과 아몬드 한 줌을 내놓는 일도 아주 천천히 한다. 나오미의 말은 쉼표가 없다. 말이 끊어지는 틈에 보라가 일어날까봐 문장의 마지막 단어와 첫 단어는 마치 한 단어처럼 이어진다. 그녀가 끊임없이 늘어놓는 말은 이미 몇 번이나 들은 얘기들이다. 그것들은 지난번과 살짝 어긋나거나 완전히 달라지기도 한다. 거짓말을 하는 건 나오미가 아니라 기억이겠지. 나 역시 겨우 일 년 전, 이 년 전의 일도 아득히 머니.

찻잔에 홍차를 부어줄 땐 이미 접시에 남은 마지막 초콜릿을 집어 입에 쏙 넣고 있었다. 단 게 유난히 입에 당기는 날이다. 나오미 얼굴에 초조한 기색이 떠오른다. 접시가 비면 보라가 갈 거라는 걸, 길게 남은 오후와 저녁과 밤을 혼자 지내야 한다는 걸 알지만, 못 견디게 외로운 오후가 아니면 더 내놓진 않았다. 나오미는 물담배 통을 끌어당기며 묻는다.

"보라, 담배 피울래?"

"아니요."

"아가, 담배는 좋은 거란다."

"나도 피우고 싶어. 근데 피울 줄 몰라."

"난 네 나이 때 담배를 잘 피웠는데."

정말 엽기 할머니야. 라이터로 불을 붙여주는 보라의 손목을 보더니 눈을 동그랗게 뜨며 물었다.

"어쩌다 그랬니?"

푸릇한 멍의 흔적이 팔찌처럼 남았다.

"문틈에 끼었어요."

보라는 제 손목을 남의 것처럼 내려다보았다. 왜 너까지 나를 괴롭히니? 잘 지내는 척이라도 하면 안 돼? 이렇게 많은 구멍을 아빠 혼자 메우라는 거야? 손목은 아프지 않았다. 화덕의 숯불처럼 이글거리는 눈으로 목이 쉬도록 소리지르던 아빠 모습이 더 속을 후벼 팠다. 미친 사람처럼 날뛰는데, 차라리 아무 말 없이 자기를 더, 더 때려줬으면 좋겠다고 진정 생각했다.

"저런, 난 어찌나 살의 성질이 좋은지 그렇게 멍이 들어도 다음날 이면 곧 사그라진단다."

못 말린다니까. 작은 새가 지저귀듯 높고 가는 목소리로 수다 떠는 걸 보고 있으면 무슨 말을 해도 얄밉다는 비호감은 사라지고 이 주름투성이 나르시시스트가 약간은 귀엽다는 생각이 슬그머니 든다.

"나오미, 그렇게 좋은 곳을 왜 떠나왔어? 거기 살았으면 아직도 열두 명의 남자들이 날마다 꽃다발을 들고 찾아올 텐데. 당신은 여전히 예쁘니. 그렇잖아?"

물담배를 깊이 빨아들인 나오미의 눈길이 아득해진다. 놀리는 줄도 모르고 또 무슨 공주병 사설이 쏟아질라나.

"사랑 때문이었지. 내가 사랑했던 남자. 아내와 딸이 있던 그 남자는 모든 걸 버리고 날 선택했으니까, 나도 가진 걸 전부 두고 그를 따라왔어. 이곳으로 와서, 여기서 우린 정말 행복했지. 내 인생에서 가장 행복한 시간이었어. 그가 병으로 죽기 전까지. 그 사람이 죽었을 때, 그의 가족들이 이곳으로 날아오기 전에 저 사막 한가운데 그를 묻었어. 나만 알고 있는 곳에. 그의 어머니가 눈물로 호소

했지만, 난 그 장소를 끝내 알려주지 않았어. 그는 내 것이니까. 흐흐, 내가 죽으면, 나도 거기 묻힐 거야."

작은 창은 기울어지는 햇살로 희게 빛나는데, 방은 한 겹 어둑해진다.

"나오미."

나직이 부르자 나오미는 위로받고 싶은 표정으로 보라를 바라본다.

"당신은 그곳에 같이 묻히지 못해. 이 방에서 혼자 아무도 모르는 채로 고통스럽게 죽어갈 거야. 당신이 죽는 걸 누가 알겠어? 다리는 움직이지 않고 입은 굳어버려서, 복도를 지나는 누구도 부르지 못하겠지. 죽어가는 마지막 순간에야, 원하는 걸 모두 가질 순 없다는 걸 깨닫고 어리둥절해질 거야. 당신이 죽는 걸 지켜보는 건 당신 눈동자뿐이겠지. 부패하고 또 부패하는 동안 내내 혼자일 거야."

싸늘한 목소리는 그러나 보라의 마음을 다 담지 못한다. 나오미는 칵칵거리며 기침을 쏟아낸다. 홍차가 기도로 들어간 모양이다. 다시는 이 방에 놀러 오는 일은 없을 거라고, 이 순간이 이 방에서의 마지막이라 생각하며 호사스럽게 꾸며진 실내를 차가운 눈빛으로 둘러본 후에 방을 나와 문을 가만히 닫았다. 비로소 숨이 가빠지며 심장이 툭툭 뛰었다. 그토록 독한 말이 내 안 어디에 있었을까. 어디에 엎디어 있다 단도처럼 튀어나온 걸까. 보라는 달리듯 집으로 돌아왔다. 미치도록 김이 먹고 싶었다.

"로랑이 죽었어."

숨이 넘어갈 듯 달려온 바바는 그 말만 겨우 하고는 손바닥으로 무릎을 짚고 헉헉거렸다. 잘못 들었다고 생각했다. 앞뒤 없는 말들을 쏟아내는 동안 바바의 표정이 점점 일그러졌다. 제 엄마한테 들었다니, 이 도시에선 이미 모르는 사람이 없다는 얘기이다. 그래도 믿을 수가 없다.

"언제?"

이런 바보 같은 질문이나 하고 있다니.

"몰라."

"왜? 왜 죽었는데?"

묻고 나자 힘이 쭉 빠진다. 정말 알고 싶은 게 그것일까. 하지만 누군가가 죽고 난 후에 바보 같은 질문 외에 또 무엇이 남을까.

"그것도 모르지."

"오늘 신문 좀 구해올 수 있어? 영어로 된."

근처에 신문을 파는 곳은 없지만 카페나 펜션의 로비엔 신문이 꽂혀 있긴 했다. 기다리란 말도 없이 바람처럼 달려간 바바가 신문 한 부를 들고 왔다. 펼칠 필요도 없었다. 정면을 응시하며 웃는 얼굴. 앞면 상단 전체가 그의 얼굴 사진이다. 십 년쯤 전의 얼굴일까. 지금보단 윤곽선이 부드럽고, 피부는 더 깨끗하고 머리숱도 눈에 띄게 많다.

그는 죽은 채 발견되었다. 이른 아침, 자신의 정원에서. 옆에 놓여 있던 커다란 도자기에 남은 흔적으로 보아 머리를 부딪친 것이 원인 중의 하나일 것으로 짐작되나 부검 결과가 나오기 전엔 정확한 사인을 알 수 없다고 했다. 처음 발견한 사람은 정원을 둘러보던 정원사. 자살인지 타살인지는 모른다. 타살이라면 범인이 누구인지, 피살 동기 역시 밝혀지지 않았다. 사진 아래쪽 검은 테두리를 한 박스 안에 그의 일생이 연대순으로 요약되어 있었다. 옆에서 바바가 목을 빼고 들여다보았다. 보라는, 둘이 같이 알았으나 이제는 지상에 존재하지 않는 사람에 대한 이야기를 바바에게 들려주었다.

"바바, 믿을 수 있어? 그 사람 피의 절반이 아프리카라니. 그 사람은, 북아프리카에서 태어났대. 어린 시절을 거기서 보냈어. 그는 오직 이곳에서 지낼 때에만 진정한 휴식을 느낄 수 있었대. 옷을 벗고 바다에 몸을 담근 어린아이처럼. 이곳은 그 사람 영감의 원천이었고 그가 지상에서 가장 사랑한 장소가 이곳이었대. 쇼를 마치고 나면 세상으로부터 텅 빈 자신을 감추기 위해 늘 이곳으로 달아났다네. 그리고, 그의 이름은 그가 태어난 장소에서 따온 거래. 그는 오랑 사람이야."

"설마!"

"사하라 깊숙이 들어가보지 않은 사람은 색채의 진정한 스펙트럼을 알 수 없다고 말했대. 자신은 그곳에서 색채에 눈을 뜨고, 모래 언덕에서 가장 아름다운 선들을 발견하고, 빛과 어둠의 황금비율에 대해 알게 되었대."

바바의 얼굴이 점점 신문 위로 기울어지다 보라의 어깨에 얹힌다. 읽지도 못하는 주제에.

"너, 언제까지 이렇게 읽어주어야 하니? 내가 돌아가면 어떡할 거야?"

나지막이 그랬을 뿐인데 갑자기 울먹이며 소리를 지른다.

"너마저 떠난다는 거야?"

"지금, 그 얘기가 아니잖아."

기사는 몇 페이지에 걸쳐 이어졌다. 그 사람이 이토록 대단하고 유명한 사람인 줄은 몰랐다. 그와 함께 일했던 사람들의 짤막한 코멘트로만 채워진 면도 있다. 누군가는 그의 갑작스런 죽음을 결코 믿을 수 없다고 했고, 누군가는 마지막 만났을 때 다음 무대에 대해 열정적으로 나눈 이야기들이 여전히 생생하다고 했다. 사람들이 이야기하는 것은 추억이었다. 누구도 그의 죽음 자체에 대해 말하는 사람은 없었다. 바바와 보라 역시 그러한 것처럼.

"그 사람, 게이 맞아?"

묻는 바바의 표정은 그게 사인이라도 되듯 심각하다.

"아마도. 그런데 그게 중요한 거야?"

물었지만 어쩌면, 그건 중요한 것일지도 모르겠다는 생각도 든다. 몇 년 전 B라는 남자가 죽은 이후, 그가 예술품 컬렉션에 과도하게 집착하기 시작했다는 증언도 있었다. 소중한 것을 잃고 나면 누구나 이상해지는 걸까. 하긴, 가장 소중한 사람을 잃어도 이상해지지 않으면 그건 진짜 이상한 인간이지.

신문기사들은 온갖 추측들을 부풀려 기록해놓았다. 그는 누구에게 원한 살 일을 저지르지도 않았고 금품을 가져간 흔적도 없다 했다. 푸른 집에 있던 고가의 작품들도 그대로라 했다. 혼자 산책을 하다 갑작스런 심장발작으로 쓰러지면서 도자기 모서리에 머리를 부딪친 것이 직접적인 사인일 것이라는 추측도 있었고 약물에 의한 자살 혹은 독살의 의혹이 있다는 기사도 있었다. 그 이유로 유독 노릇한 손등 피부의 변색을 들었다. 흥, 그건 헤나로 그린 넝쿨무늬의 흔적일 것이다. 여태 남아 있었다니 그는 손을 잘 씻지 않는 사람인가. 아니다. 많은 시간이 흐른 것 같지만, 광장을 지나는 그의 손을 붙들고 넝쿨을 그렸던 건 불과 며칠 전 일이었다. 사람이 가까워지는 데는 그리 많은 시간이 필요하지 않은가보다.

바바와 놀러 갔던 날, 푸른 집을 모두 보여준 후에 그는 위층에 있는 자신의 작업공간으로 우리를 데려갔다. 정원 쪽 벽이 온통 유리로 된 그 공간의 벽엔 그림 한 장 없었다. 직사광선이 닿지 않는 곳에 아주 커다란 나무책상이 하나 놓여 있었고 그 옆에 상반신 마네킹과 그 이면을 고스란히 비출 수 있는 등신대의 거울이 하나 서 있는 게 전부였다. 책상 위에는 흰 종이더미와 연필 몇 자루, 색이 다른 천 서너 뭉치가 쌓여 있었지만 어질러져 있다는 생각은 들지 않았다.

옷은 어떻게 만드는 거예요?

바바가 묻자 그는 웃지 않고 대답했다.

아주 쉽지.

농담을 하는 거라고 생각했다. 보라를 잠시 바라보더니 그는 책상 위에 있던 천을 하나 펼쳐 두 겹으로 겹쳐놓고는 그 위에 선을 죽죽 그었다. 자를 대지 않았지만 직선은 완벽했고 곡선은 과장 없이 유연했다. 아주 길고 날카로운 가위를 집어들더니 그걸 마름질

하기 시작했다. 빠르고 정교한 손놀림이었다. 그 손을 홀린 듯 바라보고 있는데, 보라가 손등에 그려준 넝쿨을 어쩌면 혐오했을지도 모르겠다는 생각이 들었다. 잘라낸 천을 마네킹에 걸쳐놓고 테이블에 있던 검은 테이프를 집어 좍 풀더니 전체적인 형태를 잡으면서 모양을 잡아나갔다. 옆에서 침이라도 흘릴 듯 입을 헤벌리고 있는 바바의 얼굴을 보고 보라는 얼른 제 입을 다물었다. 둥글게 파인 목선, 가슴 아래 절개선 대신 붙여진 검은 테이프, 세워놓은 트럼 펫처럼 아래쪽으로 살짝 벌어지는 끝단. 작업을 하면서 그는 몇 번이나 보라를, 보라의 몸 전체를 쳐다보곤 테이프로 빠르고도 꼼꼼하게 작업을 해나갔다. 마치 마술을 보는 것 같았다. 마지막으로 손으로 매만져 모양을 잡고는 뒤로 물러서서 그걸 쳐다보며 물어보았다.

마음에 드니?

보라는 그를 바라보았다. 자마 알프나에서 보라에게 손목을 잡힌 채 난감한 얼굴로 그림자처럼 서 있던 그와는 다른 사람 같았다. 천을 만지던 그는, 지금 생각해보니 조금은 행복해 보였던 것 같다. 검은 테이프를 여기저기 달고 있었지만 그 옷은 보라의 마음에 꼭 들었다.

그가 대답을 기다리듯 보라를 바라보았다. 바바가 옆구리를 슬쩍 찔렀다. 보라는 대답을 하지 못했다. 마음에 드니? 그 질문은, 그렇다 하면 그 옷을 만들어주겠다는 얘기로 들렸기 때문이다. 보라는 고개를 끄덕이며 애매하게 웃기만 했다. 그런 걸 받을 까닭이 없었다. 보라의 마음을 읽은 것처럼 그가 말했다.

너도 내게 선물을 하나 주었잖니?

손가락을 펼쳐 그는 제 손등을 잠시 내려다보았다. 옴팍 바가지 씌운 것이 엄청나게 후회되었다.

그날 마네킹에 시선을 고정한 채로 검은 테이프를 찢고 있을 때 당신은 가득 차 보였는데. 그곳으로 올라오기 전, 기이한 물건들로 가득 찬 지하에서 빈 자루를 들고 저녁을 맞은 사람처럼 초조한 표정을 끝내 지우지 못하던 것과는 달리. 그날 묻고 싶었다. 당신, 왜 이 일을 두고 다른 것을 찾아 헤매지요?

신문 기삿거리가 될 만큼 외로운 사람이었다는 걸 알았더라면, 그와 있는 동안 좀더 아무것도 아닌 이야기들을 나누었을 텐데. 사소하지만 나누는 순간엔 마음이 따뜻해지는 그런 이야기들 말이다. 내가 목마른 것들에 그도 목말랐을 텐데. 그와 알게 된 지 겨우 며칠밖에 되지 않았다는 사실을 믿을 수 없을 만큼 그는 보라의 마음 깊이 들어와 있었다. 그의 죽음은 빠르게 도시 전체로 번져나갔으나 자마 알프나는 그가 살아 있을 때와 똑같이 복작거렸고 숯불 위에선 양녀가 익어갔다. 며칠이 지나지 않아 살아 있는 사람들에게 그의 죽음은 손등 위의 헤나자국처럼 흐릿해져버리겠지.

누군가 죽고, 누군가 사라져가도 밥을 지어 먹고 잠을 자야 한다. 바바와 헤어져 돌아오는 길에 야채가게에서 양파와 오렌지를 샀다. 핏기 없이 창백한 양이 거꾸로 달려 있는 정육점에 들러 달걀도 샀다. 당분간은 모르는 사람의 손목을 붙들고 타투를 할 기분이 아니었다. 어젠 아빠한테 얻어맞고 오늘은 그 사람이 죽고. 엄청난 일만 연달아 일어나는구나. 난생처음 얻어맞았지만, 화는 나지 않았다.

맞는 내내 아빠도 나도 참 안됐다는 생각을 하고 있었다. 뭐 그렇다고 다 용서한 건 아니다. 이런저런 생각을 하며 처음 바바를 만났던 날 알게 된 지름길을 따라 천천히 걸었다. 인적이 드문 이 길을 보라는 좋아했다. 꼬불꼬불한 골목을 따라 걸으면 어떤 생각이 떠올랐다가 가라앉곤 했다. 긴 골목은 열기만 가득할 뿐, 하릴없이 달려가는 사내아이 하나도 없다. 어느 모퉁이를 돌아서는데 뒤에서 잰걸음 소리가 다가왔다. 먼저 지나가도록 벽 쪽으로 몸을 붙이는데, 강철 같은 손바닥이 어깨를 움켜쥐고 홱 돌려세웠다. 처음 보는 남자였다. 아랍 남자도 베르베르도 아니다. 설마 길을 물으려고 이렇게 난폭하게? 남자는 또박또박 잘라 말했지만 영어가 서툴러 그런 것 같진 않았다.

"그것을, 돌려주지, 않으면, 대신, 널, 데려가겠다고, 말해."

"그게 뭔데요?"

쥐어짜는 목소리로 묻자 남자는 제 손바닥을 보라의 얼굴에 댔다. 숨이 멎을 것 같다. 물속에 잠긴 듯, 비명도 질러지지 않는다. 서두르는 기색 없이 그는 뺨에 댄 손바닥을 위쪽으로 죽 밀어올렸다. 눈초리가 치켜올라갔다. 심장이 터질 듯 뛰었지만 남자의 눈을 똑바로 쳐다보았다. 외면하는 순간 목을 조를 것만 같았다.

"이렇게 생긴, 쇳덩어리야. 네 아빠가 알고 있어."

말을 마친 남자가 골목을 돌아 흔적 없이 사라져버린 후에야 보라는 아! 하며 입을 딱 벌렸다.

*

"무슨 일이야? 이렇게 일찍?"

가게로 들어서는 승을 보자 무스타파는 책상 서랍을 닫으며 일어난다. 어제 일은 까맣게 잊었다는 듯 태평한 목소리다.

"좀 알아봤어?"

"뭘?"

승은 그의 눈만 똑바로 쳐다보았다. 뻔한 줄다리기를 할 기운은 없다. 승의 낯빛을 슥 살핀 녀석의 목소리가 금세 살가워진다.

"아, 그거. 친구, 어제 말하지 못해서 미안해. 얼마나 말하고 싶었는지 몰라. 그건, 사실 로랑이 가져갔어."

마음이 캄캄해진다. 이젠 거짓말도 숙성시켜가며 하네, 한 사흘씩. 이 사기꾼 녀석은 그걸 돌려주고 싶은 마음이 조금도 없는 것이다.

"그 말을 믿으라고?"

"사실이야. 알라께 맹세코."

"무스타파, 그는 죽었어. 그가 죽은 건 온 세상 사람들이 다 알아. 죽은 사람에게 덮어씌우는 건 나빠."

"바로 그래서야. 그래서, 미처 말 못했던 거야. 그가 주겠다 약속한 액수에는 비밀을 지키는 비용도 포함되어 있었어. 내 것이 아니라 했는데도 그는 막무가내 그걸 가져가버렸어. 어쩔 수 없었어. 그가 돈을 지불하면, 아주 조금만 내가 갖고 나머진 널 주려고 했었다구. 정말이야. 네가 얼마나 돈이 필요한지 알아. 어떻게 이런 일이 있을 수 있지? 믿을 수 없는 건 나도 마찬가지야."

무스타파는 고개를 저으며 끊임없이 주절거린다. 승은 무스타파의 열린 입술 사이, 이가 빠져나간 검은 구멍을 노려보았다. 그에게 넘겼다는 말은 사실일까. 아직 돈을 받지 않았다는 건 거짓일 테지.

"이 복잡하기 짝이 없는 얘기가 어디 흘러나가기라도 하면, 우린 바로 끌려가서 조사를 받을지도 몰라. 그보다 더 무서운 일이 있을 수도 있어. 널 생각해서 하는 이야긴데 넌 조심해야 돼. 난, 여기서 평생을 살아왔어. 사람들은 이 무스타파를 믿는다구. 넌 뭐지? 너는, 이곳에 존재하지 않는 사람이야. 그걸 알아야 돼. 이를테면, 여기 와서 세금을 낸 적이 있나? ……없잖아."

"설마 그의 죽음과 그 물건이 관련이 있다는 거야?"

"그걸 누가 알겠어. 다만, 마지막으로 그와 사막으로 들어갔던 건 너야."

무스타파가 모르고 있는 줄 알았다. 로랑과 자신 사이의 거래를 이미 알고 있었다는 얘기다. 그게 언제였는지도. 그는 승과 알기 전부터 무스타파의 오랜 고객이었다. 자신을 빼놓은 뒷거래에 대해 무스타파는 한 번도 불평하지 않았다. 지난 거래에 대해선 돌이키지 않는 것. 아랍 상인들의 거래방식을 그는 일깨우고 있었다.

사실이다. 무스타파가 어디까지 알고 있는진 모르지만, 마지막뿐만 아니라 몇 번이나 그와 사막으로 들어갔었다. 지금 승이 꽤나 고가의 품목을 현금으로 거래할 수 있게 된 것도, 사실은 그 덕분이다. 승이 보는 로랑은 눈 밝은, 동시에 눈먼 컬렉터이기도 했다. 버려진 것들의 아름다움을 발견하는 눈이 있었다면, 동시에 손대지 말아야 한다는 사실엔 눈을 감았다. 지난 라마단 때 무스타파는 자기 대신 그와 사막에 들어가줄 것을 부탁했다. 무스타파는 '이번만'이라고 은근 못을 박았지만 그와의 관계는 이후로도 이어졌다. 무스타파는 자연스레 배제되었다. 변명을 하자면 승을 원한 건 그였다. 그도 승과의 일에 대해선 무스타파에게 입을 다물었다. 그는 사막중독자이기도 했고 아름다움에 대한 중독자이기도 했다. 불시에 사막에 들어갈 수 있겠냐며 전화를 하곤 했다. 사막에서도 그는 여전히 고귀하고 또 혐오스러웠다. 사막의 공허 속으로 숨어들고자 할 땐 연민을 느꼈고 손대지 말아야 할 것을 탐할 땐 그 탐욕이 징그러웠다. 돈으로 사람을 부리는 이들이 으레 그렇듯 결정적 순간엔 지독히 자기중심적인 인간이었다. 마지막으로 같이 들어갔던 날, 사막에서 그와 지낸 시간은 짧은 기록영화의 한 장면처럼 선명하게 남아 있다.

사막의 해는 오만하다. 다른 빛들은 모두 지워버린다. 주워모은 나뭇가지를 얼기설기 걸쳐놓고 라이터로 불을 붙여도 불꽃은 보이지 않는다. 갖다댄 마른풀이 호르르 오그라지면 불이 붙었구나 싶다. 때 절은 주석 주전자를 올려놓고 기포가 떠오르기를 기다렸다. 빻은 커피 한줌을 집어넣으면 물은 소스라치듯 검게 끓어오른다. 스푼으로 한번 휘저어 모래 위에 내려놓고는 컵을 두 개 꺼내 하나에만 설탕덩어리 네 개를 집어넣는다. 커피알갱이가 가라앉으면 두 개의 컵에 나누어 붓는다. 남자는 커피를 젓지 못하게 했다. 마지막 모금을 마신 후 남자는 넷째 손가락을 세워 바닥에 남은 설탕을 조심스럽게 쓸어올린다. 바깥쪽으로 펼쳐세운 새끼손가락이 가늘게 떨린다. 아껴둔 걸 막 입에 넣은 아이 같은 표정으로 손가락을 쪽빠는 모습은 혐오를 일으켰다. 같이 다니는 동안 그는 오줌을 자주 누었다. 승에게서 돌아설 뿐 멀리 가지 않았다. 오줌을 누면 습기는 순식간에 증발해버리지만 매번 불쾌했다. 오래지 않아 사막개미가 기승스럽게 달려들고 오줌 자국을 따라 불규칙한 선이 그려졌다. 제가 당뇨인지 그는 알고 있었다. 단 것이 얼마나 자신의 내분비계를 망가뜨릴지 모를 리 없다. 쾌락을 위해 인간은 기꺼이 현실로부터 도피한다. 죽자고 달려드는 개미떼를 매번 보면서도 그렇게 달콤하게. 보이지 않는 것에는 오죽하랴. 오줌을 눈 남자가 돌아와 앉을 때까지 승은 무릎을 세우고 앉아 다리 사이의 모래를 내려다보고 있었다.

저걸, 가져다줄 수 있소?

긴 침묵을 깨며 그가 물어보았다. 저것이라면, 암각화를 가리키는 것이겠지. 이미 세번째 동행이었다. 매번 단둘이 차를 달려와 사나흘 머물며 동굴 속의 그림을 보다 돌아오곤 했다. 살점이라곤 없는 손가락으로 잔 바닥에 남은 설탕을 쓸어먹는 걸 보았을 때보다 더 진한 혐오감이 밀려왔고 혀 아래 침이 고였다.

그가 아니어도 어차피 누군가의 손을 탈 물건이었다. 시간의 문제일 뿐이다. 대체로 이 지역에서 드물게 발견되는 암각화는, 토기마저 구울 줄 모르던 시대의 사람들이 남긴 것들이다. 이제 은닉된 채로 남아 있는 건 거의 없다고 봐야 했다. 이미 공공 박물관으로 옮겨졌거나, 이런 식의 밀거래를 통해 개인 수장고로 들어가 있는 게 대부분이었다. 지역 전체가 문화유산으로 지정되어 있긴 하지만 이것들의 진정한 인류사적 가치를 알고 있는 사람들은 이곳에서 너무 멀리 있었다. 거래에 대한 처벌은 위중하다 하나 적극적인 의지를 가지고 단속하는 실체가 없었다. 공권력은 사막 바깥에 미치는 힘이었다. 작업하는 과정이 만만치는 않지만, 묻지도 따지지도 않고 지불되는 돈의 액수는 너무 커서 이 일에 한 번이라도 개입해서 황금의 단맛을 본 사람들은 미친 듯이 사막을 쑤시고 다녔다.

무스타파가 부실한 가게를 근근이 꾸려가다가 지난해부터 술과 여자에 돈을 펑펑 쓰는 것도, 금붙이를 닥치는 대로 사들이는 것도, 이 사람과의 단 한 번의 큰 거래 덕분이란 건 이미 비밀도 아니었다. 그런 식의 일확천금은 이 업계 사람들의 로망이었다. 무스타파의 한 건은 토박이들뿐만이 아니라 승도 자극했다. 메디나의 뒷골목을 다니며 괜찮은 기념품가게들을 찾을 때보다 더한 열심으로 승은 사막을 헤매고 다녔다. 타이어 바퀴가 녹아내릴 만큼. 딸을 방치해두고 혼자서. 한번 들어가면 크게 경계를 정해놓고 갈피갈피 훑었다. 암각화는커녕 굴러다니는 돌기둥 하나 걸리지 않았다. 내 복에, 싫어 포기하려던 참에 이걸 발견했을 때 승은 먼저 남자에게 연락했다. 무스타파에게 말하지 않은 건 물론이다. 그 정도야 얼마나 사소한 배신인가.

사막에서 지낼 때면 남자가 짓곤 하던 목마른 표정은, 그것에의 갈망이었나. 적어도 그 모든 걸 품고 있는 사막의 거대한 황량함을 사랑하는 줄 알았는데. 남자는 승이 이곳 사람이 아니라는 걸 알고 있었다. 이런 일이 명백한 불법이란 건 누구나 알고 있었고 문제가 되었을 때 연결고리의 빠진 부분이 될 수 있는 승의 조건 역시 마음에 들었을 것이다.

숨을 들이쉴 때마다 목구멍이 뜨끈했다. 저 눈먼 매혹이라니. 토기보다 무용하나 토기보다 먼저 돌에 새겨진 것. 영혼의 조갈을 불러일으키는 것. 무용함의 극점. 승의 가슴이 떨려왔다. 세상의 어떤 금기도 가볍게 차버리는 저 아름다움에의 맹목이라니. 리넨셔츠 속으로 비치는 마른 팔을 돌로 탁 치고 싶었다. 남자는 대답 없는 승을 쳐다보며 왜 자신이 저걸 소유해야 하는지를 우아한 말투로 설명하기 시작했다.

저건 너무도 아름다워서, 영원히 지켜져야 해. 그러니까, 전문적인 보존이 필요하지. 함부로 떼어내다가 귀퉁이가 떨어져나간다거나 하는 건, 상상만 해도 고통스러워. 버려두면 곧 누군가의 손을 타겠지. 최적의 온도와 습도를 유지하지 않으면 급격하게 훼손되고 금세 바스라져 모래가 되어 흩어져버릴 거야.

남자의 눈이 갈망으로 가늘어졌다. 인간은 결국 원하는 걸 갖기 위해 갖은 핑계를 만들어내곤 하지. 우선, 자기를 설득해야 하니까. 저곳에 그대로 남아 있을 때 가장 완벽하게 보존되리라는 건, 이미 밀거래를 통해 엄청난 분량의 유적을 수장고 가득 쟁여놓은 자신이 가장 잘 알고 있을 테지. 그러나 승을 망설이게 하는 건 그게 아니었다.

얼마를 부를까. 승은 바닥에 커피가루가 남은 잔으로 달구어진 모래를 폭 폈다. 모래 같은 무표정 뒤로 머릿속으로는 계산기가 돌아갔다. 잔을 쓱쓱 흔들어 모래를 쏟았다. 물에 씻은 것보다 더 말끔해진 컵이 반짝 햇빛을 되쏜다. 신문지로 꼼꼼히 컵을 싸서 박스에 담았다. 남자의 커피잔도 그렇게 한다. 아주 느리게 그 일들을 하는 동안 숫자들이 떠오른다. 떠오르는 숫자들의 틈으로 또다른 생각이 비집고 들어온다. 차 한잔을 마시는 사소한 일에도 이런 절차가 필요하다. 그런데 그 둘은, 그토록 감쪽같이. 아니, 자신은 어떻게 그리도 까맣게 모를 수 있었을까. 승은 천천히 일어섰다.

옥수수수염처럼 노랗게 바랜, 정수리의 두피가 군데군데 드러난 머리통을 내려다보며 짤막하게 원하는 액수만을 불렀을 때 남자는 승을 쳐다보지 않았다. 다른 꾼들보다는 아주 적게, 그러나 비웃음을 사지는 않을 만큼 많이. 유로로 받기를 원한다고 덧붙였다. 남자는 기다렸다는 듯 대답했다.

그러겠소.

남자는 막 거래가 끝난 암각화 앞에 서서 승이 들고 있는 라이터 불빛을 따라 벽을 핥듯이 들여다보며 탄식했다.

이 옆에 놓인다면, 앤디 워홀은 쓰레기에 불과해.

어둠 속에서 승은 조금 웃었다. 매번 자기 컬렉션의 마침표를 찍을 물건을 이제야 발견했다며 흥분하고 그걸 제 것으로 만든 후, 다시 새로운 어떤 것을 찾아 헤매는 사람이었다. 새 물건이 나오면 그걸 반드시 제 손에 쥐어야 했다. 제 것이 되는 순간엔 자신 생애 최고의, 최후의 선택이라 했다. 말을 하는 그 순간만은 진심이겠지. 곧 새로운 갈망의 대상이 나타난 것일 뿐.

그랬다. 그를 혐오한 적은 있지만, 살의를 느낀 적은 없었다. 승은 제 앞에 있는 기름진 눈알을 노려보았다.

"무슨 소리야. 내가 그를 죽일 이유 같은 건 없어."

"알아, 다 알아. 넌 누굴 죽일 수 있는 사람은 아니야. 하지만 네가 넘긴 것 중엔 거래가 금지된 품목도 있다더군. 결코 사고팔아서는 안 되는 것들 말이야."

이번엔 무스타파가 승의 눈을 들여다보았다. 노르께한 눈알은 정오의 모래 같은 열기를 품고 있었다.

"친구, 메디나엔 비밀이 깃들일 구석이 없다네."

승은 이제 주저앉을 것만 같다. 자신은 누군가를 좇는 사람이었지, 쫓기는 사람은 아니었다. 관광용 비자의 만기가 지난 지 오래되었다. 그림자는 사라져도 비명을 남기지 못한다.

그랬다. 어제부터 내내 무언가가 뒤통수를 지그시 잡아당기는 느낌이 있었다. 살갗에 볼록렌즈의 초점이 닿은 듯 찌릿한. 모퉁이를 돌 때 잠시 끊어진 시선은 한 호흡 만에 승의 온몸에 찐득하게 와 감겼다. 점과 점을 이어가듯 이것들은 모두 연결되어 있는 걸까. 무스타파 역시 두려워하고 있긴 마찬가지였다. 입이 열두 개 달린 놈인 줄은 알지만 이번 일을 떠벌리진 않았을 것이다. 제가 잘한 건 하나도 없으니. 그렇다면, 최초의 발설자는 아지자겠지. 목이 졸리기 시작한 아지자가 아니라면 그들이 승의 존재를 알 리가 없다. 그들이 누구인지는 아직 알 수 없지만. 그나저나 저 한 몸 빠져나갈 궁리만 하는 이 녀석을 어떻게 다루어야 할까.

"승, 네가 여기 처음 왔을 때 생각을 해봐. 원하는 건 단 하나뿐이라고 했지. 그 두 사람은 곧 찾을 수 있을 거야. 찾기만 하면, 업자까지 다 연결해줄 수 있어. 그런 일엔 이골이 난 사람들이지. 쥐도 새도 모르게 깔끔하게. 그 둘은, 없던 사람에서 없던 사람이 되는 거야. 그러니까 내 얘긴 너도 매사에 조심하라는 거지. 마찬가지야.
그들이나 너나."

*

쥐는 그렇게 생기지 않았어요. 그건, 어쩐지 사람 얼굴 같아요.

바바가 그렇게 말했을 때 백인 남자는 활짝 웃으며 고개를 가로
저었다. 부정이라기보다는 놀랍다는 표현 같았다.

그렇지, 바바? 과일만 잘 고르는 줄 알았더니 뭐든 보는 눈이 제
법 밝구나. 일종의 데포르마시옹이라고 할까. 그래서 그게 더 귀한
거란다.

데포르마시옹. 그게 무슨 말인지 모르지만 바바는 묻지 않았다.
칭찬을 듣는 게 난생처음인 듯싶었다.

그들의 글자가 그런 것처럼 이것도 형상 속에 뜻을 품고 있단다.
명상적인 형상이지.

무슨 말인지는 알겠어요. 그런데, 정말이지 아름답진 않아요.

바바의 목소리에 안타까움이 배어들었다. 남자는 애매한 표정으
로 웃었다. 어쩔 수 없다는 듯한 그 웃음은, 그것이 아름답지 않다
는 바바를 향한 것인지, 아름답지 않은 것에 탐닉하는 자신의 취향
에 대한 것인지 알 수 없었다. 아름다움이 그를 죽일 거야. 쟁쟁거
리는 엄마의 목소리를 지우듯 바바는 남자에게서 그것이 아름답지
않다는 말을 꼭 한번은 끌어내고 싶었다. 진정 아름다운 것은 무성
한 나무들이 싱싱한 초록빛을 뿜어내는 그의 정원이며, 입술을 뽀

죽이 내민 채 타투를 새기고 있는 보라의 옆모습이며, 해가 막 지려 할 때 겹겹이 겹치며 이어지는 모래언덕의 곡선이라는 걸 왜 모를까. 남자는 그날 끝내 그것이 아름답지 않다는 말을 하지 않았다. 그가 그 말을 할 때까지 고집스럽게 언쟁을 해야 했을까. 마지막으로 그를 보았던 그날. 그게 사흘 전이었나, 나흘 전이었나.

히잡을 찢어 묶은 끈이 어깨살을 파고든다. 처음부터 무거웠지만 이제 무게는 극심한 아픔으로 변해 어깨뼈를 비튼다. 엄마의 낡은 히잡에 이걸 싸서 둘러메고 한밤중에 길을 나서기까지 바바는 내내 그렇게 믿었다.

이따위는, 어리석은 장난감 같은 거야. 누가 뭐래도.

어쩌면 이것 때문에 로랑은 죽었을까, 그런 생각이 들기도 했다. 메디나에서 잔뼈가 굵은 바바의 직감이다. 그 생각을 하자 좀더 일찍 어찌해버리지 않은 게 후회스럽기까지 하다. 마지막으로 만났던 날, 그는 내 눈을 뜨게 해주었다. 내 앞의 삶을 바라볼 수 있는 눈. 감겨 있는 줄도 몰랐던 눈. 이층의 작업실에서 천과 검은 테이프만으로 옷을 만들고는 보라에게 마음에 드냐 물어본 그는 차가운 음료수를 같이 마시면서 이번엔 바바에게 물었다.

옷 만드는 일을 해보는 건 어때? 넌 감각이 있어. 옷 자체를 좋아하는 것, 가장 중요한 건 그거란다. 원한다면 좀더 전문적인 교육을 받을 수 있도록 도와줄 수도 있다. 어렵지 않아.

뜻밖의 질문이었고 당연히 한 번도 생각해보지 않은 일이었다. 걸핏하면 이름 대신 이 바보라고 불러대던 보라가 우와 탄성을 지르며 날 쳐다보았지. 보라가 그런 눈빛으로 날 쳐다봐준다면 그 이

유만으로도 옷 만드는 사람이 되고 싶었다. 그냥 해본 말일 거야. 지금쯤 다 잊었을걸? 밖으로 나와 자신 없이 말했을 때 보라는 또 구박이었다. 이 바보. 넌 사탕발림과 진심을 구별하지 못하는구나. 헛소리를 할 사람은 아니잖아. 바보라고 부르는 소리가 그렇게 듣기 좋긴 처음이었다. 어쨌거나 그는 바바로 하여금, 자신의 존재를 응시하게 해준 첫 사람이었다. 과일을 팔거나 쇠공마술을 하는 일 외에 다른 일을 하는 자신을 상상해본 적이 없었다. 어깨를 한번 추스르고 힘을 내보지만 다리는 마음보다 한참 뒤에서 끌려온다. 이것 때문에 보라는 협박까지 당했다지. 골목에서 제 목을 조른 남자 얘길 들려준 보라는 눈을 깜박이며 말했다.

바바, 어떻게 돌아가는 건지 난 영 모르겠어. 아빠한테 그 얘길 했더니, 뜻밖에 아는 눈치였어. 그걸 잠시, 불과 몇 시간 갖고 있었는데 지금은 갖고 있질 않대. 누군가에게 맡겼는데 그 사람이 분실해버렸대. 그럼 똑같은 게 두 개나 된다는 얘기야? 아빠 얘기로는, 그걸 되찾으면, 우린 돌아갈 수도 있다는데.

고개를 갸웃거리는 보라에게, 그것과 이것이 같은 것일지도 모른다는 얘긴 하지 않았다. 보라의 아빠에게서 제 손까지 돌아온 사연은 바바도 짐작할 수 없었다. 이게 나타나기 전, 우린 행복했는데. 약간 뒤늦었지만, 너무 늦기 전에 이걸 원래 주인에게 돌려주고 싶다.

사막의 끝에 신들의 창(窓)이 있다는 얘기를 아주 어릴 적부터 들어왔다. 신들이 산다는 그곳에 가면 그 창으로만 내다볼 수 있는 풍경이 펼쳐져 있다 했다. 신들의 풍경이란 어떤 것일까. 주위의 누구도 가보지 못한 그곳을 엄마가 가보았을 리는 없다. 그래도 그 이야기를 들려줄 때면 엄마의 커다란 눈은 그토록 아름다운 풍광을 자기 안에 가두고 싶은 듯 아주 가늘어지곤 했다. 그곳엔 바다 반대쪽으로 한껏 몸통을 휜 올리브나무들이 가없는 숲을 이루고 있단다. 올리브나무를 사랑하는 신들이 날마다 길고도 부드러운 바람의 손가락으로 무성한 검초록 숲을 쓸어내리는 거지. 젊은 여인의 머리채 같은 숲 끄트머리에 서면, 커다란 신들의 창 바깥으로 눈부신 풍광이 펼쳐진단다. 오래전 그곳에서 살다 죽어버린 자들에게마저 질투가 날 만큼 아름다운 풍경이.

바다와 하늘과 숲과 바람이 어우러진 그 풍광은 너무도 신비로워서 세상의 고통을 잊게 한다지. 그나저나 바다란 어떻게 생긴 것일까. 로랑의 정원에 놓여 있던 푸른 도자기 빛의 물이 끝없이 출렁이는 곳, 그러니까 물의 정원 같은 거지. 아니 그건, 말로 설명할 수 있는 게 아니야. 바다를 본 적이 없다 했을 때 보라는 바보라 말하는 대신 안쓰러워하는 눈빛으로 그렇게 말해주었지. 이제 곧 그곳에 도착해서, 짙푸른 물의 정원 속으로 힘껏 던지면 신은 이걸 영원의 품에 숨겨줄 테지. 신발의 바닥은 얼마 못 가 떨어져나갈 것이다. 벌어진 틈으로 들어온 모래와 피가 뒤엉켰다. 발을 디딜 때마다 다리 전체로 퍼지는 아픔은 오히려 어제보다 무뎌졌다.

쉬지 않고 걸었다. 걷고 또 걸었다. 소금 호수를 지나고 바위의 골짜기도 지나쳤다. 어떤 시간에는 바람이 너무 세차게 불어 끊임없이 뺨을 찰싹찰싹 때리는 것 같았다. 운이 나쁘지만은 않아 어제는 낙타를 타고 지나던 사람들을 만났다. 그들은 가지고 있던 물과 차파티를 나누어주었다. 먹을 걸 나누어주었을 뿐 어디로 가는 길인지 묻지 않았다. 사막 위에선 누구도 남의 운명에 간섭하지 않는다. 행운은 계속되지 않았다. 이후로는 살아 있는 어떤 것도 만날수 없었다. 아주 잘 안다고 생각했는데, 사막에 대해서 아무것도 몰랐다는 것을 알게 되었다. 밤이 오면 사막여우들이 가까운 곳에서울어댔다. 무섭진 않았다. 허공을 칼질하듯 울어대는 그것들도 무언가가 두려워서 울고 있는 거라 생각했다. 수레에 남아 있던 멜론과살구는 아빠가 마저 팔았을까, 모두 상해버렸을까. 그것들이 아주먼 곳의 일 같기도 했고, 눈을 뜨면 과일수레가 앞에 있을 것 같기도 했다. 밤이 깊으면 별은 어깨 근처로 내려앉았다. 늦은 밤의 추위는 가혹했다.

하늘의 한 귀퉁이가 부유스름하게 밝아오면 일어나 걷기 시작했다. 태양이 떠오르기 전, 대기가 부드러운 잿빛인 그때가 걷기엔 가장 좋았다. 아주 짧은 동안이긴 하지만. 그 시간에는 모래와 공기와살갗의 온도가 똑같다. 게다가 아직 축축한 대기가 주는 행복감이라니. 잠시 동안이긴 하지만 체온과 똑같은 물속에 몸을 담근 듯 발이 허공으로 둥실 떠오르기라도 할 것 같은 기분이 든다. 얼마나 걸었을까. 지평선에 주황빛 텐트 같은 게 나타난다. 누군가 텐트를 쳐놓았구나. 화려하기도 해라. 저곳에 가서 먹을 것을 좀 얻어야겠다. 이제 감각을 잃은 발바닥을 좀더 재게 움직여본다.

바라보는 동안에, 텐트는 점점 크게 부풀어오른다. 누군가 입을대고 후후 불어대는 것처럼. 다음 순간, 텐트는 모래 위로 훌쩍 떠오른다. 이제 눈이 부셔서 더이상 바라볼 수 없을 만큼 투명하게 바래면서. 그건 텐트가 아니라 막 태어난 태양이었다. 아! 먹을 것을 좀 얻을 수 있을 줄 알았는데. 잠시 멈추었다 또 한 걸음씩 발을 옮겨놓는다. 차파티 화덕 안에 들어앉으면 꼭 이런 기분이 들까. 몸 안의 물기가 다 말라버리기 전에 오아시스를 만날 수 있을까.

지평선 위로 무언가가 나타난다. 검은 아지랑이 같은 것. 햇살 때문에 사실은 똑바로 쳐다볼 수가 없다. 아른아른 흔들리는 것이 공기인지, 자신의 몸인지도 알 수 없다. 바바는 걸음을 멈추고 바라보았다. 먼 곳에서 사람들이 다가오고 있다. 파피루스처럼 가늘고 긴 사람들이다. 수단 사람일까.

한번 걸음을 멈추자, 자신이 이제 더이상은 움직일 수 없다는 걸 깨닫는다.

눈을 깜박이면 신기루처럼 훅 사라져버릴까 두려워 눈꺼풀에 힘을 주고 바라보았다. 하늘 가운데 태양이 떠 있지만 이제 뜨거움이 느껴지지 않는다. 검은 얼굴들은 흰 천에 감싸여 있고, 보이지 않는 바람에 옷자락이 부드럽게 흩날렸다. 움직이는 것은 참 아름답구나.

사람들이 아주 깊은 꿈에서처럼 다가오고 있다.

*

이 시간이면, 붉은 흙집들은 모서리부터 녹아내리는 것처럼 보인다. 집들의 벽에 뚫린 손바닥만한 창들은 모두 굳게 닫혀 있다.

살아 있는 모든 것들이 그늘 속으로 기어드는 이 시각.

바바, 넌 도대체 어디로 숨어버린 거야.

보라는 팔을 치켜들고 손바닥을 천천히 돌려본다. 여기 사람들처럼 손바닥으로 바람을 읽는 법을 가르쳐준 것도 바바다. 만날 널 바보라고 놀려댔지만, 삶에 무지했던 건 나야, 바바. 처음엔 이곳에서 사는 일이, 만화영화의 한가운데로 뛰어드는 것인 줄 알았지. 사는 건 어디나 그리 다르지 않다는 걸, 어쩌면 똑같다는 걸 이제는 알아. 거기도 여기도 때수건이 필요한 것처럼.

네가 아니었다면, 나는 여전히 골목길을 헤매고 있을 거야. 헤나 가게 배불뚝이 주인은 매번 바가지를 씌웠겠지. 네가 아니었다면 난 여전히 혼자일 테고. 아빠는, 나도 모르겠어. 밤에 불을 끄고 있으면 아빠가 저쪽에 누워 있다는 걸 알면서도 혼자라는 기분은 어쩔 수 없어. 이제 아빠는 다른 사람이 되어버렸으니까. 아빠는, 그 아빠가 아니니까.

아무리 햇살이 챙강챙강 소리가 날 만큼 날카롭게 내리꽂혀도, 손바닥에 와 닿는 이 미세한 떨림은 곧 기블리가 닥칠 거라는 신호라고, 네가 처음 말했을 때 나는 콧방귀를 뀌며 소리쳤지. 뻥치지 마. 그럴 때면 혼나며 자란 아이처럼 넌 금세 기가 죽었는데. 이젠 알아. 햇살이 노랗게 질리면서 공기가 이만큼 떨리면, 무수한 말떼가 끄는 거대한 수레처럼 모래폭풍이 달려오고, 그 빠르기란 열린 문틈으로 휙 스치는 수레바퀴처럼 순식간이란 것도.

집 뒤로 이어지는 골목의 끝까지 걸어가면 카스바의 끄트머리에 닿는다. 여기저기 무너져내리고 있는, 낡은 돌담 같은 성채 위에 올라앉으면 카페 하파에서보다 더 먼 곳까지 보인다. 멀리 내다볼 수 있다 해도 사람의 얼굴을 구별할 정도는 아니다. 그래도 바바가 사라져버린 후 여길 몇 번이나 올라왔다 내려가곤 했다. 이렇게 오래 돌아오지 않을 줄은 몰랐다. 바바를 찾으러 나선 아빠도 돌아오지 않는다.

지평선에 처음 나타나는 차는 흰빛의 덩어리가 굴러오는 것처럼 보인다. 차의 보닛에 햇빛이 반사되어 그렇게 보이는 것이었다. 차가 하나 나타날 때마다 가까이 올 때까지 바라보았다. 아빠의 차가 돌아오고 거기 바바가 앉아 있다면 얼마나 반가울까. 기대는 차츰 불안으로 변해갔다. 배가 고파지면 돌아올 거야. 바바 아빠는 지금도 그렇게 생각하고 있을까. 막 잠에서 깨어나 눈을 뜨기 전, 바바의 얼굴이 떠오른 건 딱 한 번뿐이었지만 그가 없는 이곳을 생각해본 적은 없었다.

지평선 근처에 하늘과 땅에 닿아 있는 거대한 원통이 나타났다. 대기는 좀더 노랗게 질린다. 보고 있는 사이 그 모래기둥은 점점 뚱뚱해진다. 너비가 커지면 느려지는 것처럼 보이지만, 속도는 똑같다는 것도 바바가 알려주었다. 더구나 파괴력은 몇 배나 강해진다는 것도. 저 정도 기세라면 도시의 언저리에 닿기도 전에 천지를 꽉 채울 것이다. 보라는 제 키 두 배는 되는 성채에서 팔짝 뛰어내려 골목길을 달려내려갔다. 천천히 움직이는 것 같아도 달리는 차보다 빠른 속도다. 저 속에 휘말리면 꼼짝없이 장님이 된 거나 마찬가지다. 커다란 모래산을 들어 저리로 옮겨놓기도 하고 어떤 모래폭풍은 마을을 송두리째 삼킨다.

설마 얘가 사막 쪽으로 들어간 건 아니겠지. 잔머리로 살아온 녀석이니, 그따위 쇳덩어리 팔아서 차파티라도 사먹을 주변머리는 있다고 봐. 집에 돌아와 열어놓은 창을 닫을 때는 이미 모래알갱이들이 벽을 때리는 소리가 들리기 시작했다. 수와아아. 소낙비가 처음 쏟아질 때의 소리 같은. 집 안이 유난히 컴컴하다는 생각을 하고서야 이미 정전이라는 걸 알았다. 아까부터 김이 먹고 싶었다. 전기가 들어올 때까진 참아야 한다고 생각했지만 냉장고 문을 열고 말았다. 김통을 꺼내다, 멸치가 든 비닐봉지를 보았을 때 보라는 냉장고를 도로 닫고 달려가 문을 열었다. 얘를 잊고 있었네. 모래 섞인 바람이 문을 밀어붙인다. 그사이 왔다 갔을까? 열리지 않는 문을 혼자 얼마나 긁어댔을까. 가까스로 바깥으로 나와 문을 닫았다. 길도 집들의 윤곽선도 이미 보이지 않는다. 바람이 골목을 빠져나가며 길게 울었다. 눈을 뜰 수가 없다. 사막에 깃들이고 사는 짐승들은 기블리의 기척을 알고 미리 피난처로 숨어들었다. 얘는 좀 맹하다. 늘 약간 늦었다.

랄라.

외치는 소리는 모래알갱이 틈으로 흩어져버린다. 입안이 버석거린다.

랄라. 랄라아.

너까지 내 속을 썩이는구나. 날 더러 어쩌라고. 아빠가 내게 하던 말. 숨을 훅 들이마시고 다시 한번 불러보려던 보라는 입술을 깨물었다. 랄라는, 제 이름을 모른다. 이름을 지어주지 않겠다 해놓고 마음속으로만 그렇게 부르고 있었다. 어떤 고민도 없어 보이던, 랄랄라 콧노래라도 부르듯 밝은 얼굴의 그 아이를 랄라라고 혼자 불렀다. 한 번도 제 앞에서 불러주지 못했다. 니아오 니아오. 우는 소리가 환청처럼 들린다. 흙벽을 때리는 모래소리와 바람소리가 섞여 짐승의 거친 울음소리를 낸다.

랄라아.

냉장고에서 멸치 한줌을 꺼내와 벽의 무너진 돌틈에 내려놓고는
다시 불러본다. 혀에 모래가 들러붙는다.

랄라아아.

*

시간이 묽은 반죽처럼 자꾸만 늘어난다.

여러 사람들인 것 같았는데, 가까이 다가온 건 셋이다. 낙타 다리
가 사람처럼 보일 만큼 지친 걸까. 그나저나 이제 물을 얻어먹을 수
있겠다. 어느 쪽으로 걸어가면 바바가 가려는 곳에 이르게 되는지
물어볼 수도 있을 것이다. 바바는 제 숨에 집중하며 그들이 더 가까
이 오기를 기다렸다.

열 걸음쯤 앞에 멈춘 그들이 낙타에서 내려 걸어왔다. 그들은 바
바에게 어디로 가는 길이냐고 묻지 않았다. 목이 마르냐고 묻지도
않았다. 사막에서 마주치는 사람들이 그러하듯 흰 이를 보이며 웃
지도 않았다. 바바는 어쩐지 그들이 왜 왔는지를 알 것만 같다. 한
남자가 곁으로 다가왔다. 손으로 바바의 어깨에 걸린 것을 조심스
레 빼낸 그가 천을 비집고 안을 들추어보고는 옆에 선 남자를 쳐다
보았다. 옆에 서 있던, 키가 훌쩍 큰 남자가 흰 수건의 그늘 속 검은
눈동자로 바바를 내려다보았다. 그 눈빛을 보자 머릿속에 떠돌던
질문들이 지워졌다. 남자는 바바와 눈을 맞춘 채 자신의 헐렁한 젤

라바 허리춤에서 무언가를 꺼내든다. 차갑고 투명하게 빛나는 날. 아름다움이 그를 죽일 거야. 그때 엄마의 목소리가 얼마나 안타까웠는지, 뒤늦게 깨닫는다.

바바는 지독한 고통이 자신을 찌르기 전에 눈을 감는다. 겁먹어 창백한, 작살 같은 햇빛을 고스란히 맞으면서 울 듯한 눈으로 골목 가운데 서 있던 노란 얼굴이 떠올랐다. 처음 이야기를 나누었던 날이었지. 새침한 입술이 열리고 그곳에서 흘러나오는 말이 날숨처럼 귀를 간질이네. ……바바. 엉터리 마술을 할 때 네 몸은 참 아름다웠어. 눈을 뗄 수 없을 만큼. ……네가 끓여주었던 이파리차는 내 마음을 가라앉혀주었지. 그때 무지 슬펐거든. 뭐, 돌아와서 밤새 설사를 하긴 했지만. ……네가 없었다면 나는 이곳에서 세 배쯤 더 울었을 거야. 돌아간 후에도, 네가 우리집 문 앞에 두고 갔던 흙 묻은 무화과를 떠올릴 때면 진저리를 칠 거야. 어휴, 그 단맛이라니. ……사람들을 불러모으던 네 북소리는 언제까지나 내 마음속에서 울릴 거야. ……그리고 그때마다 매번 행복해질 거야.

모든 게 뒤섞이네. 시간과 장소와 다정한 얼굴 들이. 그리고 어느새 둥글게 연결되는구나. 제 꼬리를 깨물려는 개구쟁이 도마뱀처럼 뱅뱅. 처음엔 나중을 몰랐는데 나쁘지 않은 끝이었어. 바바는 이제 희미하게 웃는다. 시장 골목에서 올리브절임 하나를 집어 입에 쏙 넣고는 짜다며 확 찌푸리던, 너무도 사랑스러워 눈을 뗄 수 없던 그 얼굴을 떠올리며. 보라와 함께한 시간들. 생의 무게가 없어지던 시간들. 상상하는 고통과 실재의 고통은 너무 다른 것이구나. 이 순간에 떠올릴 수 있는 얼굴이 있다는 게 얼마나 다행인지.

적분홍빛 모래언덕이 몸 위로 덮쳐오고 파란 하늘이 기우뚱 기울어진다. 어어. 물에 빠지듯 하늘 가운데로 몸이 빠져든다. 여기가 어디쯤일까. 소금호수 너머로 신기루가 떠오르곤 하던 그곳일까. 아주 어렸을 때, 거길 다녀오겠다고 큰소리치곤 걸어가보았지만 닿을 수 없었지. 몸 안에 남아 있던 마지막 물기가 차올라 속눈썹이 겨우 축축해진다. 모스크 위로 떠오른 초승달 같았던 보라의 눈웃음이 어룽어룽 흔들린다. 아쉬워라. 손가락을 움직일 수 있다면, 눈물을 좀 훔쳤으면 좋겠는데.

신들의 창 앞에 서면 눈을 주신 신에게 감사하게 된다 했지. 햇살과 바닷바람과 시간의 사포질이 빚은 사암의 표면을 쓰다듬으면 울고 싶어진다 했지. 제각기 마음속의 현이 저절로 울려 아름다운 음률이 들려온다 했지. 나를 쳐다보며 활짝 웃던 보라를 보았을 때 난 이미 신에게 감사했는걸. 그렇긴 해도, 보라의 바람처럼 그녀가 떠나온 곳으로 돌아가길 원하는지, 언제까지나 내 가까이 머무르길 원하는지, 나도 내 마음을 알 수 없었어.

참 이상하지. 한 해 전만 해도 보라를 몰랐는데, 이제는 내 기억의 처음부터 같이해온 것처럼 느껴지다니 얼마나 신기한 일인지. 누군가를 언제나 생각하게 될 줄은 몰랐는데 이제 난 보라로 꽉 차버렸으니. 사막에서 막 돌아와 거친 숨을 몰아쉬는 늙은 낙타 앞에 쪼그리고 앉아서, 지친 듯 끔벅이는 눈을 울 듯한 얼굴로 들여다보던 보라. 붙든 손목을 탁 뿌리치며 가는 여자의 뒷모습을 상심하여 바라보던 보라. 칭찬을 기다리며 내밀었던 양뇌를 보고 토하는 시늉을 하던 보라. 차파티 쟁반을 한 손에 받쳐들고 까불다 쏟아버린 보라. 헤나가게에서 조금만 깎아달라고 안타까운 눈빛으로 주인을 쳐다보던 보라. 어쩌면, 보라가 내 곁에 있던 그곳, 그 목소리를 들을 수 있던 거기가 신들의 창 너머가 아니었나 몰라. 보라, 네 이름은 자카란다꽃 빛깔을 이르는 거라 했지.

오, 내게 넌 사헬의 꽃.

*

그 물건이 어떻게 녀석 손에 들어갔는지는 무스타파도 모른다 했다. 돈은 아직 받지 않았지만 로랑에게 준 건 틀림없는 사실이라고 몇 번이나 말했다. 어디서부터 어디까지가 거짓말인지 알 수가 없다. 꽃무늬, 줄무늬, 기묘한 도형이 뒤섞인 것까지 하여튼 우스꽝스럽도록 요란한 바지를 입고 다니던 바바. 같이 있는 걸 볼 때마다 보라에게 싫은 소리를 했지만 정작 녀석과 얘기를 나눈 적은 한 번도 없었다. 밤에, 불을 끄고 누워서도 둘 다 잠들지 못하고 있었다. 뒤척일 때마다 바스락거리는 홑이불 소리가 유난히 크게 들렸다. 보라가 말짱한 목소리로 말했다.

낮에, 메디나에서 어떤 남자가 내 목을 조르며 그랬어요. 아빠가 갖고 있는 것, 그걸 돌려달라고.

누가? 내가? 무얼?

그냥 아빠가 알고 있을 거라고만 했어요. 그런데 그 사람이 얘기하는 그게 아무래도 바바가 갖고 있는 것과 같은 거라는 생각이 들어요. 보진 못했지만.

무슨 소리를 하고 있는지 알 수 없었다. 애가 뭘 잘못 알고 있는 거지. 얘기를 다시 해보라고 했다. 직접 보진 못했다 한다. 바바가 맡아놓은 물건.

왜 그 얘길 지금 해?

버럭 화를·내자 다시 입을 꼭 다물어버렸다. 아침은 더디게 왔다. 보라를 앞세워 바바의 집을 찾아갔다. 문을 두드렸을 때 나온 무스타파의 얼굴을 보고 승도 놀랐고, 집까지 찾아온 승을 본 무스타파도 놀랐다. 바바가 누구의 아들인지 모르고 있었다.

문 앞에 서서, 앞뒤로 왔다갔다하는 승의 얘기를 듣고 난 무스타파가 그럴 리가 없다며 바바의 침대로 달려갔다. 낡은 시트를 들추자 헌 담요뭉치가 길게 말려 있었다. 무스타파의 표정이, 읽을 순 있으나 풀 수 없는 수식을 바라보듯 복잡해졌다.

"그게 아닐 거야. 그걸 왜 바바가 갖고 있겠어? 내가 가게에서 그에게 건넨 게 확실하다니까? 알라께 맹세코, 아직 물건 값은 못 받았지만."

옆에 서 있던 보라가 말했다.

"그건, 그 사람이 바바에게 잠시 맡겨놓은 거예요."

이야기의 조각이 하나씩 연결되었다. 그런데 왜 바바 녀석이 그걸 들고 사라져버렸는지는 보라조차 알 수가 없다 했다. 녀석을 찾아야만 까닭을 알게 될 것이다. 그 시간부터 무스타파와 둘이서 바바를 찾아다녔다. 메디나뿐만 아니라 도심에 있는 골동품가게들까지 들러 녀석을 본 적이 있나 물어보았다. 모두 고개를 저었다. 멜론을 산 적은 있지. 그나저나 요 며칠은 아예 본 적이 없어.

모스크를 구석구석 들여다보고 사막 언저리의 빈 흙집까지도 죄다 뒤지고 돌아다녔다. 승은 일단 아지자에게 그동안 있었던 얘기를 했다. 무스타파가 거짓말하는 것 같진 않아. 바바라고, 무스타파 아들이야. 아직 어리지. 걔가 왜 그걸 갖고 사라졌는지는 모르겠어. 그 아이를 찾을 때까지만 기다려줘. 아지자는 고개를 저었다. 친구, 나도 널 믿고 싶네. 그렇지만, 무스타파는 달라. 필요하면 자기 자신조차 속일 수 있는 놈이지. 어린 녀석이 왜 그걸 가지고 나갔겠어? 제 자식과 그 물건을 어딘가 감쪽같이 숨겨두고 바람이 지나길 기다리는 거야. 내가 얘기했잖아? 이건, 내 비즈니스가 아니라고. 그러니 기다려준다고 말할 수 있는 것도 내가 아니야.

이틀이 지나자, 무스타파는 당나귀새끼 같은 놈이라고 욕을 주절거리는 대신, 몇 번이나 혼잣말을 해댔다. 배고프고 지치면 돌아올 거야. 배고픈 걸 못 참는 녀석이거든. 그러나 자신에게 거짓말을 하듯 눈동자가 흔들렸다. 그러다가는 승을 빤히 쳐다보며 묻기도 했다.

"아니면, 먼 곳으로 가서 팔아치우려는 걸까?"

"팔아치우고 그걸 밑천 삼아 유럽으로 달아나버렸을지도 모르지."

가능한 추리 중 하나였다. 어떤 세상이 기다릴지 모르면서 사막의 소년들은 유럽에서의 새로운 삶을 꿈꾸었다. 그들에게 유럽은 잡히지 않는 신기루였다. 그곳에서 흘러오는 유행가들은 신기루를 더욱 아름답게 채색했다. 이번엔 보라가 딱 잘랐다. 절대 그건 아니에요.

돈을 무척이나 사랑하는 무스타파지만, 이제 그가 찾는 것은 그것이 아니라 바바였다. 승이 찾는 것은 바바가 아니라 그것이었다. 무스타파는 도시 안을 뒤지고 다녔고 승은 차를 끌고 나가 사막 쪽으로 찾아나섰다. 처음엔 걸어서 갈 수 있는 지역들을 훑었다. 사막 가운데 작은 조개껍데기 형국으로 엎드린 도시 바깥은 광활했다. 탕혜르 여자에다 이제 바바까지. 죽도록 찾아다니는 게 내 지랄 같은 운명이군.

바바의 흔적은 가장 가까운 오아시스에서 찾았으나, 거기서 사라졌다. 여행자들의 숙식과 수공예품 판매로 먹고사는 조그마한 곳이었다. 주인은 바바를 기억하고 있었다.

도착해서 불과 두어 시간이나 머물렀다. 한밤중에 문을 두드렸는데 저녁을 안 먹었다기에 먹을 걸 좀 주었지. 새벽에 일어나보니 없었어. 물론 돈은 받지 못했지. 어디로 갔는지는 몰라. 차 없이 더 안쪽으로 들어가긴 힘들잖아. 다시 도시 쪽으로 돌아갔으리라고 봐. 뭔가를 들고 있었던가? 그랬던 것 같기도 하고.

승은 사방을 둘러보았다. 다시 돌아가기 위해 여기까지 왔을 리는 없다. 나침반이라도 들고 오지 않았다면 이미 방향마저 짐작할 수 없었을 것이다. 내친 김에 거기서 가장 가까운 오아시스까지 달려갔지만 거기서도 요 며칠 여행자가 없었다며 고개를 저었다. 그의 말이 아니라 해도, 지프로 달려온 승보다 먼저 도착할 수 없는 거리였다. 아니다. 이미 여기는 걸어서 올 수 있는 경계를 훌쩍 지나온 곳이다. 어디로 사라진 걸까. 아지자의 말이 맞을 것이라는 생각이 들었다. 돈에 눈먼 그놈이 바바와 그걸 어딘가에 꼭꼭 숨겨두었을 거라는. 돌아가 무스타파를 족쳐볼까. 막막해서 서 있는데 차

창으로 내다보고 있던 라시드가 소리쳤다.

"오늘 여기서 묵을 게 아니면 어서 출발하자구. 저기 봐."

지평선 쪽을 바라보았다. 구물구물 움직이는 노랗고 탁한 기운이 거대한 짐승의 어슬렁거림처럼 위협적이다. 하필. 차에 오르자 라시드가 차파티 봉지를 내민다. 뭘 좀 먹어야지. 종일 아무것도 안 먹었어. 배는 고프지 않았다. 한쪽을 찢어 바싹 마른 입에 넣고 우물거리는데 휴대폰 벨이 울렸다. 폴더를 열자 다급한 목소리가 흘러나왔다.

"찾았어, 찾긴 찾았는데."

아부였다. 라바트에서 조그만 여행사를 하는. 팀이나 개인 여행자를 연결해주면 비용의 십 프로를 돌려주는 관계였다. 그런 일은 비정기적이었기 때문에 여러 군데 다리를 걸쳐놓고 일을 받았다. 거래를 트고 얼마 되지 않았을 때다. 성급하게 사진을 내놓았을 때, 아부는 사진과 승을 한번씩 쳐다보고는 고개를 저었다. 아프리카는 네가 생각하는 것보다 넓어, 훨씬. 크게 기대하지는 말아. 신경은 써볼게. 어쨌든 너보단 내가 발이 넓으니까. 아부는 그들이 누구인지 묻지 않았다. 승의 얼굴에 새겨진 상형문자는 그때부터 뚜렷했던 모양이다.

흥분한 듯 빠르게 쏟아내는 아부의 목소리는 알아듣기가 힘들었다. 채 씹지 않은 빵을 꿀꺽 삼켰다. 위성상태가 나빠서인지 말은 메아리를 끌고 다녔다. 말을 마치면, 그 말은 가상의 벽에 부딪쳐 돌아오듯 한 박자 늦게 고스란히 반복되었다. 누군가가 야유하는 것처럼. 둘의 말이 뒤섞였다. 힘들다는 말을 들었지만, 찾는 게 힘들었다는 건지, 승과의 연결이 힘들었다는 건지 이해하기 어려웠다. 그의 영어는 불어문장에 명사만 영어를 끼워넣는 식인데다 아랍어까지 섞여들어 대충 어림짐작으로 들어야 했다. 사고가 있었다 했고, 이미 죽었는지, 죽어간다는 건지, 구분하기 어려운 말을 그는 반복했다. 라시드에게 전화기를 건넸다.

"네가 듣고 얘기해줘."

저희들끼리 주고받는 빠른 말은 더 알아들을 수가 없다. 조목조목 확인도 하지 않고 계속 떠들고 있는 머리통을 갈기고 싶은 참에 라시드는 전화기를 쥔 채로 재빨리 속삭였다.

"사고가 있었대. 무슨 사고인지는 모른대. 이름이 같긴 하지만 얼굴을 확인한 건 아니라는데."

떨리는 제 오른손을 왼손으로 꽉 눌렀다. 일단 그곳으로 가겠다 하라 했다. 전화기를 건네주는 라시드에게 물었다.

"여자는?"

"여자는, 모르겠어. 그 얘긴 없었어."

"라바트까지 몇 시간 걸릴까?"

"글쎄. 다섯, 여섯 시간?"

모래폭풍은 차보다 빠르다. 사막에선 모든 곳이 길이 될 수 있지만, 기블리는 그 모든 길을 삼켜버린다. 라시드는 말끝을 흐린다.

"일곱 시간, ……어쩌면 오늘은 힘들지도."

"밟아, 라시드."

지랄. 맘대로 되는 건 하나도 없어. 널 찾아서 여기까지 날아왔는데. 돈도 모았다. 청부업자를 열둘이라도 살 만큼. 내 손으로 널 죽이고 네 장례를 지내고 네 인생의 증인이 되려 했는데. 태양 아래서 네 행적을 낱낱이 증언하려 했는데. 넌 정직하지 않았다고, 모든 관계 위에 탐욕을 두었다고, 계명을 차례차례 어긴 자라고, 악한 자라고, 가장 가까운 사람을 지옥의 구덩이에 빠뜨렸다고. ……살아 있어. 날 위해서. 붉은 흙이 채 마르지 않은 무덤 위에 부겐빌레아 꽃가지를 하나 던져놓고, 그제야 조금 울 수 있을 것 같은데. 네가 아니라 날 위해.

"더 빨리, 좀더 밟아봐."

라시드는 속도를 높이는 대신 코를 찡그린다. 뒤를 돌아보았다. 회오리치는 기둥은 기를 쓰고 따라온다. 보고 있는 동안에도 몸집을 불려가며. 검누런 모래기둥이 이제 차를 잡아챌 듯 가깝다. 저게 앞선다면 꼼짝없이 발이 묶이게 된다. 차의 속도는 조금 더 떨어지는 것 같다.

"세워. 내가 운전한다."

라시드가 고개를 저었다.

"너도, 사막도, 지금은 운전할 수 있는 상태가 아니야."

"그럼 더 밟든지."

"이게 다야, 다라구. 바깥에 보이는 게 없어서 속도를 짐작할 수 없는 것뿐이야."

그 말이 맞을지도 모른다. 앞유리 바깥이 한순간 누렇게 된다. 모래바람은 파동치듯 불투명과 반투명상태를 오간다. 차는 지금 나아가고 있는 걸까. 모래의 밀도가 조금 옅어진다.

"라시드. 봐, 아까 거기 같아."

사막의 링반데룽은 산에서의 그것보다 더 위험하다. 길을 잃었다는 걸 알게 되는 순간 판단력도 잃게 된다. 불과 오 분 거리에 캠프를 두고 세 시간, 네 시간 동안 똑같은 곳을 뱅뱅 돈 적도 있다.

"나도 알아."

"너 아까부터 왼쪽으로 돌고 있는 거 알아? 세워봐."

어떤 지점에서는 탁한 물속에 잠긴 듯 한 치 앞이 보이지 않는다.

"그렇진 않아. 아니, 모르겠어. 어쨌거나 감으로 운전할 수밖에 없어. 그래도 너보다는 내가 나아. 알잖아."

안다. 알면서도 그의 오른팔을 잡아 비틀었다. 라시드가 탄식 같은 신음소리를 내며 브레이크를 밟았다. 꽤 과속하고 있었는지 골반이 안전벨트에 탁 튕긴다. 아, 입을 벌리는 순간 노랗게 질린 커다란 눈알 한 쌍이 유리 전면에서 이쪽을 노려보았다. 라시드는 브레이크를 밟기 전 저걸 보았을까. 너무 가깝다. 피할 수 없다는 생각과 동시에 거대한 손이 차체를 들어올려 내팽개친 듯한 충격이 왔다.

눈을 감은 건가, 내가. 차를 떠메고 갈 듯 사납던 모래바람은 어디로 가버린 걸까. 노랗게 질린 햇빛이 천지를 가득 채우고 있다. 중앙선도 신호등도 없는 사막 위에서 운전자들은 자신도 모르게 과속을 했다. 교통사고는 흔한 일이었다. 사막을 오가는 길에, 최초의 정면충돌 후에 추돌이 계속된 처참한 현장이나 오래도록 방치된 잔해를 목격하는 일이 드물지 않았다. 눈꺼풀 위로 떠오른 장면은 그러니까, 이전에 보았던 기억의 일부일까.

무언가가 갈비뼈를 지독히 세게 눌렀다. 그 터질 듯한 압력이 왜 눈물처럼 느껴지는지 모르겠다. 엉엉 울고 싶기도 하네. 목구멍으론 어떤 소리도 낼 수 없는데. 소리의 꺾임과 울림이 좋았던 그 곡비처럼, 누군가 날 대신해서 울어주었으면. 어쩌면 나는 살아남기 위해 K를 찾아다녔는지도 모르겠다. 이제 그를 만날지도 모른다고 생각하자 너무도 두려워지는 걸 보니. 갑자기 눈을 감은 것처럼 아주 캄캄해지네. 어쨌거나 한번은 만나고 싶었는데. 묻고 싶은 게 있었는데. 그나저나, 와랑와랑 소리치던 햇살은 다 어디로 갔을까.

작가의 말

그 여름, 북아프리카를 떠돌았다.

검은 황홀의 땅.

일정과 기후와 낯선 음식. 그 모두가 나의 육체적 한계를 요구하는 시간이었다. 막바지에는 말을 잃었다. 목소리는 하루하루 작아지더니 어느 날 아침 바람소리처럼 흩어졌다. 의사는 시간이 약이라고 말했다. 석 달 넘게 깨진 목소리로 살았다. 겨울이 오자 겨우 목소리가 돌아왔다. 추위는 새삼스러웠고, 다시 오나봐라 떠나온 그곳과 여기가 그리 다르지 않다는 생각이 들었다. 모래사막이 강철과 소음의 콘크리트 사막보다 유달리 가혹할 것이 무어 있을까.

티파사였던가.

무너진 채로도 장엄한 유적 사이로 한 남자가 걸어나왔다. 온몸을 감싸는 흰 옷, 젤라바를 입고 카나리아가 든 새장을 들고 원형극장의 폐허를 가로질러오던 남자. 작살 같은 태양을 온몸으로 받으며 걸어온 그는 내 앞에서 걸음을 멈추고 물었다.

내 새가 예쁘지 않은가요?

나는 대답했다. 정말 예쁘다고.

그 기이한 질문으로부터 시작되었다. 아름다움에 매혹된 자들. 우리 모두는 자신의 주관 속에서 절대적인 아름다움을 찾아 헤매는 자들이 아닌가. 그것이 가져다줄 영광 혹은 파멸 사이의 스펙트럼 따위 안중에도 없이. 몽환적인 열기에 정신이 아득해지던 그 유적지에 서 있던 나 역시.

그의 질문은 다만 새에 관한 것이었을까. 새장을 든 남자는 자주 출몰했다. 유령처럼. 콘크리트와 강철의 사막 여기저기서 느닷없이.

너를 사로잡고 있는 새는 무엇인가.

그 존재론적인 질문에서 시작된 이야기가 나의 손목을 끌고 달아났다. 길을 잃고, 한 생을 살고 싶었던 미로 같은 뒷골목 속으로.

그곳을 떠도는 내내, '겁나' 먼 이곳이 내 소설의 무대가 되는 일은 없을 것이라고 생각했다. 동행했던 사람 중 누군가가 "이곳을 배경으로 한 소설이 나오겠군요" 했을 때 나는 차갑게 대답했었다.

아니요. 여긴 너무 멀어요.

세상에 장담할 일은 없는 것 같다.

태양이 노란 레몬덩어리를 집어던지는 듯했던 길 위에서 참 많은 것을 보고 많은 사람을 만나기도 했다. 그러나 여기에 등장하는 대부분의 장소와 사람들은 지나친 일광(日光)에 상한 내 눈이 그려낸 신기루에 불과하다.

　이제 새장을 들고 달구어진 모래 위를 걸어오던 그 남자의 얼굴은 기억나지 않는다.

2010년 6월

정미경

문학동네 장편소설
아프리카의 별
ⓒ 정미경 2010

초판 인쇄 │ 2010년 6월 17일
초판 발행 │ 2010년 6월 23일

지은이 정미경
펴낸이 강병선
책임편집 조연주 │ 편집 박지영 │ 디자인 윤정우 유현아
마케팅 장으뜸 서유경 정소영 │ 온라인 마케팅 이상혁 한민아
제작 안정숙 서동관 김애진 │ 제작처 한일프린테크(인쇄) 시아북바인딩(제본)

펴낸곳 (주)문학동네
출판등록 1993년 10월 22일 제406-2003-000045호
주소 413-756 경기도 파주시 교하읍 문발리 파주출판도시 513-8
전자우편 editor@munhak.com │ 대표전화 031)955-8888 │ 팩스 031)955-8855
문의전화 031) 955-8890(마케팅) 031) 955-8864(편집)
문학동네카페 http://cafe.naver.com/mhdn

ISBN 978-89-546-1155-8 03810
www.munhak.com